KB105074

시간 상자

TIME CASKET by Andri Snaer Magnason ⓒAndri Snaer Magnason 2013
Korean Translation ⓒArumbook 2018 All rights reserved.
The Korean language edition is published by arrangement with Forlagio,
Reykjavik through MOMO Agency, Seoul.

이 책은 한국어판 저작권은 모모 에이전시를 통해 Forlagio, Reykjavik 사와의
독점 계약으로 '도서출판 아름다운날'에 있습니다.
저작권에 의해 한국 내에서 보호를 받는 저작물이므로 무단전재와 무단복제를 금합니다.

시간 상자

초판 1쇄 발행 | 2018년 10월 1일

지은이 | 안드리 스나이어 마그나손
옮긴이 | 강승희
펴낸이 | 김형호
편집 주간 | 조종순
표지 그림 | 변수옥
디자인 | 종달새
마케팅 | 유재영

펴낸곳 | 아름다운날
출판 등록 | 1999년 11월 22일
주소 | (04031) 서울시 마포구 서교동 351-10 동보빌딩 202호
전화 | 02) 3142-8420
팩스 | 02) 3143-4154
E-mail | arumbook@hanmail.net

ISBN 979-11-86809-61-7 (03850)

※ 잘못된 책은 본사나 구입하신 서점에서 교환하여 드립니다.

이 도서의 국립중앙도서관 출판예정도서목록(CIP)은 서지정보유통지원시스템 홈페이지
(http://seoji.nl.go.kr)와 국가자료공동목록시스템(http://www.nl.go.kr/kolisnet)에서
이용하실 수 있습니다.(CIP제어번호: CIP2018026628)

안드리 스나이어 마그나손 지음
강승희 옮김

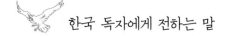

시간상자는 수년에 걸친 작업과 영감의 결과이다. 나는 현대사회와 신화, 대중문화에서 얻은 여러 가지 영감을 한 작품에 녹여내는 것을 즐긴다. 이런 나의 작업 방식이 독자들에게도 즐겁게 받아들여지기를 바란다.

나는 민간설화, 판타지, 공상과학소설, 그리고 시와 신화를 사랑한다. 칼비노, 보르헤스, 보네거트 같은 기묘하고 독창적인 외국의 작가들, 초현실주의, 시, 그리고 노자 같은 고대 현인의 지혜도 나는 사랑한다. 그리고 단 하나의 과학적 발명이 모든 것을 바꾸어놓을 수도 있다는 생각, 단 한 사람이 세상을 바꾸어놓을 수도 있다는 생각은 언제나 나를 전율하게 한다.

나는 아이슬란드어로 작품을 쓴다. 겨우 35만 명 정도가 사용하는 소수 언어이지만 아이슬란드어는 훌륭한 문학적 언어이다. 나의 모국어는 길고도 심오한 문학의 역사와 함께 했다. 천 년의 세월 동안 쌓인 이야기 속에는 마법과 마녀, 그리고 영웅적인 사건들이 가득하다. 모두 흥미진진한 이야기들이다. 나는 가끔 《반지의 제왕》의 작가 톨킨의 영향을 받았느냐는 질문을 받을 때가 있다. 사실은 톨킨에게 영감을 준 바로 그 아이슬란드 문학이 내 영감의 원천이다. 1930년대 옥스퍼드에서 톨킨 가의 유모로 일하신 나의 친척 할머니는 톨킨의 책에서 자신이 들려준 이야기를 발견하곤 한다고 말씀하셨다.

시간상자는 원래 2003년에 집필할 계획이었다. 그러나 그즈음 나의 마음을 빼앗는 더 화급한 일들이 생겼다. 당시 아이슬란드에서 가장 아름다운 곳들이 파괴되고 있었기 때문에, 나는 환경운동가로서의 활동에 보다 집중했다. 내 조국의 땅에서 소중한 것들이 파괴되고 있는데 마음속에서 무엇을 창조한다는 게 무슨 의미인가 하는 의문이 들었다. 장관을 이루며 쏟아지는 폭포와 푸르른 계곡과 새들의 안식처가 공장에 전기를 공급하기 위한 수력발전 댐 건설로 수몰될 위기에 처해 있었다. 그렇게 몇 년 동안, 우리가 보호해야 할 실제의 장소들에 대해 글을 쓰면서 마법의 상자 이야기는 미루어 두었다.

2008년에는 경제위기가 아이슬란드를 강타하여 은행이 모두 파산했다. 수많은 거대 기업들이 밤사이에 스러져갔다. 억만장자가 갑자기 빈털터리가 되었다. 돈을 긁어모으느라 애쓴 세월이 한 순간에 물거품이 되었다. 내 나이 또래의 남자들은 오로지 더 부유해지기 위해 아이들 돌볼 시간도 없이 일을 했는데, 도대체 어떤 인생을 산 건가. 경제가 무너지고, 아이슬란드 국민들이 정치인을 비난하며 분노를 쏟아내기 시작했을 때, 나는 가끔 생각했다. '이 분노의 시대를 건너 뛸 수 있게 시간상자가 있었으면.' 그리고 모든 것이 좋아지면 다시 돌아오고 싶었다.

그러던 중, 달라이 라마와 인터뷰할 기회가 생겼다. 온 인류를 통틀어 가장 신화에 가까운 인물을 만나게 된 것이다. 그는 재미있고, 현명하고, 용감한 사람이었다. 궁금해졌다. 만약 어린 아이라면 어땠을까. 어린 아이가 성인의 반열에 올라 수백만의 사람들로부터 숭배와 사랑을 받는다면 어떨까. 명성과 영광에 대해, 그것이 사람에게 끼치는 영향에 대해 생각했다. 하지만 달라이 라마와 나눈 얘기는 주로 자연에 관한 것이었다. 자연의 위력이 과거에 비해 급변하고 있기 때문이었다. 과학자들도 최근에 나타나는 급격한 변화에 우려를 표한다. 그런데도 사람들은 실제로 아무런 대응도 하지 않고 있다. 나는 다시 시간상자를 생각했다. 여러 면에서 우리는 소극적이다. 어쩌면 우리가 이미 모든 것이 멈추는 시간상자에 들어가 있는 것은 아닐까.

인터뷰를 마치고 집으로 돌아와 나의 이야기를 쓰기 시작했다. 과학, 종교, 정치, 그리고 시가 나의 길을 안내했다. 그리고 서서히 판게아의 공주가 나에게 다가왔고 완전한 우주가 모습을 드러냈다. 시간과 더불어 여러 문제들에 대해 답을 구하고 싶었다. 우리를 인간으로 만드는 것은 무엇인가, 시험에 빠졌을 때 어떻게 분별 있는 대처를 할 것인가, 진정한 의무를 회피하면서 무언가를 추구한다는 것이 가능한가.

이 모두가 내가 책을 쓰는 동안 고민한 문제들이다. 모든 연령의 독자들이 이 이야기를 즐겁게 읽기 바란다. 그들이 흥미를 느끼고 좋은 생각을 하게 되기를 바란다. 그것이 나의 소망이다.

소수의 언어로 쓴 책이 한국의 독자들에게까지 닿게 되어 무한한 영광이다.

2018년 6월 11일

안드리 스나이어 마그나손

Vulnerant Omnes Ultima Necat

로마시대 해시계에 새기던 문구이다. 시간은 매순간 상처를 입히고 마지막에는 죽인다.

여기, 세상을 다 가진 왕이 사랑하는 단 하나, 아름다운 어린 공주가 있다. 왕은 공주가 고통과 늙음과 죽음을 알게 하고 싶지 않았다. 그래서 세상에 단 한 사람, 공주의 시간만을 멈추었다. 고통을 모르면 고통이 없을까? 늙지 않는 영원한 시간은 무엇으로 채워지는가? 멈추었으나 함께할 수 없는 시간은 누구의 것인가? 불멸의 공주는 삶을 잃었다.

다시 오지 않을 것 같은 행복한 순간, 시간을 멈추고 싶다는 생각, 누구나 해보았을 것이다. 우리는 한 장의 사진에 순간을 잡아두고 간간이 음미한다. 흘러가버렸기에, 이후 우리의 삶이 멈추지 않고 계속되었기에, 애틋한 그리움으로 오늘을 살아낼 기운을 얻는 것이다. 그렇게 생각한다.

수렵과 채집을 하던 시절에서 시작해 현재에 이르는 긴 호흡의 이야기를 번역하는 것은 역자에게 휴식 같은 고마운 경험이었다. 이야기 속 고대인들은 동물과도 소통하는 방법을 알고 있었다. 깊은 응시, 귀기울임, 속삭임. 완전한 소통. 짧은 메시지가 빛의 속도로 날아다니는 지금 우리는 과연 누구와 소통하고 있는지. 이 책을 읽는 이들이 긴 호흡만큼 큰 질문을 품을 수 있게 되기를 바란다. 시간에 대해, 인간에 대해, 생명에 대해, 인류의 미래에 대해.

탐욕이 무책임과 나란히 걸으며 세상을 파괴했다. 대륙이 갈라지기 전 하나의 땅덩어리였던 판게아에서 그러했고, 매일 새로운 위기를 맞고 있는 여러 대륙의 오늘이 그러하다. 결국 무너진 세상을 다시 일으키는 이는 아직은 누군가를 필요로 하는, 그리고 미래를 믿는, 아이들이었다.

강승희

차례

한국 독자에게 전하는 말 • 4
옮긴이의 말 • 8

2월은 이제 안녕 • 15
세 자매 • 29
삶과 죽음 • 32
엑셀 • 36
옵시디아나와 연못 • 43
북쪽 나라의 기이한 노파 • 54
시간과의 전쟁 • 58
사자 먹이주기 • 67
황금 지네 • 71
마법의 상자 • 79
난쟁이 왕국 • 84
난쟁이의 머리 • 92
사라진 도시 • 100
지루할 틈 없는 옵시디아나 • 105
건힐드 • 111
여신이 탄생하다 • 117
괴물과의 싸움 • 127
탑 • 134
아노리의 초라한 집 • 140
보름달 • 147
하룻밤 사이에 일 년이 • 155
저 여자의 손목을 잘라라 • 161
피 • 168
상자 개봉일 축전 • 172

낮과 밤 • 186

자매 • 194

얼어붙은 시간 • 201

아노리 • 213

에난티오드로미아 • 224

버려진 장난감 가게 • 231

달아나라, 얘야! • 239

그들이 돌아왔다! • 244

반란 • 249

옵시디아나와 아노리 • 258

시간 상자 속의 소녀 • 264

도망 • 268

충돌 • 277

도둑의 목을 매달아라 • 283

붉은 스카프 • 287

디몬 왕이 제정신으로 돌아오다 • 290

붉은 판다 • 293

서까래 밑의 아노리 • 297

검은 왕자 • 302

성난 군중 • 308

이야기의 끝 • 313

숨겨진 보물 • 315

크롬웰을 찾아서 • 322

상자를 찾다 • 330

공장 • 336

다시 세상으로 • 341

뒤틀린 오크나무 아래서 • 350

*일러두기
본문 내용 중 괄호 안의 글은 옮긴이가 표시하였으며, 이탤릭체와 단락 구분 등은 독자의 가독성을
위해 편집부에서 표시한 것입니다.

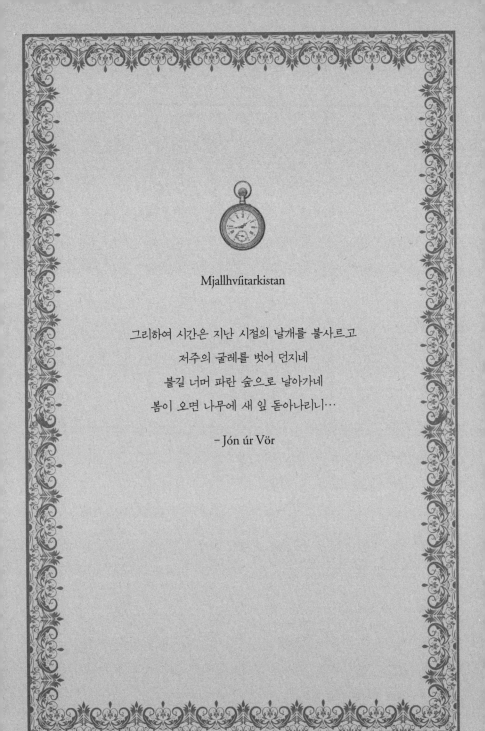

Mjallhvíitarkistan

그리하여 시간은 지난 시절의 날개를 불사르고
저주의 굴레를 벗어 던지네
불길 너머 파란 숲으로 날아가네
봄이 오면 나무에 새 잎 돋아나리니…

– Jón úr Vör

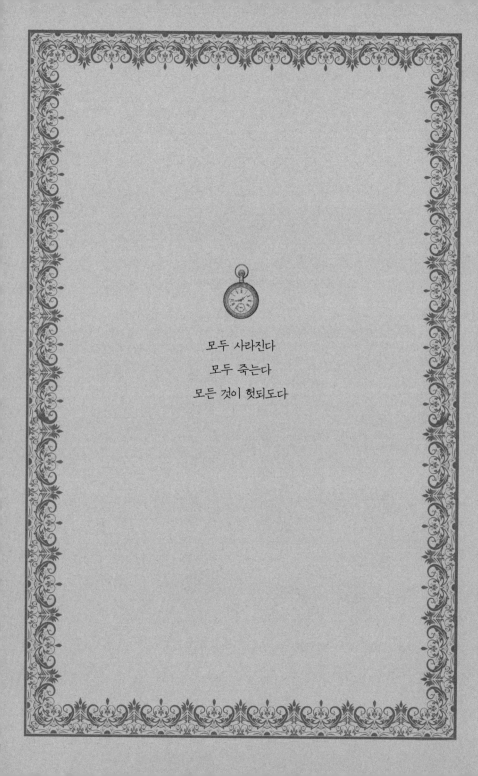

모두 사라진다

모두 죽는다

모든 것이 헛되도다

2월은 이제 안녕

새들은 눈부신 여름을 노래하고 있었지만 사람들은 행복해 보이지 않았다. '상황'이 온 나라를 집어삼키고 있었다. 시그룬의 부모님은 신문과 컴퓨터에서 눈을 떼지 못하고 온종일 그 얘기만 했다. 뉴스를 틀어 봐도 경제학자와 정치인이 싸우는 모습뿐이었다. 시그룬은 '상황'이란 게 아주 진저리가 났다. 아이스크림이랑 팝콘을 사와서 늘어지게 코미디나 보자고 부모님을 졸랐다. 그제야 부모님은 모니터에서 떨어졌다.

엄마와 함께 가게로 가는 길에 어떤 남자가 팻말을 들고 있었다: 종말이 가까웠도다!

"저 사람 경제학자예요?" 시그룬이 물었다.

"쉿!" 엄마가 말했다. "바보 같기는, 경제학자라면 정장을 입었겠지."

집으로 돌아와 시그룬은 팝콘을 튀겼다. 그리고 다 같이 텔레비전이 있는 방으로 들어갔다.

"아, 좋다." 편안하게 자세를 잡은 아빠가 말했다. 모두들 푹신한 소파에 몸을 기댔다.

코미디가 시작되고, 가족들은 간간이 웃음을 터뜨리며 다른 일은 모두 잊었다. 그런데 채 몇분도 지나지 않아 갑작스런 속보가 떴다.

"방송을 중단하고 금융상황을 전해 드리겠습니다." 아나운서가 말했다.

세 명의 경제학자가 화면에 등장했다.

아, 안 돼, 시그룬은 속으로 생각했다. 제발 그만. 그들은 마치 한 몸뚱이에 머리 셋 달린 거인처럼 보였다.

"샴 세쌍둥이도 있나 봐요?" 시그룬이 물었다.

"쉿!" 엄마가 말했다. "엉뚱한 소리 말고, 저 사람들 얘기 좀 들어보자."

그들 중 한 명이 괴로운 목소리로 말을 시작했다.

"보고서에는 감정이 없다고들 하죠. 하지만 내년의 경제상황을 산출하고 나서, 저의 보고서는 눈물을 흘렸습니다. 결코 과장이 아닙니다."

부모님이 얼어붙었다. 충격을 받은 것 같았다. 시그룬은 화가 나서 팝콘 그릇을 노려보았다. 더 이상은 못 참겠다는 듯 시그룬이 리모컨을 들고 채널을 돌려버렸다.

"안 돼!" 아빠가 소리쳤다. "중요한 얘기 중인데!"

하지만 그 얘기를 놓칠 리가 없었다. 모든 채널에서 똑같은 얘기만 하고 있었으니까.

시그룬은 팝콘 그릇을 거칠게 집어 들고 마당으로 나왔다. 새들은 석양빛을 받으며 노래하고 있었다. 그녀는 잔디에 앉아 신선한 풀냄새를 들이마셨다. 그런데 이렇게 좋은 날씨에도 사람들은 한 명도 보이지 않았다. 이웃 사람들 모두 텔레비전이 전하는 어두운 전망에 붙들려 꼼짝 않고 있었다.

시그룬은 여전히 텔레비전 앞을 떠나지 않고 있는 부모님을 창문 너머로 바라보았다. 가족과 함께 단란한 시간을 보내고 싶었는데 이렇게 망쳐버리다니. 경제학자들이 화면에서 사라진 걸 보니 광고 시간인 모양이다. 마당까지 소리가 들리지는 않았지만 검은 상자 세 개가 화면에서 춤을 추고 그 위로 자막이 떴다.

당신의 시간을 지배하세요!
한 번뿐인 인생!
Time Box를 사세요!

갑자기 현관문이 벌컥 열리더니 아빠가 뛰쳐나와 차에 올랐다.
"어디 가세요?"
"곧 알게 될 거야." 아빠가 대답했다. "엄마랑 얘기가 끝났다. 상황이 완전히 끝날 때까지 기다리기로 결정했어!"
옆집 아줌마도 뛰쳐나와 차에 올랐다. 아랫 쪽 집에 사는 아저씨도 마찬가지였다.
잠시 후, 아빠가 비닐 뽁뽁이에 싸인 커다란 판자를 여러 개 들고 나타났다.
아빠는 엄마가 지켜보는 가운데 포장을 벗긴 다음, 육각렌치를 들고 거실 바닥에서 검은 상자 세 개를 조립하기 시작했다. 시그룬은 아빠한테 줄곧 신경을 쓰면서도 뽁뽁이 터뜨리는 재미에 빠져 있었다.
"위기를 이대로 가만히 견디고만 있을 수는 없지." 아빠가 불만스러운지 투덜거렸다.

"세계일주 크루즈는 다음으로 미뤄야겠군." 아빠는 슬픈 표정으로 벽에 걸린 범선 사진을 바라보았고 기분이 언짢아진 엄마는 한숨을 쉬었다.

"당연히 그래야죠. 지수가 정말 반 토막이 된다면 살아도 사는 게 아닐 거예요." 엄마가 말했다.

"반 토막이 되면 어떻게 되는데요?" 불안해진 시그룬이 물었다.

"경제학자들이나 알까, 아무도 모르지." 엄마가 대답했다. "어쨌든 나쁠 거라는 것만은 확실해. 끔찍한 악몽이 될 거야."

시그룬의 아빠는 기발한 생각이 넘치는 해결사로 직장에서 인정받았지만 손재주가 그리 좋은 편은 아니었다. 종일 컴퓨터 작업만 하던 사람이라, 검은색 상자들이 마침내 거실 바닥에 우뚝 선 모습을 보니 스스로가 대견한 느낌조차 들었다. 나사를 이용해 조립을 마친 상자는 색유리로 만든 크고 날씬한 냉장고처럼 보였다. 아빠가 상자를 침실로 옮기는 동안 엄마는 집안 청소를 하고, 마당으로 나가 헐거워진 것들을 단단히 묶은 다음, 차를 차고에 넣었다. 그리고 상할 만한 음식은 냉동실에 보관했다. 일 년 동안 모든 청구서가 온라인은행을 통해 자동납부 되도록 처리하고 응답기에 새로운 메시지를 입력했다.

마고 코트 22번지입니다.
저희 가족은 더 좋은 시절을 기다리기로 했습니다.
나중에 다시 걸어 주세요.

"너를 다시 만나리, 언젠가 봄날이 다시 오면." 엄마가 노래했다.

"상자에서는 언제 나오는 거예요?" 시그룬이 물었다.

"'지수연동'으로 설정했어. 주식 시장이 회복되면 상자가 자동으로 열릴 거야."

시그룬은 주변을 둘러보았다. 긴 여행이라도 떠날 것처럼 모든 준비가 꼼꼼하게 되어 있었다. 마침내 한 명씩 각자의 검은 상자로 들어갔다. 엄마, 아빠, 그리고 시그룬. 시그룬은 자기 상자에 들어서는 순간에도 모든 게 궁금하기만 했다. 유리는 속이 비쳐보였다. 상자 문이 닫히자 귀가 뻥하고 뚫리는 느낌이 들면서 푸른빛이 켜졌다. 잠시 사방이 캄캄해지는가 싶더니 상자가 다시 열렸다.

그녀는 조심스럽게 상자를 나와 복도로 발을 내디뎠다. 바닥이 축축해서 소름이 돋았다. 거실에 들어서려는데 검은 머리 갈매기 떼가 날아오르는 바람에 소스라치게 놀랐다. 소파에 누워 있던 작은 사슴이 벌떡 일어나 창문으로 달아났다. 거실 한가운데 가문비나무 한그루가 마룻바닥을 뚫고 뿌리를 내린 채 당당하게 서 있었다. 양치식물이 구석자리의 바닥을 뒤덮고 있었다. 까마귀 한 마리가 까악까악 울어댔다. 구멍 뚫린 천장으로 파란 하늘이 내다보였다. 까마귀가 커다란 거미 한 마리를 부리에 물고 날아갔다.

부엌 싱크대에는 다람쥐가 앉아 있었다. 더 이상 놀라운 광경도 아니었다. 부서진 창문으로 다람쥐가 빠져나갔다. 창밖의 나무들이 벽에 닿을 만큼 자란 탓에 나뭇가지가 유리창을 뚫고 들어와 있었다. 찬장이 열려 있고 그녀가 제일 아끼는 그릇에는 제비가 둥지를 틀고 있었다.

이크, 경제학자 말이 맞았네. 끔찍한 상황이 바로 이런 거구나. 시그

룬은 그런 생각을 하면서도 찬장에서 짹짹거리고 있는 어린 새를 놀라게 하지 않으려고 조심했다.

그녀의 상자에 뭔가 문제가 생긴 게 분명했다. 시그룬은 마음이 급해졌다. 경제위기가 끝나기 전에 상자에서 나오면 안 되는 건데. 덩굴식물을 걷어 냈더니 벽에 빛바랜 가족사진이 걸려 있었다. 부모님 방 앞에 수북하게 자란 양치식물을 겨우 헤치고 나가 힘껏 방문을 밀어젖혔다. 어슴푸레한 어둠에 눈이 익숙해지자 상자 안에 서 있는 부모님의 모습이 보였다. 푸르스름한 빛을 받아 창백한 유령 같았다. 아빠는 무슨 말인가 하려는 듯이 보이고, 엄마는 잘못 찍힌 사진에서처럼 반쯤 눈이 감겨 있었다. 시그룬은 엄마에게 자기 상자가 왜 열렸는지 이유를 모르겠다고 말하고 싶었다. 그래서 손잡이를 힘껏 당겨도 보고 발로 밀어도 보았다. 소용이 없었다. 유리를 두드려 보았다. 부모님은 굳은 표정으로 미동도 하지 않았다. 그녀는 있는 힘껏 유리를 두드렸다. 여전히 아무 반응이 없었다.

"엄마! 엄마!" 그녀가 소리쳤다. 눈물이 핑 돌았지만 꾹 참았다. 정신을 차려야지.

육각렌치! 육각렌치가 필요해! 퍼뜩 생각이 나서 거실로 돌아왔다. "틀림없이 여기 어디 있을 거야." 혼잣말을 하면서 차고로 향하는 문을 열려고 낑낑거렸다. 갑자기 뒤에서 새된 목소리가 들렸다.

"거기 들어가지 마! 온통 벌 천지야."

뒤를 돌아보니 마당에 소년이 서 있었다. 짙은 갈색의 오래된 모직 스웨터에 파란 운동복 바지를 입었는데 한쪽 무릎에 구멍이 나 있었다.

"너 누구야?"

"마커스." 소년이 대답했다. "이리 따라 와."

시그룬은 소년을 쳐다봤다.

"너 혹시 육각렌치 있니?" 그녀가 말했다.

"뭐라고?"

"육각렌치가 필요한데. 있잖아, 구부러진 쇠막대기 같은 건데 한 쪽 끝이 육각형으로 생긴 거."

"아니." 소년이 대답했다. "육각렌치로는 아무것도 못해. 어서 서둘러. 현관문은 꿈쩍도 안하니까 창문을 넘어가야 돼. 코트랑 신발도 들고 와."

거실 바닥은 층이 져 있었고, 낮은 쪽 바닥이 반쯤 물에 잠겨 있었다. 둥둥 떠다니는 커피 테이블에 개구리 한 마리가 앉아 있었다.

"창문까지 닿질 않아." 시그룬이 말했다. "커피 테이블은 개구리가 차지했고."

"그냥 아무거나 딛고 와."

의자를 징검다리 삼아 시그룬은 방을 가로질렀다. 그리고 부서진 창문을 기어 넘어갔다. 마당에는 노랗게 시든 풀들이 웃자라 있었다.

"아직 상황이 안 끝난 거야?" 주변을 둘러보면서 그녀가 말했다. 동네는 알아볼 수 없을 정도로 변해 있었다. 숲이 마을을 집어 삼킨 것 같았다.

"안 끝난 정도가 아니라 훨씬 심각해졌지." 소년이 말했다.

둘은 길 아래쪽을 향했다. 한가운데에 커다란 포플러 나무가 자라고 있어서 더 이상 길이랄 수도 없었다. 마을이 마법에 걸린 것 같았다. 집은 회색으로 바래고, 페인트는 갈라지거나 벗겨져 있었다. 덩굴식물이 벽을 타고 뻗어나가고 있었다. 사람들이 몽땅 사라져 버린 것 같았다. 온 세상이 버려진 듯 보였다. 우편함과 현관문에 이상한 표지가 붙어 있었다.

비참한 월요일!

교차로 옆 회전 광고판에는 이런 문구가 적혀 있었다.

오늘 하루는 잘 보내셨나요?
헛되이 보낸 하루는 영영 다시 오지 않아요!
Time Box

커다란 덤불 더미가 길을 따라 죽 늘어서 있었다.

"저거 자동차들인가? 고슴도치 같아. 무슨 일이 벌어진 거야? 사람들은 다 어디 있어?"

"목소리 낮춰." 마커스가 말했다. "조심해야 돼. 서둘러."

시그룬은 마커스를 따라 황폐한 고속도로를 걸어서 마을 중앙의 푸른 계곡이 흐르는 강물에 이르렀다. 그곳에서 강을 따라 교외로 향했다. 강 한 쪽에 높다란 아파트 건물들이 보였지만, 그들은 다 허물어져 가는 집들이 외따로 모여 있는 오르막길로 갔다. 조심조심 길을 헤치면서 걸어가는데, 밝은 색 후드를 입은 소년이 외딴 집들 중 하나로 들어오라고 그들을 부르며 손짓했다.

시그룬이 집안으로 들어섰다. 로비는 천장이 높았고 벽 쪽으로 미술품과 골동품이 즐비했다. 기둥이 한 줄로 늘어서 있고 꼭대기에는 돌로 조각한 사람 머리가 얹혀 있었다. 마치 흑진주로 만든 눈알이 쏘아보는 것 같았다. 방안에는 국적도, 연령도 제각각인 아이들이 뒤섞여 있었다. 그리고 그곳 응접실 창을 통해 도시 전체가 내려다 보였다. 하지만 도시에 생명의 흔적은 없었다. 단 한 명의 인간도 보이지 않았다. 강 건너 아파트 단지 가장자리에 거대한 표지판이 깜박이고 있었다.

2월은 이제 안녕!

시그룬은 도무지 아무것도 이해할 수가 없었다.

나이 든 여인이 들어왔다. 은발을 길게 땋아 내리고 검은 옷을 입고 있었다. 그녀는 마커스를 향해 미소를 짓고는 곧장 시그룬에게 다가와 다정하게 인사했다.

"어서 와. 나는 그레이스란다. 저기 애들이랑 같이 앉으렴."

그녀는 부엌으로 가서 갓 구운 시나몬 롤을 쟁반에 담아왔다. 시그룬은 의심의 눈초리로 그녀를 쳐다보았다. 이 모든 일들이 꿈이 아니라는 게 실감이 났다. 도시는 폐허로 변했다. 모든 것이 사라졌다. 시그룬은 열린 문 쪽을 흘깃 보았다. 소년이 보초를 서는지 문 앞에 서 있었다.

금발머리 소녀가 흐느끼기 시작했다.

"집에 가고 싶어."

그레이스가 소녀를 부드러운 음성으로 달래주었다. "울지 마, 아가.

다 괜찮을 거야. 모든 일이 잘 풀리기만 하면 금방 집으로 갈 수 있어."

"내 동생은 어디 있어요? 사람들은 다 어디로 간 거예요?"

"그 질문에 답을 찾으려면 너희 모두가 나를 도와줘야 한단다." 여인이 말했다.

시그룬은 창밖을 내다보았다. 바람에 날려 길 위를 구르는 나뭇잎들, 빛바랜 간판들, 완전히 텅 빈 세상. 시그룬의 지금 기분이 딱 그 풍경 같았다.

그레이스가 망원경으로 도시를 살펴보았다.

"더 올 사람이 있는지 기다려보자." 그녀는 망원경을 내려놓고 다시 부엌으로 갔다.

시그룬은 살금살금 창문으로 다가가서 망원경을 집어 들었다. 자세히 살펴보면 도시 어딘가 틀림없이 집안에 사람이 한 명쯤은 있을 거야. 그때 텔레비전을 켜 놓은 것처럼 푸르스름한 빛이 새어나오는 집이 하나 보였다. 시그룬은 그 방향으로 망원경의 초점을 맞추었다. 현관문에 웃는 얼굴의 스티커가 붙어 있었다.

좋은 시절이 바로 코앞이다!

창문을 통해 거실 안을 들여다보았다. 창틀에 놓인 꽃은 시들었고 테이블 유리와 소파에는 회색 먼지가 쌓여 있었다. 몹시 서둘러 집을 떠난 모양이었다. 푸른빛이 어디에서 나오나 하고 찾다가 상자에 들어가 있는 여인을 발견했다. 마치 밀랍으로 만든 인형처럼 굳은 얼굴을 하고 있었다. 남편과 아이 역시 그녀와 똑같은 모습이었다. 시그룬이 본

것은 텔레비전을 보고 있는 가족이 아니라, 겁에 질린 사람들의 얼굴이
었다.

시그룬이 망원경을 내려놓으니 길을 따라 달려오는 소녀가 보였다.
소녀는 코트를 어깨에 두르고 있었다. 파란 날개 같았다. 현관의 불빛
을 향해 달려드는 나방처럼 소녀는 날개를 펄럭이며 집으로 오고 있었
다. 가끔씩 돌아보며 뒤따라오는 소년을 부르곤 했다.

"저기 밖에 여자 애가 있어." 시그룬이 소리쳤다. "이쪽으로 오고 있
어."

마커스가 밖을 내다보았다.

"크리스틴이야. 누군가 찾았나 보다."

"서두르라고 해라." 그레이스가 말했다. "땅거미가 지고 있어. 늑대
가 깨어날 시간이야."

코트를 두른 소녀가 입구에 모습을 보였다. 그 뒤 소년이 어리둥절한
표정으로 따라왔다.

"들어와서 코코아 좀 마시자." 그레이스가 말했다. "세상이 이상해졌
다만 우리가 꼭 바로 잡을 거야."

"올 애들이 더 있니?" 마커스가 물었다.

"아니." 크리스틴이 대답했다. "아무도 못 봤어." 숨을 돌리면서 소녀
가 코트를 벗었다.

"여기가 어디야?" 따라 온 소년이 말했다. "다들 어디 있는 거야? 밖
에는 사람이 없어, 단 한 명도!"

"자기소개부터 하자. 그게 예의란다." 그레이스가 말했다.

"피터 윌슨이에요."

"어서 와, 피터야. 무서워할 거 없어."

시그룬은 늙은 여인을, 그리고 그녀의 우아한 손을 바라보았다. 가구와 바닥에 깔린 양탄자, 그리고 천장에 매달려 있는 조명을 보았다. 집이라기보다는 미술관, 도서관, 연구소를 모두 합친 느낌이었다. 여인이 초콜릿 케이크 한 조각과 우유를 권했지만 시그룬은 고개를 저었다. 헨젤과 그레텔의 한 장면이 떠올라서였다.

"따라들 오너라." 그레이스가 말했다.

아이들은 그레이스를 따라 사무실로 들어갔다. 기둥 모양의 받침대 위에 아주 오래된 토분이 놓여 있었다. 그리고 선반 위에는 누군가 검으로 내려친 듯 갈라진 자국이 있는 헬멧이 얹혀 있었다. 벽에는 오래된 양탄자가 걸려 있었고, 최근에 그린 듯한 웅장한 고성 그림도 보였다. 칼집, 은반지, 작은 코끼리 조각, 일각 고래의 엄니도 있었다. 옛날 사람들의 상상 속 세계를 그린 고대 지도도 있었다. 지도에는 펠트펜으로 군데군데 표시가 되어 있었다. 노란색 포스트잇도 붙어 있었는데 거기에는 이렇게 쓰여 있었다.

판게아 공주의 저주

그레이스가 휘장을 걷자 벽화가 모습을 드러냈다. 일부분만 남은 듯했지만, 화려하고 예술적인 그림이었다. 누가 봐도 왕으로 보이는 남자가 코뿔소를 끌고 있었다. 코뿔소에는 마구가 채워져 있었다. 거대한 금붕어를 안고 있는 소녀, 소녀를 작은 호수로 끌고 가는 소년도 보였다. 소녀는 유리로 만든 관처럼 생긴 상자 안에 누워 있었다.

"저 소녀는 누구예요?" 시그룬이 물었다.

"옵시디아나란다. 판게아의 공주지. 그녀에 관한 얘기를 수 천 가지나 수집했어. 그리고 그 얘기들이 여기서 일어난 일과 어떤 관련이 있는지를 연구했단다. 유적지와 폐허를 헤집고 다녔어. 이제는 결론을 내릴 때가 된 것 같구나. 세상을 저주에서 구할 유일한 방법을 찾아낸 것 같아. 단, 너희들이 나를 도와준다면."

그레이스는 아이들에게 동영상 하나를 보여주었다. 한 남자가 황폐한 도시에 서서 등 뒤로 보이는 언덕을 가리키고 있었다. 그는 고개를 저으며 진지한 목소리로 말했다. "누군가 그녀를 깨웠다! 저주가 되살아났다!"

아이들은 두려움에 얼어붙었다. 바깥세상은 고요하기만 했다. 생명이라곤 보이지 않았고 도시에는 불빛 한 점 없었다. 오로지 파리한 푸른빛만이 정적에 싸인 집들로부터 새어나오고 있었다. 벽에 설치한 스크린에는 전 세계에서 웹캠으로 찍어 보낸 영상이 흐르고 있었다. 모든 곳에서 같은 일이 벌어지고 있었다. 유령의 집, 유령의 거리, 유령의 도시. 모든 것이 버려지고 모든 것이 비었다. 그런데 세상은 전혀 죽은 것 같지가 않았다. 오히려 푸르고 무성했다. 길과 콘크리트 더미는 숲에 가려 보이지 않았다. 세상은 분명 마법에 걸려 있었다.

그레이스는 종이 뭉치를 테이블에 쿵 하고 내려놓았다. 아이들이 깜짝 놀랐다.

"이야기를 하나 해 줄까?"

아이들은 고개를 끄덕였다.

그레이스의 이야기가 시작되었다.

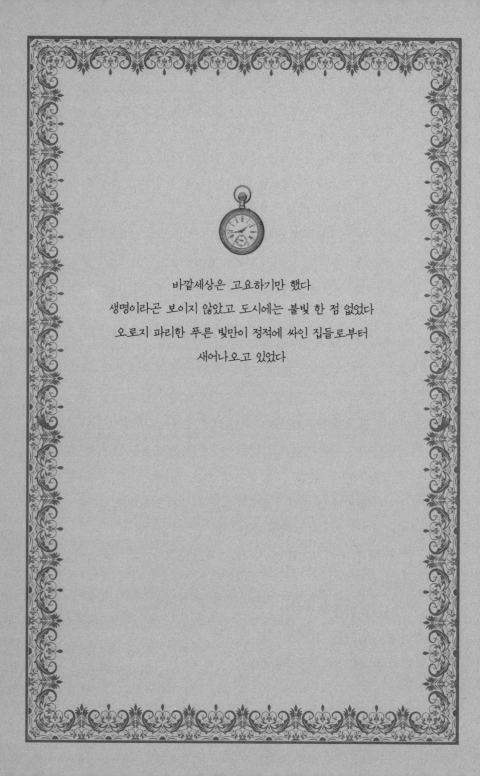

바깥세상은 고요하기만 했다

생명이라곤 보이지 않았고 도시에는 불빛 한 점 없었다

오로지 파리한 푸른 빛만이 정적에 싸인 집들로부터

새어나오고 있었다

세 자매

아주, 아주 먼 옛날, 적은 수의 인간이 수렵과 채집을 하며 대지를 떠돌던 시절, 세 자매가 태어났다.

세 자매의 어머니는 금방 알아챘다. 하나는 눈멀고 귀먹었으나 말할 수 있고, 하나는 눈멀고 말 못하나 들을 수 있으며, 하나는 귀먹고 말 못하나 볼 수 있음을.

자매는 서로가 부족한 것을 채워 가며 성장했다. 들을 수 있는 아이는 초감각의 청력을 지녔고, 볼 수 있는 아이는 독수리보다 매서운 눈을 가졌으며, 말할 수 있는 아이는 들짐승도 놀라 달아날 목청을 가졌다. 그렇게 셋이 함께 숲을 돌아다니면 눈과 귀가 온전한 어느 누구보다도 길을 잘 찾았다.

그런데 사람들은 자매를 두려워하여, 그들이 불운을 몰고 올 것이라 믿었다. 사람들이 자매의 어머니에게 강요했다. 아이들을 숲속 빈터에 버리고 죽게 내버려두라고.

그러나 맹수 중의 맹수조차도 자매를 해치지 않았다. 볼 수 있는 아이는 짐승의 눈을 깊이 응시했고, 들을 수 있는 아이는 연민을 담아 짐 승의 소리에 귀 기울였고, 말할 수 있는 아이는 다정한 말을 속삭이며 짐승을 쓰다듬었다.

자매는 벌이 지어 준 거대한 벌집으로 은신처를 삼았다. 젖소는 우유를 내고, 말은 그들을 등에 태워 산을 넘었으며, 늑대는 토끼와 꿩을 잡아 와 먹게 했다.

사람들은 숲 속 어디쯤에서 언제 그들을 맞닥뜨릴지 알 수가 없었다. 두려움을 견디지 못한 사람들은 용감한 젊은이를 뽑아 숲으로 보내기로 했다. 세 자매를 죽이고 자매의 심장을 증거로 가져오라고 했다. 젊은이는 길을 나섰다. 숲 속 빈터에 이르러 마침내 자매가 숨어 있는 벌집을 찾았다. 그는 털로 몸을 숨기고 손에 칼을 쥐었다. 어린 소녀가 돌아오는 모습이 보였다. 소녀는 손바닥에 앉은 작은 새에게 속삭이고 있었다. 젊은이는 귀를 세우고 소녀의 속삭이는 노래를 들었다. 종일 꼼짝 않고 누워서 소에게, 그리고 말에게 건네는 소녀의 속삭임을 들었다. 흉포한 늑대를 잠재우는 그녀의 속삭임에 귀 기울였다. 그는 그렇게 친밀하게 짐승과 교감하는 인간은 본 적이 없었다.

듣는 소녀가 돌아왔을 때도 그는 여전히 숨어 있었다. 낯선 심장박동을 들은 소녀가 멈칫했다. 소녀는 소리 나는 쪽으로 다가와 털을 들추고 젊은이를 끌어냈다. 보는 소녀가 그의 눈에 시선을 박고 그의 영혼 깊은 곳을 응시했다. 말하는 소녀는 그의 귀에 이렇게 속삭였다.

"노래를 배웠으니 당신은 힘을 얻었다. 그러나 명심하라. 결코 짐승을 인간에 맞서게 하지 마라. 그리하는 자는 가장 소중한 것을 잃으리라."

젊은이는 공포에 휩싸여 달아났다. 그는 하루 종일 숲을 헤매다 수사슴 한 마리를 만났다. 자신도 모르게 칼에 손이 나갔다. 그러나 칼을 던지는 대신 그는 자매에게 배운 노래를 속삭였다. 그리하여 젊은이는 세 자매의 심장을 가져오는 대신 수사슴을 타고 마을에 돌아왔다. 사람들이 젊은이 앞에 무릎을 꿇고 그를 왕이라 불렀다. 그는 마소와 코끼리를 길들이고, 이전에 본 적 없는 거대한 궁전을 지었다. 낙타를 길들여 누구도 건너지 못한 사막을 건넜다. 그렇게 처음 마을이 생기고, 처음 도시를 이루고, 처음 나라가 탄생하니 그 이름을 판게아라고 하였다. 젊은이는 아들을 얻었고 그 아들이 다시 왕위를 이으며 수백 년에 또 수백 년이 흘렀다.

동물과 소통하는 능력을 지닌 자들이 대대로 판게아의 왕을 모셨다. 비록 모든 왕의 시대가 태평성대는 아니었다 할지라도, 감히 짐승을 인간에 맞서게 하는 왕은 없었다.

오랜 세월, 자매의 소식은 들리지 않았다. 다만 그들이 모습을 보이면 불길한 일이 생길 징조라는 전설이 전해 왔다. 그런데 지금 판게아에서 세 자매를 보았다는 목격담이 떠돌고 있는 것이다. 보름달이 뜬 산꼭대기에서, 그물을 당기는 어부 곁에서, 그리고 까마귀 둥지에 앉아 있는 자매를 보았다는 것이다.

그러나 디몬 13세는 이 소문을 듣지 못했다. 사랑에 빠져 있었으므로. 그야말로 완전히, 사랑에 빠져 있었으므로.

삶과 죽음

판게아의 디몬 왕은 근래 유난히 정신을 놓고 있을 때가 많았다. 꿈꾸듯 허공을 바라보는 모습이 종종 신하들의 눈에 띄곤 했다. 까닭을 모르는 이는 없었다. 왕이 숲으로 사냥을 나갔다가 작은 호수에서 송어를 낚고 있는 여인을 만났다. 놀랄 만큼 아름다운 여인이었다. 덩치 큰 호랑이 한 마리가 그녀의 발치에 누워 있었다.

두 사람은 서로 인사를 나누었다. 그녀의 이름은 선빔이었다.

그녀의 눈동자는 허공을 맴도는 해파리처럼 몽롱했고, 머리카락은 바닷가의 해초처럼 일렁였으며, 입술은 불가사리처럼 붉었다.

"불가사리" 왕은 생각했다. "불가사리" 왕의 심장은 갓난 돌고래마냥 안절부절못하고 펄떡거렸다.

두 사람은 호수 안에 있는 작은 섬으로 헤엄쳐 들어가, 늙은 마가목 아래 앉아 하루 종일 노닥거렸다. 저녁 무렵이 되자 왕은 이미 주체할 수 없는 사랑에 휩싸여 그녀에게 말했다. 성에 들어가 함께 살자고.

"왕께서 나한테로 오면 좋을 텐데." 그녀가 짓궂게 웃으며 말했다.

"하지만, 나의 왕국은 누가 다스린다는 말인가?"

"때론 지배하지 않는 것이 지배하는 방법이랍니다." 꿈틀대는 송어를 내려놓으며 그녀가 말했다.

성에 돌아온 왕은 그 말을 실천했다. 기회를 엿보다가 그대로 말에 뛰어 올라 숲을 향해 달렸다.

"가을에 보세." 왕의 모사 콘실료에게 왕이 소리쳤다.

"왕국을 어찌하려 그러십니까?"

"때론 지배하지 않는 것이 지배하는 방법이라네." 왕은 이렇게 대답하고 사라져버렸다.

왕과 선빔은 호숫가 오두막에서 여름을 오롯이 함께 지냈다. 키득거리고 깔깔대는 소리가 밤늦도록 들렸다. 왕은 그녀에게 자신의 꿈을 얘기했다. 왕국의 영토를 넓히고 싶다고. 그녀가 그를 끌어안으며 말했다.

"저런. 작은 숲 하나, 덤불 몇 더미, 작은 연못 하나, 그거면 우리에게 충분한 걸요."

세월이 흘러 새 생명이 그녀의 뱃속에서 자라기 시작했다. 왕에게 세상은 달콤하기 그지없었고 들리는 소리 모두가 새의 노래 같았다.

그들은 성대한 결혼식을 올렸다. 군중은 환호했고, 수천 마리의 새들이 눈 앞에서 불꽃이 터지듯 하늘을 수놓았다.

아이가 태어날 즈음 선빔은 궁전 꼭대기 방으로 옮겨졌다. 그 방에서는 폭신한 침대에 누운 채로 산과 계곡, 그리고 나무 사이를 이리저리 날아다니는 앵무새를 바라볼 수 있었다. 그러나 출산은 고통스러웠다. 하루 낮과 하루 밤이 지나고서야 마침내 아기가 세상으로 나오고, 탑에서는 이런 외침이 울려 퍼졌다.

"공주님이 태어나셨다!"

여왕은 아기를 두 팔에 안고 희미하게 미소지으며 말했다. "이렇게 아름다울 수가."

그러고는 눈을 감고 다시는 뜨지 않았다.

산파가 여왕의 품에 있던 아기를 안아 올렸다. 왕은 자신이 사랑하는 오직 한 사람, 여왕을 깨우려 애썼다. 하지만 그녀는 깨어나지 않았다.

왕은 양손에 얼굴을 묻었다. 가슴이 터질 듯했다. 누군가 가위를 들고 팽팽하게 당겨진 가슴 속 하프 줄을 자르고 있는 것만 같았다. 이건 사실이 아냐! 방금 그에게 입 맞추더니, 이제 그녀는 영영 가버렸다. 그의 가슴 속에서 터진 작은 별이 블랙홀이 되어 그가 가진 모든 기쁨, 그를 둘러싼 모든 맛과 색을 빨아들이는 것 같았다. 수평선을 바라보았다. 태양과 바람과 세상은 아무 일도 없었다는 듯 그대로였다. 날파리는 여전히 윙윙대고, 새들은 즐겁게 지저귀며, 태양은 천연덕스럽게 빛나고 있었다.

디몬 왕은 온 힘을 끌어 모아 소리쳤다.

"노래를 멈추어라! 명하노니 당장 노래를 멈추라! 모두 다 지옥으로 꺼져버려라!"

그때 문득 가녀리게 훌쩍이는 소리가 들렸다. 너무나 조심스럽고 연약한 소리였기에 그의 심장이 요동쳤다. 그는 갓 태어난 자신의 딸을 두 팔로 감싸 안고 달랬다. 그렇게 작은 생명을 만져본 적이 없는 서투르고 크기만 한 손이었다. 그는 아기의 이마에 입을 맞추었다. 아기에게서 꽃냄새가 났다. 아기는 물개처럼 호기심 많고 깊고 영리한 눈으로 아빠를 쳐다보았다. 그는 웃으면서 울었다. 아기가 다시 울기 시작했다.

"배가 고프신가 봐요." 산파가 말했다.

전령이 집집마다 돌아다니며 아기를 돌볼 유모를 구했다. 마침내 소디스를 찾아냈다. 그녀는 부드러운 손과 아름다운 미소를 지닌 금발의 여인이었다. 그녀의 가슴에선 젖이 흘러넘쳐 아기가 원하는 사랑이 아낌없이 쏟아졌다.

왕은 분노와 상실감에 속을 태웠다. 운명이 그를 버렸음이라. 그날 밤, 그는 죽은 왕비를 안고 말에 올라 숲으로 향했다. 그리고 그들이 함께 여름을 보낸 작은 호숫가에 그녀를 묻었다.

세상에서 가장 아름다운 아기가 태어났다는 소식이 왕국에 퍼져나갔다. 피처럼 붉은 입술, 까마귀 날개처럼 검은 머리, 눈처럼 하얀 아기 공주. 왕은 눈을 감고 이렇게 말했다. "모든 신의 이름을 걸고 맹세컨대, 내 이 아이를 위하여 무슨 일이든 할 것이다. 산을 기어오를 것이며 전쟁에서 이길 것이다. 아이의 행복을 위해서라면 무엇이든 할 것이다." 아기의 이름은 흑요석을 뜻하는 '옵시디아나'라고 지었다.

왕은 아기를 발코니로 데려갔다. 그리고 온 백성에게 왕위를 계승하게 될 새 공주를 보여 주었다. 백성은 기뻐했고 시인은 공주를 찬미했다. 수십 년 후 같은 자리에 서 있는 그녀를, 공포에 떨며 올려다볼 줄은 누구도 상상하지 못했다.

엑셀

사랑에 빠져 있을 때도 안절부절못했지만 슬픔에 빠진 왕의 모습은 더욱 안쓰러웠다. 그를 위로하고 고통을 잊게 하려는 마음에 왕의 모사 콘실료는 함께 산책을 하자고 제안했다. 콘실료의 머리 주변에는 길들인 벌떼가 토성의 고리 모양으로 날아다녔다. 어깨에는 늙은 다람쥐가 앉아 있었고, 뒤로는 한 쌍의 보아 구렁이가 그의 그림자 언저리를 미끄러지듯 따르고 있었다. 두 구렁이는 가끔 서로 엉켜서 머리 둘 달린 한 마리의 큰 뱀처럼 보였다.

콘실료는 왕에게 모든 것이 얼마나 번성하고 있는지, 세상 어느 나라에도 비길 수 없을 만큼 얼마나 훌륭한 왕국인지 보여주었다. 강을 지날 때에는, 수달 한 마리가 강둑을 기어올라 근처에 잠들어 있는 어부에게 물고기를 물어다 주는 모습을 보았다. 코코넛을 따려고 나무를 오르는 원숭이도 보았다. 모자를 뜨는 늙은 여인 곁에 원숭이가 따온 코코넛이 무더기로 쌓여 있었다. 멀지 않은 곳에서 녹슨 빛깔의 코뿔소가 쟁기질을 하고 있었다. 왕국은 융성하여 헛간에는 건초가 가득했으며, 저장고는 말린 생선으로 터질 듯했고, 병마다 가득가득 잼이 넘쳤다. 그러나 어느 것도 왕에게는 위로가 되지 않았다.

늙은 현자 자코는 슬픔의 족쇄에 갇혀버린 왕을 구원해줄 지혜의 말을 찾아서 필사적으로 도서관 구석구석을 뒤졌다. 궁정 요리사들은 군주를 위해 가장 맛난 음식을 준비했다. 바다쇠오리로 속을 채우고 그 안에 칠면조, 그 안에 홍학, 닭, 들꿩, 앵무새, 발종다리, 꿀 바른 벌을 미어질 듯 집어넣은 벌새로 켜켜이 속을 채운 다음 통째 구운 타조를 대령했다. 그러나 왕은 식욕이 동하지 않았다. 아기 공주가 까르륵거리며 코를 잡아당기면 그때 잠깐 고민을 잊었다. 무수한 과업이 그를 기다리고 있기도 했지만, 그렇게 중요한 지위에 있는 사내가 아기 돌보는 일로 소일하는 경우가 흔치 않은 시절이었다. 그리하여 유모 소디스에게 그 일을 맡기고 백 명의 시녀가 돕게 했다.

"세상에서 가장 훌륭한 스승을 모셨느냐?" 왕이 물었다. "공주가 노래와 천문학을 배웠더냐?"

"태어난 지 이제 겨우 몇 달밖에 지나지 않았습니다." 콘실료가 대답했다. "하오나 앞으로 최고의 스승을 모실 것입니다."

"공주가 세상에서 제일 좋은 음식을 먹느냐?" 왕이 물었다.

"아직은 유모가 젖을 물리고 있습니다." 콘실료가 대답했다. "하오나 때가 되면 요리사를 임명할 것입니다."

밤이 되면 상실감이 왕을 집어삼켰고, 왕은 우리에 갇힌 사자처럼 궁전을 배회했다.

어의가 와서 왕의 심장 박동을 세어보고는 물었다. "어떤 기쁨이어야 전하의 슬픔이 덜어질는지요?"

왕이 대답하기를, "나의 슬픔이 너무나 깊으니 온 세상을 정복해야 할 것이로다."

"그것은 저의 능력이 미치지 않는 일이옵니다." 어의가 말했다.

바로 그때 뒤에서 날카로운 목소리가 들려왔다. "어떻게 하면 세상을 정복할 수 있는지 제가 아옵니다."

왕이 돌아보았다. 키 큰 사내가 복도에 서 있었다. 온몸이 곰팡이를 뒤집어쓴 듯 잿빛이어서 궁전의 벽과 구분이 안 될 정도였다. 사내는 바둑판무늬의 옷을 입고 은으로 도금된 자를 들고 있었다. 왕에게로 다가오는 길에 줄을 밟지 않으려고 조심하는 게 보였다. 바닥에 깔린 타일은 크기가 제각각이어서 그는 세 번째 걸음마다 살짝, 아니면 껑충 걸음을 내디뎠다. 목청을 가다듬더니 약간 높은 목소리로 그가 말했다.

"전하께 방해가 되기를 원치 않습니다만, 소인은 엑셀이라고 하옵니다. 제가 도움이 되어 드릴까 합니다."

"어디서 솟아난 놈이냐?" 왕이 물었다.

"폐하의 회계를 담당하고 있사옵니다."

"네가?" 왕이 놀라 물었다. 이전에 그를 본 기억이 없었다. "네가 무슨 연유로 세상을 지배하는 방법을 안다는 말이냐?"

"계산을 해보았지요." 엑셀이 대답했다. "엄청난 양의 금이 필요하실 터인데, 공기를 금으로 바꾸는 방법을 소인이 알아냈습니다."

왕은 눈썹을 치켜 올렸고 어의는 고개를 저었다.

왕이 말했다. "그래, 공기를 금으로 바꾸려면 무엇이 필요한고?"

"우선 다락방이 필요하옵고, 커다란 쟁반에 담은 해기스(양의 내장으로 만든 순대 비슷한 스코틀랜드 음식)가 필요합니다."

평생 들어본 적 없는 멍청한 소리였지만 왕은 호기심을 이기지 못해 그가 원하는 것을 마련해 주라고 지시했다.

다음 날 다락방 열쇠 구멍으로 밝은 빛이 새어나왔다. 문을 열어 본 왕은 눈이 부셔 앞을 볼 수가 없었다. 온 방에 황금과 반짝이는 다이아몬드가 가득했다. 엑셀이 번쩍이는 보석 더미를 옆에 쌓아두고 자랑스럽게 책상에 앉아서 보물의 무게를 하나하나 잰 다음 두꺼운 장부에 적고 있었다.

"제가 말씀드리지 않았사옵니까!" 계속 무게를 재면서 엑셀이 흥에 겨워 말했다. 은은한 황금빛을 받아 그의 얼굴이 빛났다.

"이 마법의 비밀이 무엇이더냐?" 왕이 물었다.

"해기스 한 조각을 주면 무엇이든 반짝이는 것을 가져오도록 까마귀를 훈련하였습니다." 엑셀이 의기양양해서 대답했다.

방안 가득한 보물을 지긋이 바라보던 왕의 눈동자가 한순간 불을 켠 듯 환해졌다. 그리고 그의 영혼에 남아 있던 마지막 한 방울의 슬픔마저도 연기처럼 사라졌다.

콘실료가 미심쩍은 눈길을 보냈다. "까마귀에게 금을 모아도 된다고 허락한 적이 없사옵니다."

"심려 마옵소서." 엑셀이 말했다. "제가 그동안 모든 계산을 마쳤습니다. 나머지는 계산대로 자연스럽게 진행될 것이옵니다."

얼마 지나지 않아 이웃 나라의 통치자들이 금을 탐하여, 그것이 자신들의 금고에서 나온 보물이라 주장하기 시작했다. 여러 이웃 나라가 힘을 합해 강력한 군대를 조직하고 판게아를 포위 공격했다.

"너 때문에 모두 엉망이 되었다!" 왕이 엑셀을 향해 천둥처럼 고함을 질렀다.

그러나 엑셀은 단호했다. "심려 마십시오, 폐하. 가장 작은 짐승으로 가장 큰 군대를 물리칠 계산이 서 있습니다."

"그것이 어찌 가능하냐?"

"저를 믿으소서."

"하오나 전하," 콘실료가 나섰다. "짐승으로 하여금 인간에 맞서게 하는 일은 이제까지 단 한 번도 없었습니다."

박자에 맞춰 행진하는 적군의 발소리가 성을 흔들고 아기 공주를 깨웠다. 공주가 울기 시작했다.

"저들이 나와 공주를 위협하는도다!" 왕이 말했다.

도시로 들어오는 문마다 바리케이드를 설치했다. 왕의 신하들은 엑셀의 지시에 따라 밤낮으로 흰개미와 벌과 군대 개미를 훈련했다. 사흘째 되는 날 벌레 떼가 침략자를 습격했다. 적들은 옷 속에서 날뛰는 벼룩에 놀라고 당황하여 온몸을 긁어 댔다. 흰개미 떼가 적의 화살과 창 자루와 방패를 갉아먹었다. 나방은 적의 신발 끈과 군복을 물어뜯어 벌거숭이로 만들었다. 그런 다음 벌떼의 공격이 시작되었다. 새벽녘에 이르자 적의 병사들은 벌에게 쏘이고 뜯겨 부풀어 오른 맨몸뚱이를 드러내고 서 있었다. 그들은 백기를 올렸지만, 그 깃대마저 흰개미 떼의 공격에 무너지고 말았다.

손쉽게 승리를 얻은 왕이 빙그레 웃으며 말했다. "자, 이제 어찌하면 좋겠느냐? 적들을 쫓아내야 하느냐 아니면 죽여야 하느냐?"

"그들에게 금을 내리심이 좋을 듯합니다." 엑셀이 대답했다.

"무어라!" 왕이 크게 놀랐다.

"강점, 약점, 기회, 위협 등 상황에 따른 모든 요소를 계산해 보았습니다. 제안컨대, 병사들의 충성심을 금으로 사고 저희를 공격한 나라를 복속시키소서."

모든 일이 엑셀의 예언대로 흘러갔다. 적은 항복했으며, 항복의 대가로 황금 메달과 무기, 그리고 존경을 얻었다. 그리하여 2배로 커진 군대는 똑같은 전술을 이용해 차례로 이웃 도시를 정복해 나갔다. 디몬 왕의 영토는 강한 서풍에 불길이 번지듯 넓어져갔다. 궁전은 더욱 커지고 왕국은 번영을 누렸다. 예전에는 그의 이름도 모르던 지역 곳곳에 디몬 왕의 조각상이 세워졌다.

지도를 들여다보며 자신의 왕국이 얼마나 거대해졌는지 확인하는 왕은 몹시 즐거워 보였다.

"이제는 뭘 하면 좋으냐?" 왕이 말했다.

"가장 작은 짐승으로 크나큰 군대를 이겼습니다. 하오나, 몸집이 큰 짐승들까지 싸움에 끌어들여야 마침내 온 세상을 정복할 수 있습니다."

왕은 미소를 지었다. 그러나 콘실료는 얼굴이 붉어졌다. 그의 벗겨진 머리에 벌들이 모자처럼 앉아 있었다.

"세 자매가 전하의 조상에게 짐승과 소통하는 속삭임을 일러줄 때에 한 가지 약속을 받았습니다. 짐승을 결코 사람과 맞서게 하지 말라는 것이었습니다." 콘실료가 말했다.

"오래된 전설에 마음 쓰지 말라. 내가 정복하는 곳, 선이 승리하는 곳이다." 왕이 말했다.

왕은 칙령을 반포했다. 속삭이는 자와 길들이는 자는 짐승에게 들려

줄 새로운 노래를 받았다. 북극 제비갈매기는 무리를 지어 공습훈련을 했다. 황소는 앞발로 땅을 헤집고 뿔 달린 머리를 숙이면서 콧김을 내뿜었다. 코뿔소는 크르릉대며 전투 준비를 했다. 왕은 짐승들을 둘러보았다. 우렁찬 소리로 쿵쿵대고, 으르렁거리며, 꽥꽥대고, 삑삑대고, 끽끽대고, 꼬꼬댁거리는 무적의 군대였다. 맹금류의 새들이 성 위에 떠 있는 구름 속을 맴돌았다. 왕은 높은 곳의 신들을 향해 주먹을 흔들었다.

"당신들이 세상을 지배한다고 생각하겠지. 누가 가장 위대한 자인지 내 보여주리라! 장수여! 군대를 모아라! 코뿔소에 마구를 채워라! 황소의 뿔을 날카롭게 갈라! 말에게 물을 먹이라! 창끝을 매섭게 세우라! 법률가를 배불리 먹이라! 나의 딸 옵시디아나의 이름으로 내가 세상을 지배하리라!"

그러고는 바로 어린 공주에게 작별의 입맞춤을 하고 난 후 군대와 함께 사라졌다. 열 두 개의 산을 넘고, 네 개의 사막을 건너고, 끝없는 숲을 지났다. 코로 냄새 맡을 수 있는 곳보다 멀리, 귀로 들을 수 있는 곳보다 멀리, 눈으로 볼 수 있는 곳보다 멀리, 상상이 미치는 곳보다 더 멀리 갔다. 모든 생명 있는 것들이 성전에 나서고 난 후, 도시는 기묘한 정적에 휩싸였다. 아기 공주는 유모 소디스와 함께 성에 머물렀다. 백 명의 시녀와 천 명의 호위병도 함께 남았다. 왕은 공주가 세상에서 가장 행복한 아기가 되게 하라고 명령했다. 엑셀이 궁정의 책임자가 되어 어린 공주에게 무엇이 최선인가를 빈틈없이 계산했다. 옵시디아나는 유일한 후계자였다. 그녀 없이는 디몬 왕의 정복도 한낱 헛된 일일 뿐이었다.

옵시디아나와 연못

디몬 왕과 그의 군대가 이 곳에서 저 곳으로, 이 나라에서 저 나라로 말을 내달리니 온 땅이 두려움에 떨었다. 그들이 진격해오기도 전에 새들은 흩어지고, 들짐승은 우르르 뛰어 달아나며, 사람들은 높이 피신해 도시가 텅 비었다. 세상 어디에도 다시없을 엄청난 군대였다. 이전에는 어느 누구도 벌이나 무장한 코뿔소로 하여금 인간에 맞서게 한 적이 없었다. 높고 낮게 으르렁거리는 소리에 가장 용맹한 전사들도 맥을 놓았다. 바로 항복하지 않는 자에게는 참혹한 결과가 기다리고 있었다. 코뿔소가 선두를 헤집으면, 용맹한 전사가 으르렁대는 사자를 거느리고 적진을 파고들고, 기병은 검을 좌우로 마구 휘두르며 전진하여 왕과 귀족이 숨은 곳을 덮쳤다. 폐허 속에서도 끝까지 저항을 포기하지 않는 도시에는 하이에나와 늑대가 남아 뒤처리를 맡았다.

교전이 끝날 때마다 디몬 왕은 검은 말이 끄는 은색 마차에 올라 전장을 가로질렀다. 검은 말은 황소처럼 기운차게 패잔병을 넘고 독수리가 맴도는 시체 더미를 넘었다. 디몬 왕이 적국의 왕과 왕자들을 불러들여 커피와 빵을 대접하면 콘실료는 가방을 열며 말했다. "이것은 항복을 선언함과 동시에 판게아의 왕에게 영원히 충성할 것을 맹세하는 진술서입니다. 세 부를 준비했으니 각자 여기에 서명하시죠." 연대기의 기록자들은 장대한 전투와 위대한 용기의 대서사시를 고국에 전하기 위해 머리를 쥐어뜯었다.

제국은 번성했다. 동쪽 사람들은 왕의 궁전을 "문어의 머리"를 뜻하는 Krabaduso Rundi라 불렀다. 제국의 촉수가 온 세상으로 뻗은 듯했기 때문이다. 서쪽 사람들은 궁전을 일러 소용돌이라 했다. 모든 권력이 태어나는 곳이자, 세상 모든 부를 마치 거대한 태풍이 쓸어가듯 집어삼키는 곳이었기 때문이다. 소라고둥의 껍질이 자라듯 궁전은 점점 커져갔다. 언덕 꼭대기에서 판게아시를 굽어보며 서 있는 궁전은 태양의 열기를 받아 타오를 듯 빛났다. 그리고 궁전 한가운데에는 아름다운 공주 옵시디아나가 있었다. 그녀는 창가에 앉아 황금의 벽을 흑진주와 백진주로 장식하는 장인들을 지켜보았다. 한 개의 탑 위에 또 하나의 탑이, 꼭대기가 구름에 닿고 별을 스칠 듯 거듭 쌓여가는 모습을 지켜보았다.

온 우주가 옵시디아나의 것이었다. 그러나 왕이 돌아오기만을 기다리는 그녀의 가슴은 그리움에 터질 것 같았다. 거대한 원형경기장을 건너다보며 먼 곳에서 들려오는 환호와 기쁨의 소리를 들었다. *저들은 무엇이 그리 좋을까?* 그녀는 동쪽 저 멀리 산꼭대기에 있는 일곱 개의 탑을 바라보았다. 그곳으로 가고 싶은 마음이 간절했다. 성가퀴를 눈여겨 살피면서 성벽을 기어내려 갈 수 있겠는지, 떨어져서 다치지는 않을지 가늠해보았다. 그녀는 다쳐본 적이 없었다. - 공주가 걸음마를 시작했다는 소식을 전장에서 전해들은 디몬 왕은 칙령을 내렸다.

"차후로는 판게아의 모든 지역에 뾰족한 모서리가 없게 하라."

디몬 왕은 성의 내부를 양탄자와 비단방석으로 모조리 감싸게 했다. 공주가 혹 넘어지기라도 하면 붙잡아 줄 경비병이 곳곳에 배치되었다. 어린 공주는 계단 끝까지 한달음에 올라가 잡아보라며 뛰어내리는 장난을 즐겼다. 단단한 돌바닥을 향해 떨어질 때면 공주는 뱃속이 간질거렸고, 경비병이 비단 양탄자로 자신을 받아 안으면 키득키득 웃음이 났다. 경비병은 안도의 한숨을 쉬며 이마에 맺힌 식은땀을 훔쳤다. 이는 공주의 목숨뿐 아니라 자신의 생사가 걸린 일이기도 했다. 옵시디아나는 극진한 보살핌 속에서 자랐기에 무릎에 생채기 하나 생길 틈이 없었으며 상처에서 딱지를 뜯어내는 재미 따위는 더더욱 알 리가 없었다.

전령 까마귀가 아버지 소식을 가지고 날아오기를 기다리면서 공주는 뚫어지게 수평선을 바라보았다. 몇 주째 까마귀는 한 마리도 보이지 않았다. 편지는 이미 무더기로 쌓여 있었다. 공주는 그 편지를 읽고 또 읽었다.

사랑스러운 나의 딸,
지난 전투에서 승리를 거둔 덕에, 이제 다이아몬드 성 하나가 네 차지가 되었구나. 성이 있는 도시는 너의 이름을 따서 옵시디아나라고 부를 것이다. 모든 지역에서 승리가 확실해지면, 그때 우리 함께 그 성에 가자꾸나…

디몬 왕의 편지는 어마어마하게 큰 산과 어두운 숲, 그리고 황금의 도시 이야기로 가득했다. 왕은 신기한 나라와 야수, 그리고 동족을 잡아먹는 짐승이 우글대는 숲에 대해 이야기했다. 괴이한 짐승과 신기한 물고기, 그리고 위대한 전투에 대해 들려주었다. 옵시디아나는 눈을 감고 아버지를 떠올려보았다. 아버지의 눈, 코, 그리고 목소리를 기억하고 싶었다. 그녀가 가진 것은 아버지의 편지뿐. 아버지라는 존재가 그저 글자로만 곁에 머물고 있었다.

사랑스러운 나의 딸,
세상을 떠돈 지 어언 십 년이 되고 보니, 그 넓이가 가히 나의 상상을 넘어서는구나. 집으로 돌아가면, 늘어진 버드나무 아래 너의 어미가 잠들어 있는 숲으로 데리고 가마. 거기를 아는 사람은 나뿐이란다. 숲 속에는 아름다운 호수가 있어 송어가 꿈틀대며 헤엄쳐 다닌단다.
네가 보고 싶구나.

아빠가

붉은 판다 한 마리가 공주의 팔로 뛰어들었다. 옵시디아나는 판다를 부드럽게 쓰다듬었다. 옵시디아나가 가진 것이 다 그렇듯, 너구리만한 크기의 그 판다는 진귀한 놈이었다.

그녀는 판다의 귀 뒤를 긁어주면서도 시선은 이리저리 지붕을 뛰어다니는 꾀죄죄한 개 한 마리를 좇고 있었다. 그 개도 쓰다듬어 주고 싶었다.

"판다야, 너도 저런 개랑 놀고 싶지 않니?"

그녀가 속삭였다. 판다가 공주의 목에 코를 비볐다. 판다의 수염이 공주의 목을 간질렀다.

개와 함께 뛰어다니는 아이를 보았다. 옵시디아나도 그 아이와 놀고 싶었지만, 그런 일은 있을 수 없었다. "친교 시험"을 보려고 줄지어 선 아이들을 수없이 봤다. 아이들은 곱게 빗질한 머리에 말쑥한 차림으로 시험장에 들어가곤했지만, 결과는 언제나 같았다. 잠시 후 아이는 슬픈 얼굴로 돌아서 나오고, 엄마는 잔소리를 퍼붓고, 아빠는 화난 걸음으로 앞질러 가버리고. 엑셀이 서류를 내보이며 건조한 목소리로 시험 결과를 발표한 게 겨우 일주일 전이었다.

"상상도 할 수 없는 일이 다시 한 번 벌어졌습니다. 놀랄 만치 비범한 아이들 삼천 명을 면접하였으나 옵시디아나에 필적할 만한 아이는 단 한 명도 없었습니다. 참으로 놀랍지 않습니까?"

홀에 모인 사람들 모두 박수갈채를 보냈지만 옵시디아나는 아니었다. 그녀는 엑셀을 바라보며 물었다.

"그럼 그 아이들 중 누구도 나의 친구가 될 수 없다는 거야?"

"유감스럽지만 그렇군요. 시험을 통과한 아이가 없습니다." 엑셀이 대답했다.

"나도 그 시험 칠 수 있어?" 공주가 물었다.

"무엇 때문에요?" 엑셀이 놀라서 반문했다.

"글쎄, 나 자신이 시험을 통과할 수 있는지 알고 싶어."

엑셀이 웃음을 터뜨리며 말했다. "이렇게나 영특하십니다. 이런 생각을 할 수 있는 아이가 달리 또 있겠습니까?"

옵시디아나는 앙갚음을 해주고 싶었다. 엑셀이 늘 지나다니는 복도에다 분필로 여러 개의 선을 가로로 그려 놓고 숨어서 기다렸다. 그가 분필선 앞에서 멈칫하자 그녀가 툭 튀어나와 그를 지나쳐 가서는 그의 등 뒤에 또다시 여러 개의 선을 그었다. 그는 얼어붙은 듯 움직이지 못했다.

"왜 금을 못 밟아?" 그녀가 놀렸다.

엑셀은 분필선 사이로 발을 디뎌보려고 애쓰다가 투덜대면서 포기했다.

"경비병! 경비병! 바닥을 닦아라!"

"나 참 똑똑하지 않아? 이런 생각을 할 수 있는 아이가 달리 또 있을까?" 옵시디아나가 깔깔대며 말했다.

엑셀은 공포에 몸이 떨렸지만 공주를 야단치지는 않았다. 누구도 공주를 야단칠 수 없었다. 그것은 왕의 명령이었다.

옵시디아나는 아이가 개와 함께 모퉁이로 사라지는 모습을 지켜보았다. 유모가 다가와 상냥하게 말을 건넸다.

"창밖을 보고 계시네요."

"응." 옵시디아나가 말했다. "개를 쓰다듬어주고 싶어. 무릎에 생채기도 나보고 싶어."

"당치 않은 말씀을!"

"친구가 있었으면."

"공주님, 그건 제 소관이 아니네요. 아이들이 시험을 통과하지 못하는 걸 어쩌겠어요. 아빠랑 의논하세요."

"아빠는 언제 돌아오실까?"

"세상 전부를 얻으시면요. 곧 모든 게 나아질 거예요. 제 말을 믿어요. 가서 자코랑 얘기해 보세요. 지혜를 얻을 수 있을 거예요."

옵시디아나가 나가고 유모 소디스는 생각에 잠겨 창밖을 바라보았다. 저 멀리 어딘가에 한 아이와 가족이 있다. 영광스럽게도 왕가의 유모로 불려나온 운명의 그날 밤 이후, 그녀가 내내 그리움을 놓지 못하는 아이와 가족이.

옵시디아나는 황금의 복도를 따라 궁전 정원으로 나섰다. 노인 자코는 정원에서 작은 연못의 금붕어와 수련을 보살피고 공주의 동물들도 돌보았다. 공주에게는 소형 동물을 모아놓은 동물원이 있었다. 고양이만한 코뿔소와 강아지만한 코끼리 두 마리. 그래도 그녀가 가장 아끼는 것은 부를 때마다 어김없이 그녀에게 달려오는 두 마리의 흰 사슴, 문과 피크였다. 하인과 경비병들은 배움이 없는 자들이라는 이유로 그녀에게 말을 거는 일이 허용되지 않았다. 자코만은 예외였지만 언제나 격언을 사용하라는 조건이 붙어 있었다.

"안녕, 자코." 공주가 인사했다.

"안녕, 옵시디아나님. 소중한 친구에게로 가는 길은 언제나 즐겁다네."

공주가 연못가에 앉자 물고기들이 조용히 그녀에게 다가왔다. 잘 먹인 덕분에 몇몇 금붕어는 큰 도룡뇽 아니면 작은 악어만 했다.

"곧 내 생일이야." 옵시디아나가 말했다.

"삶이 만족스러운 자, 세월을 찬미하더라!"

"나 이제 열 살이 되는 거야."

"인생은 열 살부터."

"아빠가 동물을 더 보내실 거야."

"이런 세상에! 기린은 보내지 마시길." 은발을 쓸어 넘기면서 자코가 말했다.

"그것도 격언인가?" 공주가 놀리듯 말했다. 자코는 머리를 긁적이며 다시 생각했다.

"키가 큰 기린은 샹들리에를 물어뜯으리." 심각한 얼굴로 그가 말했다. "이 정도면 속담이지, 안 그래요?"

"아빠가 오시면 파티를 열어야지." 옵시디아나는 그렇게 말하면서도 어쩐지 기운이 없어 보였다. 아버지가 다녀가시고 너무나 긴 시간이 흘렀다.

연못가, 그녀의 작은 숲에는 나지막한 돌담이 둘러져 있었다. 거기에 작은 오크나무가 자라고 있었다. 세콰이어와 체리나무는 그녀의 무릎 높이도 안 되었다. 수 백 년이 지났는데도 여전히 잎이 여리고 몸통은 가늘었다. 상아로 만든 인형의 집도 있었고, 비나 햇빛을 피할 수 있을 만큼 커다란 독버섯도 거기 있었다.

공주는 숲을 어슬렁거리며 "문! 피크! 어디 있니?" 하고 속삭였다. 그녀는 사슴의 주의를 끌려고 바구니 안의 풀로 바스락 소리를 내기도 했다. 그러자 하얀 사슴이 달려왔다. 그녀는 문을 들어 올려 부드럽게 토닥여 주었다.

왕의 명령에 따라, 위험한 것은 무엇이든 공주 근처에도 올 수 없었다. 경비병에게는 벌레를 보는 즉시 죽이라는 지침이 내려왔다. 그럼에도 불구하고 옵시디아나는 지네나 무당벌레, 바퀴벌레를 어떻게든 찾아내서 오래된 보석 상자에 담아 인형의 집이라고 부르는 작은 방에 감추어 두곤 했다. 정원에 있는 헛간 지붕에 박쥐가 매달려 잔다는 건 그녀만의 비밀이었다. 전에, 그녀가 박쥐를 발견하고 손으로 가리킨 적이 있었다. 그런데 경비병이 오더니 박쥐를 자루에 넣어서 들고 가 버렸다. 그 후로 누구에게도 박쥐 얘기는 하지 않았다. 그리고 자신만의 친구, 거미에 대해서도 발설하지 않았다. 인형의 집 다락에 살고 있는 거미는 거미줄을 치면서 온방을 휘젓고 다녔다. 그 으스스한 방에 제멋대로 생긴 벌레 인형을 모아두었다. 그녀가 날개를 떼어내면, 집파리는 흑곰이 되고, 벌은 호랑이로, 검은 말벌은 사나운 늑대로 변했다. 방 하나는 쓰지 않는 보석으로 채워 두었는데 작은 도마뱀이 장신구 위에 똬리를 틀고 앉아 있기도 했다.

이 벌레 동물원에 대해서는 아는 사람이 아무도 없었다. 그런데 어느 날 날개 없는 벌 한 마리가 경비병의 눈에 걸려 들었고, 경비병은 즉시 없애 버렸다. 잠시 후 유모가 찾아와 그녀를 나무랐다.

"하지만 그건 호랑이였다구!" 옵시디아나가 말했다.

"벌레를 호랑이로 바꾸다니, 그런 짓을 하시면 안돼요!"

옵시디아나는 입술을 삐죽대며 훌쩍거렸다. "엄마도 아니면서! 내가 태어나지 않았더라면 엄마는 아직 살아 계셨을 거야."

유모는 할 말이 없었다. 표정을 누그리면서 공주를 껴안았다.

"다시는 그런 말 말아요! 어린 아기를 탓할 만한 일은 세상에 없답니다."

옵시디아나의 눈을 지그시 바라보던 유모가 말했다. "어머니는 어딘가에서 공주님을 지켜보고 계세요. 공주님이 웃으면 어머니도 따라 웃으실 거예요."

유모는 앞치마 주머니에 손을 넣더니 구운 과자 하나를 꺼냈다. 옵시디아나는 눈물을 훔치고 과자를 한 입 베어 물었다. 그리고 자신의 목걸이를 들여다 보았다. 그녀에게 남겨진 어머니의 유일한 유품이었다.

"엄마가 있었으면."

그 말이 소디스의 가슴을 찔렀다. 이제껏 그녀가 옵시디아나를 보살폈는데. 태어난 그날부터 줄곧 먹이고 입히고 이야기책을 읽어 주었는데…

옵시디아나는 훌쩍 성장했다. 궁전에 꼼짝없이 갇힌 신세였던 그녀는, 이제 궁전이 점점 자신을 조여 온다는 느낌이 들었다. 실밥이 터져버릴 듯 너무 작아진 옷처럼 느껴졌다. 친구가 필요했다. 시내로 나가세상을 봐야했다. 더 이상은 기다릴 수 없었다. 끝도 없이 이어진 벽에뚫려 있는 창문을 내다보았다. 막 창턱으로 올라서려는데 전령까마귀가 날아와 깜짝 놀랐다. 까마귀는 머리를 숙이더니 날카로운 발톱이박힌 발을 내밀었다. 옵시디아나가 감사의 노래를 나지막이 속삭이면서 새의 발에 묶인 종잇조각을 풀었다.

사랑스런 나의 딸,

세상의 북쪽, 가장 외진 곳에서 이 편지를 부친다. 남부를 정복하고동부와 서부를 합병했으니 이제 북쪽 끄트머리만 남았구나. 이제 곧세상의 지붕에 깃발을 올릴 것이다. 거기서는 나침반의 바늘이 사방을 가리키며 돈단다. 너를 위해 정복한 땅들을 가리키는 것이지.

내 모든 사랑을 담아

아빠

옵시디아나는 기쁨에 차서 제 키만큼이나 펄쩍 뛰어오르며 소리쳤다. "아빠가 돌아오신대! 아빠가 오신다구!" 그녀는 편지를 흔들면서 복도를 내달렸다.

"아빠가 오셔! 서둘러, 소디스. 아빠의 귀향을 축하해야지. 그동안 못했던 내 생일 파티들을 한꺼번에 모아서 할 수 있겠어!"

소디스가 그녀를 껴안으며 웃었고 시녀들은 춤추며 두 사람 주위를 돌았다. 그때 엑셀이 서류를 들고 나타났다. 무미건조한 목소리로 그가 말했다.

"좋은 소식이군요. 왕께서 북극의 빙하까지 정복하신 후, 겨우 2년 정도면 귀향하실 수 있을 테니까요."

옵시디아나의 얼굴에서 순간 웃음이 사라졌다. 하지만 곧 이렇게 말했다.

"상관없어. 어쨌든 집에 오실 거니까!"

그녀는 다시 창가에 앉아 V자 대형을 그리며 날아가는 백조를 바라보았다. 백 마리의 백조가 아빠를 그 하얀 날개에 태우고 집으로 모셔 온다면 얼마나 좋을까.

북쪽 나라의 기이한 노파

세상의 최북단에 깃발을 꽂는다면, 디몬 왕에게 그것은 상징적인 승리가 될 것이었다. 모든 방위가 한 점으로 모이는 곳이 아니던가. 혹한이 뼈 속까지 파고들었고, 살을 에는 바람에 눈발이 날려 소용돌이를 이루었다. 눈은 물결무늬를 만들며 하얀 베일처럼 땅을 덮었다.

"전하, 전군을 다 데려 가시렵니까?" 다람쥐 털로 만든 모자의 끈을 조이던 콘실료가 추위에 몸서리를 치며 물었다.

"기껏해야 바다코끼리 한 마리나 있을까, 거기는 아무것도 없을 텐데요."

그러나 왕은, "북으로 전진하라!"라고 외치며 군대를 재촉했다. 병사들은 목적지를 향해 터벅터벅 느린 발걸음을 옮겼다. 수염은 딱딱하게 얼어붙은 데다 바람이 얼굴을 할퀴었다. 얼어붙은 코끝은 고드름인양 건드리면 툭하고 부러질 것 같았고, 손가락과 발가락은 동상 때문에 시퍼렇게 변했다.

그들이 지나간 길에는 막사에 누운 채로 얼음이 되어버린 병사들이 즐비했다. 딱딱하게 얼어붙은 병사들이 마치 전봇대처럼 일정한 간격으로 눈 속에 박혀 있어서 승리를 얻고 돌아갈 때에도 길을 잃을 염려는 없을 듯했다. 마침내 나침반의 바늘이 원을 그리며 빙빙 돌기 시작했을 때, 디몬 왕은 비록 지쳤으나 자랑스러웠다.

주황색 깃발을 깃대에 꽂았다. 깃발은 타오르는 횃불처럼 펄럭이며, 마침내 온 세상이 정복되었음을 증명했다. 디몬 왕은 감동했다. 그의 눈가에 눈물이 반짝였다. 병사들은 환호했다. 그들의 얼어붙은 수염이 크리스털 잔을 부딪기라도 하듯 쨍그랑거렸다.

그때 갑자기, 빙하를 가로질러 그들에게 다가오는 노파가 보였다. 노파는 두꺼운 북극곰 가죽으로 만든 옷을 입고, 길고 꾸부정한 일각고래 엄니로 만든 지팡이를 들고 있었다. 지팡이로 얼음을 콕콕 찌르면서 구멍과 금간 데를 피해가며 아이처럼 폴짝폴짝 뛰어오고 있었다. 찔러보고 폴짝 뛰고, 또 찔러보고 폴짝 뛰고 하는 모습이 마치 하얀 천에 바느질을 하는 것 같았다. 씩씩거리는가 하면 헉헉거리고 이상한 주문을 외우며 그녀의 바느질은 점점 가까워졌다. 그녀에게 서명 받을 진술서를 찾겠다고 콘실료는 떨리는 손으로 가방을 더듬었다.

"너 탐욕스런 왕이여!" 그녀가 노여운 목소리로 꾸짖었다. "너의 약속을 깨버렸구나! 약속을 깼어!"

그녀가 왕에게 다가갔다. 작고 구부정한 여인이라 경비병 누구도 그녀를 저지해야겠다는 생각을 안했다. 왕에게 다가간 그녀는 지팡이로 왕의 가슴을 지그시 밀었다. 왕이 보이지 않는지, 그녀의 시선은 마치 장님처럼 똑바로 앞을 향하고 있었다. 얼음같이 차가운 푸른 눈 속에서 불길이 타고 있는 것 같았다.

"탐욕스런 왕! 네가 짐승으로 하여금 사람에 맞서게 하였구나! 네가 짐승에게 잔인한 말을 속삭였구나! 무엇 때문인가, 탐욕스런 왕이여?

무엇이 갖고 싶었더냐?"

　왕의 영혼을 끌어내 안팎을 뒤집기라도 하려는 듯 그녀가 지팡이를 잡아당겼다. 순간 얼음이 사라지고 사방이 깜깜해졌다. 디몬 왕은 과거와 미래 양쪽에서 온 사람들에게 둘러싸였다. 혼령들과 수많은 얼굴들, 그리고 이 기이한 상황이 왕에게는 마치 신기루나 무지개의 조각처럼 여겨졌다. 선빔이 그를 향해 걸어왔다. 밝은 옷을 입은 그녀의 몸은 마치 북극광으로 이루어진 듯 투명했다. 디몬 왕은 팔을 벌리고 말했다. 돌아왔는가? 그리웠다. 여왕이 멈추어 서더니 왕의 등 뒤에 펼쳐진 전쟁터를 슬픈 눈으로 바라보았다. 이글거리는 불길, 타버린 숲, 무너진 도시. 왕은 돌연 폐허가 된 성 안에 있는 늙고 쇠약해진 자신의 모습을 보았다. 옵시디아나가 무서운 속도로 늙어가는 모습도 보았다. 그의 작은 보물이 늙어 잿빛이 되고, 해골이 되고, 결국은 재로 변해 나선을 그리며 암흑 속으로 사라지는 것을 보았다. 회오리바람이 그가 이룬 모든 것을 집어 삼켰다. 아무것도 남지 않았다. 풀잎 하나조차. 누군가 바람 빠지는 소리로 말했다.

모두 사라진다

모두 죽는다

모든 것이 헛되도다

　그 말이 그의 가슴에 울려 퍼졌다. 텅 빈 황금 금고를 울리는 메아리처럼. 노파가 지팡이를 비틀었다. 살에 파고든 칼을 비트는 것 같았다. 디몬 왕은 눈을 뜨고 세상 끝의 빙하 위에 서 있는 자신을 보았다. 자신이 왜 거기에 있는지는 기억나지 않았지만, 추웠다. 이빨이 딱딱 부딪혔다. 주위를 둘러보면서 물었다.

"내 아이는 어디 있느냐?"

노파가 그를 놓아주면서 외쳤다.

"세상을 정복했다고 생각하겠지. 그러나 너에게 이르노니 시간을 정복하지 못한 자, 세상을 지배할 수 없다!"

병사들은 얼어붙은 듯 꼼짝 않고 서 있었다.

"어떻게 좀 해보라!" 디몬 왕이 소리를 질렀다. "뭐든 해보라!"

그는 검을 휘둘렀다. 노파가 외쳤다.

"네가 치른 전쟁이 다 무슨 소용이랴! **시간**이 결국 너를 파괴하리니!"

그녀는 북극곰 가죽을 벗어 던졌다. 그녀는 개의 주둥이, 바다표범의 털, 물갈퀴 손을 지니고 있었다. 지팡이로 얼음을 깨서 구멍을 만들더니 깊고 푸른 바닷물 속으로 사라져 버렸다.

디몬 왕은 말없이 귀국길에 올랐다. 돌아가는 길에는 얼음으로 변해 버린 병사의 얼굴이 줄지어 있었다. 큰 까마귀가, 다 갉아 먹고 뼈만 남은 병사들의 머리를 횃대삼아 앉아 있었다.

시간과의 전쟁

판게아의 백성들이 관악대를 동원해 가두행진을 펼치며 디몬 왕을 환영했다. 자갈 깔린 길과 황금의 성채를 바라보는 왕의 가슴은 자부심으로 부풀어 올랐다. 그러나 그가 무엇보다 기대하는 것은 옵시디아나를 만나는 일이었다. 옵시디아나가 가장 멋진 푸른 옷으로 치장하고 나타났지만 그는 자신의 딸을 알아보지 못했다. 공주는 그만큼 자라 있었다. 공주는 당장이라도 그의 팔에 뛰어올라 안기고 싶었지만 왕실 의전에 따라 손을 내밀고 배운 대로 공식적인 인사의 말을 읊조렸다.

"나의 아버지이자 왕이신 분의 귀향을 환영합니다."

디몬 왕은 격에 맞는 위엄을 갖추고 말했다.

"고맙도다. 나의 친애하는 딸을 만나니 기쁘기 그지없구나."

옵시디아나는 아빠를 바라보았다. 그림에서 보던 모습이 아니었고 그녀가 상상하던 목소리가 아니었다. 하지만 더 얘기를 나눌 시간이 없었다. 연회의 시작을 알리는 팡파르가 울렸으니 곧장 연회장으로 가야만 했다. 두 사람은 연회장에 놓인 기다란 식탁의 양쪽 끝에 나누어 앉았다. 200명의 귀족이 연회에 초대되었다. 그들은 식탁에 나란히 앉아 건배하고 노래부르며 왕의 귀환을 축하했다. 옵시디아나가 만나본 적이 없는 사람들이었다. 각 부처의 고위 인사와 장성들이 차례로 자리에서 일어나 긴 연설을 했다. 이제부터 온 세상을 통치하는 권력은 판게아의 왕궁에서 나올 것이다.

옵시디아나는 테이블 반대편 끝에 앉아 계신 아빠를 먼발치에서만 흘끗 볼 수 있었다. 그러나 그것도 잠시 둘 사이에 산더미 같은 메인요리가 놓이자 그마저도 볼 수 없었다. 그 요리는 코끼리 뱃속을 물소로 채우고, 그 속을 얼룩말, 영양, 염소, 토끼와 양념한 덩굴월귤을 창자 끝까지 집어넣은 생쥐로 채워서 통째 구운 요리였다.

연회가 끝나 손님들이 떠나고 옵시디아나가 잠자리에 들려고 할 때, 왕이 찾아와 그녀 곁에 앉았다. "돌아오니 좋구나." 그녀의 머리를 부드럽게 쓰다듬으며 왕이 말했다.

"편지 보내 주셔서 고마워요." 그녀가 수줍게 말했다. "그래도 아빠가 여기 저랑 함께 계신 게 훨씬 좋아요."

천장에 난 창을 통해 반짝이는 별이 보였다. 왕은 어떤 별보다 밝게 빛나는 붉은 별 하나를 가리켰다.

"저 별에 네 엄마의 이름을 붙여 주었다. 선빔이라고. 저 별이 너를 항상 굽어보며 보살피고 있단다."

옵시디아나가 사로잡힌 듯 별을 응시했다. 그녀는 목이 메었다. 왕이 주머니에서 편지를 꺼내 그녀에게 건넸다. 송아지 가죽에 쓴 편지에는 황금색 인장이 찍혀 있었다.

"옵시디아나야, 무슨 일이 생기면, 그러니까 만약 내게 무슨 일이 생기거나 네가 어려운 상황에 처하게 되면, 꼭 이 편지를 열어보아야 한다. 그러면 작은 호숫가 오두막으로 가는 길을 알게 될 거야. 그곳에 네 엄마가 잠들어 있단다. 거기라면 네가 안전하게 지낼 수 있어. 그러나 더 이상 다른 선택이 남아 있지 않을 때에만 편지를 열어봐야 한다."

아빠의 표정을 보니 심각한 일이라는 걸 알 수 있었다. 옵시디아나는 고개를 끄덕이며 편지를 받았다.

왕은 그녀의 이마에 가볍게 입을 맞추었다.

"너는 참으로 제비처럼 우아하구나." 그가 말했다. 그리고 그녀의 뺨을 어루만지면서 잘 자라는 인사를 건넸다. 그녀는 느낄 수 있었다. 그의 손이 얼마나 크고 부드러운지, 그의 목소리가 얼마나 깊고 낭랑한지. 그녀는 혼자 미소를 지었다. 이제는 모든 게 만족스러웠다.

"안녕히 주무세요." 그녀는 인사하고 깊고 행복한 잠에 빠져 들었다.

그녀가 잠에서 깨어났을 때, 무언가 이상한 일이 벌어지고 있었다. 날이 밝았어도 아직은 어슴푸레한데, 밖에서 귀청을 찢을 듯이 까마귀가 깍깍 울어댔다.

옵시디아나는 밖을 내다보았다. 성탑 꼭대기가 까만 깃털모자처럼 보였다. 성탑이 전령 까마귀로 완전히 뒤덮여 있었던 것이다. 까마귀 떼가 상승기류를 타고 성 꼭대기의 작은 탑 주변으로 날아올랐다. 깍깍대는 소리가 너무나 커서 아무 생각도 할 수가 없었다. 조신들이 그물로 새를 잡아서는 편지를 풀고 정리하는 모습을 바라보았다. 왕에게 보고할 편지가 무더기로 쌓이고 있었다. 옵시디아나는 아침을 먹으려고 식탁에 앉았다. 왕은 어디에도 보이지 않았다.

"세상을 다스리려니 바쁘신 게지요." 소디스가 말했다.

아빠를 만나지도 못한 채 하루가 가고, 한 주가 가고, 또 한 주가 지나 갔다. 아빠는 항상 집무실에 계셨다. 세상을 다스리면서.

결국 옵시디아나는 판다를 꼭 껴안고서 아빠를 보러 가야겠다고 마음먹었다. 그녀는 온갖 서류를 들고 이리 저리 바쁘게 오가는 사람들 사이를 미끄러지듯 빠져나가 왕의 집무실에 도착했다. 엄청난 서류 더미 뒤에 앉아 계시는 아빠가 보였다. 거대한 세계지도가 등 뒤의 벽에 걸려 있었다. 엑셀이 아빠 곁에 서서 기다란 리스트에 적힌 내용을 줄줄 읊어대고 있었다.

"11,493명으로부터 면담 요청이 있었습니다, 폐하. 그리고 398명의 장관이 폐하의 공식 방문을 요청했습니다. 3,578가지의 법률에 서명하셔야 하옵니다. 465건의 사형집행영장과 4건의 사형집행유예영장도 있군요. 그리고 아직도 14,522마리의 까마귀가 편지를 풀지도 못한 채 대기 중이옵니다."

"기다리게 두어라." 왕이 신음소리를 냈다. "낮잠을 좀 자야겠다."

"송구하오나, 폐하, 너무 오래 기다리게 하면 까마귀들이 추수한 곡식을 쪼아 먹을 텐데요. 간밤에 이천 마리의 까마귀를 날려 보냈습니다. 하오나 내일이면 또 삼천 마리가 긴급한 탄원서를 가지고 날아올 것으로 예상되옵니다. 세상이 스스로 돌아가지는 않습니다."

옵시디아나가 수줍게 다가갔다. 왕이 고개를 들어 그녀를 보고 지친 미소를 보내며 말했다.

"정원에서 잠시 놀고 있거라. 금방 따라가마. 내가 답해 줘야 할 중요한 편지가 있어서 그런단다."

아빠의 말에 울적해진 옵시디아나는 판다를 데리고 정원으로 나갔다. 자코가 정원 연못가에 앉아서 커다란 금붕어가 헤엄치는 모습을 바라보고 있었다. 작은 코뿔소는 지푸라기를 씹고, 사슴은 독버섯 아래 잠들어 있었다.

"침묵은 슬픔을 달래지 못한다네." 자코가 말했다.

"아빠는 왜 그렇게 바쁘신 거야?"

"장작을 몽땅 긁어 들인 자, 불에 타는 것도 자신일지 몰라."

"그런데 세상을 다스리는 일은 도대체 언제나 끝나실까?" 옵시디아나가 말했다. "아빠는 잠시도 짬이 나질 않으셔!"

"절대 끝나지 않을지도." 자코가 말했다. "머리 하나에 담기에는 세상이 너무 크더라."

왕은 세상을 에워싼 권력이라는 거미줄의 중심에 있었다. 그의 머리에서 나오는 거미줄이 관리와 조정이 필요한 모든 사안에 뻗어 있었다. 옵시디아나가 일어나기 훨씬 전부터 그는 회의에 참석해야 했다. 그래서 한 번도 딸과 아침인사를 나누지 못했을 뿐더러 잘 자라는 인사도 못했다. 그는 자신이 거미인지 아니면 거미줄에 잡힌 파리인지 분간할 수가 없었다.

"올 여름에 옵시디아나를 데리고 작은 호수에 가고 싶은데, 시간이 나겠느냐?" 그가 엑셀에게 물었다.

"송구하오나 이미 삼 년하고도 5개월 치의 약속이 잡혀 있사옵니다."

"때론 지배하지 않는 것이 지배하는 방법이 아니더냐?" 희망 섞인 목소리로 왕이 물었다.

"통치행위 없이는 국가가 무너지옵니다." 엑셀이 대답했다.

마침내 업무가 끝났을 때, 왕은 옵시디아나를 보러 방으로 갔다. 공주는 평화롭게 잠들어 있었다. 키가 커진 탓인지 공주의 발가락이 이불 밖으로 삐죽 나와 있었다. 왕은 침소에 들어 기지개를 켰다. 몸은 누이긴 했으나 잠을 이룰 수가 없었다. 눈을 감자마자 노파가 외친 말이 머릿속을 울렸다. *시간을 정복하지 못한 자, 세상을 지배할 수 없다.* 시간을 제어하지 못한다면 그 오랜 세월도, 수많은 승리도 아무 의미가 없는 것이다. 노파의 말이 일각고래의 엄니로 그의 영혼에 새겨진 것만 같았다. 결국 *시간이 너를 파괴하리라.* 노파가 지팡이로 그를 밀던 순간이 그의 머릿 속에 각인되어 있었다. 그 순간에 느꼈던 한기가 그의 가슴을 떠나지 않았다. *모두 사라진다, 모두 죽는다, 모든 것이 헛되도다.* 그 말은 머릿속에 들러붙어 사라지지 않는 선율처럼 그의 텅 빈 가슴에 울려 퍼졌다. 까악까악 울어대는 까마귀소리 같았다.

"까아아악 꽤애액 모오두 사라진다! 까아악 꽤애액 모오두 죽는다! 까아악 꽤애액 모오든 것이 헛되도다!"

그는 머릿속에서 끊임없이 재깍대는 소리에 미칠 지경이었다. 재깍, 재깍, 재깍, 자명종 시계소리처럼, 물방울 떨어지는 소리처럼. 어디에 시선을 두어도 마찬가지였다. 온 세상이 그를 조롱하는 듯했다. 그를 굽어보며 높이 솟은 산은 수백만 년 변함없이 그 자리를 지킨다. 그를 비웃으며 부서지는 파도는 영원히 그렇게 멈추지 않을 것이다. 반짝이는 별들은 그에게 아무 관심도 없다. 그는 아무것도 아니었다. 곧 바람에 날려 갈 아주 작은 한 조각의 깃털일 뿐.

왕은 지친 몸을 이끌고 터덜터덜 걸어서 자신의 집무실로 돌아왔다.

쌓여 있는 서류 더미, 벽에 걸린 아름다운 공주와 자신의 그림을 오랫동안 바라보았다. 화려한 옷과 보석들, 무기와 제의를 바라보았다. 결국 한 줌 먼지로 돌아가고 말 이 모든 것들이 다 무슨 소용이란 말인가? 시간이 모든 것을 삼켜 버린다면? 그는 지도를 보았다. 지금 그의 왕국이 세상 저 끝 얼마나 멀리까지 뻗어 있는지 보여주는 지도였다. 그 모든 장소와 경이로움, 음식과 사치, 내 것이지만 한 번 가보지도 못할 그 많은 성을 떠올렸다.

"내가 소유한 성이 몇 채나 되느냐?" 그가 엑셀에게 물었다.

"9,822채이옵니다."

"하룻밤씩 자면서 그 성을 다 돌려면 얼마나 걸리겠느냐?"

"행차하시는 시간까지 더하면 246년이 걸리옵니다." 엑셀이 대답했다.

"내가 소유한 포도주는 얼마나 되느냐?"

"질 좋은 포도주로 197,185갤런이 되옵니다."

"그걸 다 마시려면 얼마나 걸리겠느냐?"

"하루에 다섯 병씩 드시면 409년이 걸리옵니다."

"하루에 다섯 병을 마시고도 내가 왕국을 다스릴 수 있겠느냐?"

"걷기도 힘드실 것이옵니다, 폐하." 엑셀이 말했다.

"내가 소유한 종마는 몇 필이나 되느냐?"

"54,983필이옵니다."

살아 있는 동안 그 말을 다 타보지도 못할 것이었다.

디몬 왕이 격노하여 고함을 질렀다. "왕국을 지배하는 자 바로 내가 아니더냐. 죄인을 풀어주고 사형에 처하는 자 바로 나이다. 전쟁을 이기는 자 바로 나이다. 신을 밀어내고, 신을 대신하여 백성의 숭배를 받는 자 바로 나이다. 그런 나에게 가장 미천한 노예도 누리는 딱 그만큼의 미미한 시간이 주어지다니! 나는 내일 당장 죽을 지도 모르는데, 거렁뱅이조차 백 년을 사는구나. 세상을 정복한들 무엇 할까, 그 세상이 내게서 시간을 앗아간다면. 엑셀아, 너는 공기를 황금으로 바꿀 수 있으니 필시 이 잔인한 시간에 맞설 방법도 알고 있으리라.”

엑셀은 자신의 기계로 무언가 두드려 보더니 고개를 저으며 무표정하게 말했다.

“불행하게도 어쩔 수 없는 냉엄한 사실이옵니다, 폐하. 폐하도 늙고 죽고 그리고 결국은 잊힐 것이옵니다. 세상 만물이 그러하듯이. 오호 통재라.”

성탑에 오른 왕은 옵시디아나가 두 마리의 사슴, 피크와 문을 쫓아 달리는 모습을 바라보았다. 무엇보다 슬픈 것은, 세상에서 가장 소중한 저 보물이 늙고, 쇠락하고, 죽고, 그리고 잊힐 거란 사실이었다. 공주는 시간의 탐욕스런 구덩이 속으로 사라져버리리라. 제 엄마처럼, 또한 왕궁에 걸린 그림 속에서 영예롭게 빛나고 있는 선조들처럼. 그는 세상을 정복하기 위해 집을 떠났었다. 잠시면 될 거라 생각했다. 그러나 그가 돌아왔을 때는 이미 십 이년의 세월이 흐른 후였다.

디몬 왕은 퍼뜩 정신이 들었다. 그는 왕국의 최고위 인사를 모두 소환했다. 그러고는 한 마디 한 마디 강조하는 결연한 몸짓으로 포효와 같은 명령을 내렸다.

“공주의 젊음과 아름다움을 보존할 수 있게 하는 자, 그리고 내 가장 사악한 적, 시간을 정복하게 해주는 자에게 내 왕국의 반을 줄 것이다!”

콘실료의 얼굴이 점점 창백해졌다. 벌들은 그의 머리 위에 느낌표를 만들었다. 그가 마땅히 왕의 모사로서 해야 할 질문을 던졌다.

"왕국의 절반을 줄 필요가 꼭 있을까요?"

아닌 척 했지만 그의 상식은 이렇게 외치고 있었다.

"신이여 우리를 보호하소서! 왕이 완전히 미쳐버렸습니다!"

그러나 왕은 이렇게 쏘아붙였다.

"왕국의 절반이 내게 있다 한들 그것을 즐길 시간이 없는데 무슨 의미가 있겠느냐?" 그는 가까이에서 바닥을 문질러 닦고 있는 여인을 가리켰다.

"그래, 내가 한낱 미천한 잡부보다 오래 살지 못하거늘!"

그러나 왕은 그 여인이 세상 사는 법을 깨친 지혜로운 사람임을 미처 알지 못했다. 그녀는 고개를 저으며, 들고 있던 걸레로 바닥을 닦으면서 작은 소리로 말했다. '소원을 말할 때는 조심하라!'

왕은 서 있는 자리에서 그대로 얼어붙었다. 그는 몸이 굳은 채 벽력같이 고함을 쳤다.

"지금 무어라 했느냐?"

여인은 고개를 들었지만 왕의 질문을 무시했다. 그녀의 눈은 타조 알처럼 새하얬다.

"너의 운명을 지배하는 사람은 너 자신이 아니다. 바로 나다! 사자에게 보내라!"

왕이 옷자락을 휘날리며 군주의 위엄을 떨치고 나갔건만, 곁에 서 있던 콘실료는 마음이 편치 않았다. 왕이 혼잣말을 하는 것 같았다. 콘실료의 눈에는 여인이 보이지 않았던 것이다.

사자 먹이주기

왕의 신하들이 시간을 보존할 수 있는 사람을 찾아 이 고을 저 고을, 이 도시 저 도시를 뒤지고 다녔다. 수백 년을 죽지 않고 살았음직한 노인이나 은자의 이야기를 수소문했다. 사람들이 구름처럼 왕궁으로 모여들기 시작했다. 각양각색의 군중이었다. 왕을 알현하려고 끝이 보이지 않게 늘어서서 차례를 기다리는 사람들을 보니 디몬 왕은 용기가 솟았다.

"공주님을 영원토록 살게 할 노래를 제가 아옵니다." 마법사가 말했다.

"믿음이 가질 않는구나." 왕이 말했다. "누가 너에게 그 노래를 가르쳐 주었느냐?"

"제 아비이옵니다."

"네 아비가 몇 살이더냐?"

"오래 전에 죽었사옵니다." 마법사가 대답했다.

"그렇다면 영원히 산 것도 아니지 않느냐!" 왕이 말하며 물러나라고 손을 저었다.

젊은 사내가 거대한 조각상을 등에 업고 질질 끌며 들어왔다.

"공주님의 조각상이옵니다. 이 조각상만 있으면 공주님의 이름과 아름다움은 불멸을 얻으실 것이옵니다, 폐하." 사내가 말했다.

"아름다운 작품이구나." 왕이 말했다. "그런데 그 좌대에 새긴 이름이 무엇이냐?"

"마이클 호그민이라고, 소인의 이름이옵니다." 스스로 흡족해하며 조각가가 말했다.

"천년의 세월이 지나고도 이 조각상의 아름다움에 탄복하는 자가 있겠느냐?"

"그러하옵니다." 사내가 말했다. "이천 년, 삼천 년 후에도 있을 것이옵니다."

"허면 사람들이 좌대에 새겨진 이름을 볼 터인데, 마이클 호그민이라? 공주의 아름다움을 이용해 네 놈이 영생을 누리겠다는 것이냐?"

왕이 고함치자 조각가는 머리부터 발끝까지 온몸을 떨었다.

"저 놈을 끌어내라! 사자 먹이로 던져 주어라!"

그리하여 공주의 조각상은 호그민이 남긴 최후의 걸작이 되고 말았다.

그 후로도 수일이 지나고 수주가 지나도록 협잡꾼, 예술가, 시인이 끊임없이 궁으로 모여들었다.

"웃으면 오래 오래 산다네!" 어릿광대가 엉덩방아를 찧으며 크게 소리쳤다.

"지루하기 짝이 없구나." 성난 목소리로 왕이 말했다. "사자 먹이로!"

몇 명의 노파가 화장수와 연고를 담은 흙 단지를 들고 등장했다. "이 묘약이 영원한 젊음을 지켜드릴 것이옵니다."

왕이 퉁명스럽게 말했다. "내 딸의 아름다움을 지켜줄 거라는 그 묘약이 너희들에게는 소용이 없었던 모양이지?"

마법사와 치유사들이 연이어 들어왔지만 왕은 손을 내저으며 모두 물리쳤다. "협잡꾼들 같으니라구!" 왕이 소리쳤다. "네 놈들이 감히!"

왕은 특히 연고는 종류를 불문하고 모두 금지했다. 적들이 자신의 딸을 독살하려 한다고 의심했다.

"공주님의 코를 세우고, 나이 먹어 처지는 피부도 당겨드리겠사옵니다." 성형의가 칼이 가득 든 번쩍이는 상자를 열어 보이며 말했다. 칼을 보고 왕은 공포를 느꼈다. 몹시 기분이 상했다.

"사자 먹이로!" 왕이 명령했다.

"시를 지어 영원불멸의 존재로 만들어 드리겠습니다." 시인이 말했다.

"도자기 얼굴이라고?" 시인이 낭송을 끝내자 왕이 물었다. "공주의 얼굴이 찻잔이랑 그 받침 같다고 지껄이는 것이냐? 저 놈을 사자에게 던져 주어라!"

"송구하오나 전하, 사자 배가 이미 가득 찬 줄로 아뢰옵니다." 콘실료가 말했다. "성형의도 미처 먹지를 못했습니다."

"그럼 악어에게 던져주어라. 아니면 독충에게라도!" 왕이 말했다.

"죽고 싶지 않습니다!" 시인이 외쳤다.

"오호라 그래?" 왕이 빈정대며 말했다. "시가 너에게 불멸을 주었다 말하지 않았던고? 네가 그리 거부하는 운명을 나는 감내해야 하는 것이냐? 저 놈을 끌고 가라!"

독충이 우글대는 구덩이에 내던져진 시인이 비명을 질렀다. 왕은 궁전의 정원이 내다보이는 창가로 갔다. 멀리 옵시디아나가 보였다. 앉아서 흰 사슴을 쓰다듬고 있었다. 그녀는 날마다 더 아름다워지고 있었다. 장미처럼 만개하고 있었다. 그러나 무슨 소용인가? 그래, 장미란 게 애초에 무슨 의미가 있나? 피고 나면 시들어, 그저 세상의 덧없음을 일깨워줄 뿐인 것을.

매일, 변함없이 사람들은 왕을 찾아왔다. 그러나 해결책을 가진 이는 하나도 없었다. 사자는 식욕을 잃었고, 독충은 배를 뒤집고 누웠으며, 보아 구렁이는 너무 구운 핫도그처럼 터져버렸다. 디몬 왕은 이제 그만 포기하고 싶었다. 이마에 손을 짚고서 신음하듯 중얼거렸다.

"내일 또 새 날이 오겠지. 그리고 또다시 저녁은 올 테고."

그때 중요한 전갈이 당도했다. 해결책이 나타났다는 소문이 온 나라에 파다하다는 것이었다. 지금 이 시간에도 왕의 고민을 해결할 방법이 왕궁을 향해 한발 한발 다가오고 있다는 것이었다.

황금 지네

한 무리의 난쟁이들이 작은 수레를 끌며 왕궁으로 걸어가고 있었다. 수레에는 황금빛 천으로 덮인 궤짝이 실려 있었다. 어디를 가든 이목을 끄는 행색이어서, 그들이 지나는 길목마다 구경꾼이 모여들었다. 보잘것없는 행렬을 보고 사람들은 코웃음을 쳤다.

"왕께서 너희들을 사자한테 던져버리실 걸!" 사람들이 야유를 보냈다.

난쟁이들은 한 걸음 한 걸음 달팽이처럼 느리게 나아갔다. 아이들이 돌멩이와 오렌지 껍질을 던지며 놀려도 그들은 의연하게 갈 길을 재촉했다. 국세청은 난쟁이들이 궤짝의 내용물 검사에 불응했다는 공고문을 게시했다.

"오직 왕께만 궤짝 내부를 공개할 것입니다." 대장 난쟁이가 말했다.

"아니면 저희는 돌아가겠습니다." 옆에 서 있던 난쟁이가 말했다.

"그렇게 되면 왕께서는 해결책을 얻지 못하시겠지요." 세 번째 난쟁이가 말했다.

디몬 왕은 그들에게 통행증을 발급해 주었다. 산적이 출몰하는 산길을 지날 때에는 군대가 호위하도록 했다. 농부에게는 음식을 가져다주라 했고 잡화상에게는 필요한 물품을 공급하라 했다.

긴 여정 끝에, 마침내 그들이 성문 앞에 이르렀다. 발은 부르트고 온통 먼지를 뒤집어써서 몰골이 말이 아니었다. 성대한 환영식이 열렸다. 난쟁이들은 궤짝을 어깨에 나누어 메고 큰길을 따라 이동했다. 주위를 경계하면서 걸어가는 모습이 마치 황금 지네를 보는 것 같았다. 사람들이 그들을 위해 길을 터주었다. 그렇게 하여 그들은 대리석으로 포장된 길을 지나 황금으로 장식된 왕궁에 도착했다. 작고 투박하게 생긴 난쟁이들이 긴 여행으로 더러워지고 지친 몸을 이끌고 왕 앞에 섰다. 그리고 방 한가운데, 왕좌를 마주보는 자리에다 궤짝을 내려놓았다. 조신들이 따라 들어왔다. 난쟁이를 왕궁에 들인 적이 한 번도 없었기 때문에 호기심이 일었던 것이다. 디몬 왕의 선조가 난쟁이의 나라를 침략했었다. 그곳은 단단한 나무와, 철, 구리, 다이아몬드, 황금이 넘치는 땅이었다. 왕은 흥분을 감추려고 말끝마다 시비를 걸었다.

"내 특별히 너희를 생각해 사자를 굶겨 놓았노라." 왕이 말했다.

조신들이 왕의 말에 크게 웃었다.

대장 난쟁이가 앞으로 나서며 쓰고 있던 노란 모자를 벗고 인사를 올렸다.

"그 말씀을 들으니 기쁘옵니다, 폐하." 신발이 다 해져서 발가락이 삐져나와 있었다.

옆에 서 있던 난쟁이가 그의 말을 받았다. "그런데 사자가 조금 더 굶어야겠네요."

세 번째 난쟁이가 말했다. "왕께서 원하시는 것을 저희가 가져 왔사옵니다."

네 번째 난쟁이가 말했다. "세 가지 선물을 가져 왔사옵니다."

왕이 미심쩍어하며 대장 난쟁이를 쳐다보았다. 또 다시 자신을 속이려고 온 것이라면 아주 심한 벌을 내릴 작정이었다. 대장 난쟁이에게는 이마에서 턱까지 이어지는 기다란 흉터가 있었다. 흉터 때문에 한쪽 눈꺼풀이 둘로 갈라져 온통 흰자위뿐인 눈동자가 드러나 있었다. 갈라진 입술 사이로는 누런 송곳니가 보였다.

"너에게 무슨 일이 있었던 것이냐?" 왕이 물었다.

"그 말씀은 드리지 않는 것이 좋겠습니다."

"누구도 나에게 비밀을 가질 수 없다." 왕이 말했다.

"무슨 일이 있었느냐?"

"침략자가 우리나라를 유린했습니다, 폐하. 제 가족의 반이 죽임을 당했습니다. 병사가 작은 침상에 누워 있는 저를 검으로 내리쳤사오나 다행히 목숨은 건졌습니다."

"침략자라니?"

"폐하의 선왕께서 통치하던 시절에 일어난 일이옵니다, 폐하. 선왕께서 우리나라를 무너뜨리셨지요."

왕의 낯빛이 새빨갛게 변했다.

"무엄한 놈들이로구나." 왕이 콘실료에게 귓속말을 했다. 검을 쥔 왕의 손마디가 하얘졌다. "네 이놈!" 그가 천둥처럼 고함을 쳤다. "감히 선왕의 기억을 더럽히다니!"

난쟁이가 황송한 듯 허리를 숙였다. 그러나 왕의 눈을 바라보는 결연한 시선만은 거두지 않았다. "진실을 말하라 하시지 않았습니까. 거짓을 아뢰오리까, 폐하?"

"용건을 말하라."

난쟁이가 깊숙이 허리를 숙이며 절했다.

"저희가 가져온 첫 번째 선물은 알비노 꽃이옵니다. 백 년에 한 번 피는 꽃이온데, 피었다가는 금방 지고 말지요."

난쟁이는 궤짝으로 다가가서 황금색 천을 살짝 걷었다. 왕이 수정처럼 투명한 유리뚜껑 너머로 꽃 한 송이를 보았다. 동화에서나 들어본 꽃이었다. 전해오는 이야기로도 알비노 꽃이 유니콘보다 귀하다고 했다. 그런데 그 귀한 것이 눈앞에 있었다. 창백한 흰색 줄기와 하얀 나뭇잎. 전설 속의 꽃일 뿐 그것이 실제로 존재한다고 생각하는 사람은 아무도 없었다. 연약하면서도 복잡하게 생긴 그 꽃은 신기루인 듯 반쯤 투명했다.

"이건 무슨 속임수더냐? 네가 무슨 수로 이 꽃을 피어 있는 그대로 보존했느냐?"

"마술을 보여 드리려고 여기 온 것이 아니옵니다." 난쟁이가 말했다. "진실을 전해드리려는 것입니다." 그렇게 말하고 난쟁이는 궤짝을 덮고 있는 천을 마저 걷어냈다.

왕이 손바닥으로 궤짝을 어루만지며 둘레를 빙 돌았다.

궤짝 한 구석에 천상의 매가 앉아 있었다. 가까이에서 보니 풍설로 듣던 것보다도 훨씬 인상적인 모습이었다. 부리는 은으로 씌운 듯 반짝였으며, 노랗고 파란 깃털에, 당당한 가슴, 황금 발톱을 지니고 있었다.

"천상의 매는 수천 년 동안 폐하의 선왕들을 수행하였습니다. 폐하만 빼고 그간의 모든 왕을 모셨지요." 난쟁이가 읊조리듯 말했다. 왕에게는 빈정대는 소리로 들렸다. 선왕의 초상과 조각상에는 어김없이 천상의 매가 함께 있었다. 그러나 디몬 왕을 그린 그림에서는 보이지 않았다.

"천상의 매는 50년 전에 멸종하였사옵니다." 난쟁이가 말했다. "여기 있는 이 새가 마지막 남은 한 마리이옵니다."

"이제 유니콘만 있으면 되겠네." 궁정 어릿광대가 노래하자 모여 있던 사람들이 웃음을 터뜨렸다.

난쟁이는 웃음소리가 잦아들기를 참을성 있게 기다렸다.

"자, 주목하십시오. 이 상자는 금으로 만든 것이 아닙니다. 거미줄로 만들었는데, 어찌나 촘촘하게 짜여 있는지 시간도 통과할 수가 없습니다. 상자가 닫히면, 시간이 멈춥니다."

왕의 목덜미에 붉은 반점이 돋았다.

"참말인가?" 믿을 수가 없다는 듯 왕이 물었다. "허면, 저 매는 박제된 것도 아니고 잠든 것도 아니란 말인가?"

"그렇습니다." 난쟁이가 대답했다. "잠들어 있는 것은 시간이지요. 상자 속에는 잠도 없고, 생각도, 시간도, 존재하지 않습니다. 천상의 매는 저 상자에 들어가고 나서 50년이 흘렀다는 사실을 꿈에도 알지 못합니다. 얼어 있거나 잠든 듯이 보이지요. 그러나 사실은 둘 다 아닙니다. 시간은 저 매에게 이르지 못합니다. 매는 나이 먹지도, 커지지도 않으며, 백발이 되지도 않습니다. 생각하지 않고, 꿈꾸지 않으며, 배고픔도 모릅니다. 시간을 초월한 것이지요. 저 새가 박제처럼 보이시겠지만 사실은 우리가 시간을 멈춘 것입니다. 상자를 열자마자 꽃은 시들고 매는 날아가 버릴 것입니다."

왕은 숨을 쉴 수가 없었다. 너무나 궁금해서 금방이라도 죽을 것만 같았다.

"상자를 열어서 증명해 보여라!"

난쟁이는 서두르지 않았다.

"알비노 꽃을 찬찬히 들여다보십시오." 난쟁이가 말했다. "저런 꽃을 보실 수 있는 기회는 오직 지금뿐입니다. 더 많은 사람들이 이 순간을 누릴 수 있도록 허락하여 주소서. 제가 상자를 열면, 시간이 꽃에 이르고, 꽃은 수 초 안에 시들어 버릴 것이옵니다."

"상자를 열라!" 왕이 성마르게 말했다.

"잘 알겠습니다." 실망감을 감추지 못하고 난쟁이가 말했다. 마지막으로 한참 동안 꽃을 들여다보고서야 난쟁이는 상자 뚜껑에 두 손을 올려놓았다. 무언가를 빨아들이는 소리가 나면서 좁은 틈으로 시간이 흘러들었다. 그러자 사랑스러운 알비노 꽃이 검게 변하더니 불에 탄 종잇조각처럼 재가 되어 흩어져 버렸다. 마지막 남은 몇 가닥 가느다란 실오라기 같은 것이 가볍게 공중으로 날아갔다. 모두가 놀라 소리를 질렀다. 곧이어 천상의 매가 날아오르자 모두들 두려워하며 바닥에 엎드렸다. 새는 악쓰듯 울며 방안을 거침없이 날아다녔다.

왕은 자신의 눈을 믿을 수가 없었다. 하지만 왕은 신하들 앞에서 바보처럼 보이고 싶지 않아 조심스레 박수를 쳤다.

"참으로 재밌는 마술이구나." 그가 말했다. "뛰어난 마술이야. 수고했다."

다른 난쟁이가 앞으로 나서더니 하얀 비둘기를 허공에 날려 보냈다. 천상의 매가 뒤쫓아 가서 발톱으로 낚아채더니 왕좌를 향해 날아갔다.

매는 왕좌에 앉아서 비둘기를 쪼아댔다. 깃털이 사방에 날리고 매의 부리는 붉은 피로 물들었다.

왕은 눈을 떼지 않고 마음껏 매의 모습을 즐겼다. "저 새를 어디서 구했느냐? 저런 짐승을 내게 주시려고 선왕께서 20년 동안 얼마나 애쓰셨는가! 수없이 사람을 풀어 찾게 하셨거늘. 저런 매라면 이 왕궁보다 가치 있도다!"

"마지막 남은 한 마리이옵니다, 폐하. 이 새가 죽으면 그들 종은 공식적으로 멸종하는 것입니다."

"틀림없는 사실이냐?"

"숲에 대해서는 저희가 좀 아옵니다. 암컷을 찾아 멸종을 막아보려고 이 매를 숲에서 잘 보호하고 있었습니다. 그런데 나무가 모조리 베어졌지요."

"무엇 때문에?" 왕이 물었다.

난쟁이가 주변을 둘러보다가 늘어선 기둥 중 하나로 다가가더니 손으로 톡톡 쳤다.

"파타고니아 목재군요." 그가 말했다. "다들 취향이 고급스러우십니다."

왕은 뺨이 화끈거렸다. "나의 화를 돋우려는 것이냐?"

"아니옵니다, 폐하. 사실을 말씀드릴 따름이옵니다."

왕이 상자에 다시 다가가 가볍게 두드려 보았다.

난쟁이가 말을 이었다. "말씀드린 것처럼, 시간은 거미줄을 뚫지 못하옵니다. 매와 꽃은 50년간이나 상자 안에 들어 있었습니다. 매는 5살 때 처음 잡혔사온데, 지금도 여전히 5살이지요. 알비노는 눈 깜짝할 사이에 피었다 지는 꽃이지만, 활짝 핀 상태로 상자 안에서 50년 동안 이렇게 보존되었습니다. 이 상자는 수백 년간 저희 난쟁이 종족에게 성스러운 물건이었사옵니다."

"그런 상자를 나는 어디에 쓸 것인가?" 왕이 말했다.

이제까지 침묵을 지키고 있던 난쟁이 하나가 열을 올리며 말했다.

"장미는 상자 속에서 시들지 않고 천년을 갑니다. 달걀은 상자 속에서 수백 년을 상하지 않습니다. 이 상자 속에서 사람은 수백 년, 수천 년, 수만 년 동안 시간으로부터 차단됩니다. 공주님의 젊음과 아름다움을 보존하기 원하신다면, 이 상자 안에 누워계시기만 하면 되옵니다. 단 하루도 늙지 않고 반백 년을 보내실 수 있습니다."

"내가 정신이 나간 줄 아느냐? 내 딸을 반백 년 동안 가두어 두다니!"

난쟁이가 한 발 물러섰다. "폐하께서 해결책을 원하시기에 드렸을 뿐입니다. 그것을 어떻게 쓰실지는 폐하께 달려 있습니다. 그것을 사용하든 안 하든, 그것 역시 폐하께서 결정할 일입니다. 시간으로부터 보호하여 영원한 삶을 누리게 하는 열쇠를 저희가 드렸사옵니다."

왕은 탐색하는 눈길로 난쟁이들을 바라보았다. 다 떨어진 양가죽 신발을 신고 무표정한 얼굴로 서 있는 작은 인간들.

"이 상자가 덫은 아니렸다?"

"아니옵니다, 폐하. 난쟁이는 덫을 놓지 않습니다."

왕은 그들을 신뢰하는 것이 아니라, 자신의 눈으로 직접 목격한 바를 믿었다. 매가 목청을 찢으며 울었다. 키이이! 키이이!

마법의 상자

상자는 놀랍기 그지없는 물건이었다. 왕은 상자를 조사하기 위해 최고의 전문가들을 왕국으로 불러 들였다. 금세공인, 목수, 의치기공사, 대장장이, 잡역부, 방직공, 그리고 다이아몬드 연마사가 총동원되어 상자를 꼼꼼히 들여다보고 면밀히 조사했다. 모래시계를 상자 안에 넣으니 쾅하고 뚜껑이 닫힘과 동시에 모래가 멈추었다. 상자 가득 나비를 넣었더니 마치 모빌을 걸어놓은 듯 허공에 떠 있었다. 상자가 세계 최고의 걸작이라는 데 이견이 없었다.

엑셀이 뚜껑을 톡톡 두드렸다.

"이런 기막힌 물건을 어떻게 쓸까요, 생각해보십시오!" 그가 계산자를 꺼냈다. "작년의 경우 100일은 화창했지만 150일 동안 비가 왔지요. 이런 물건이 있었더라면 공주님이 그 궂은 날씨를 겪을 필요가 없었을 것입니다. 오늘 같은 날은 또 어떻습니까. 바람 불고 습하고. 이 무슨 시간 낭비란 말입니까! 완벽한 조건이 갖추어지지 않았는데 공주님의 그 귀한 시간을 허비하면 안 되지요, 그렇지 않사옵니까, 폐하?"

"맞는 말이로다." 왕이 말했다.

"비 온 날에다 흐린 날까지 더하면, 작년에 공주님이 깨끗이 날려버리신 날이 250일이 넘는군요. 화창한 날만 골라내고 그 외의 날들은 버린다고 한번 상상해 보십시오." 엑셀이 계산을 조금 더 두드려보았다. "폐하, 만약 일요일에만 상자를 연다면 공주님은 700년을 살게 되옵니다!"

왕은 숨이 턱 막혔다. 700년이라!

"게다가 2주마다 한 번씩 일요일에 비가 온다면, 공주님은 1,400년을 사시는 것이옵니다. 매일 매일이 화창한 일요일인 셈이지요!"

"상자가 크리스마스에만 열리면 어찌 되는가?" 콘실료가 물었다. 그는 매일 매일이 크리스마스였으면 하고 바랄 때가 종종 있었다.

계산을 마친 엑셀이 결과를 보고 깜짝 놀랐다. "이럴 리가 없어." 그가 중얼거리면서 다시 계산을 했다. "36,500년!"

다른 사람들도 머릿속으로 계산해보니 틀림이 없었다.

콘실료의 얼굴이 달아올랐다. "폐하, 폐하를 더 오래 살게 하는 자에게 왕국의 절반을 준다고 약속하시지 않았습니까. 제가 보기에는 난쟁이들이 해낸 것 같습니다. 이제 어쩌시렵니까? 설마, 난쟁이들에게 왕국의 절반을 넘겨주지는 않으실 테지요?"

엑셀이 재빨리 나섰다. "제 계산에 따르면 왕국의 절반만 가지고 36,000년을 사시는 것이 왕국을 다 가지고 100년을 사시는 것보다 나은데요. 상자를 시험해 보는 게 우선이긴 합니다만."

왕의 부름을 받고 소디스가 옵시디아나를 데려왔다.

"보거라, 나의 딸아!" 왕이 기뻐하며 말했다. "난쟁이들이 너에게 선물을 가져왔구나!"

난쟁이가 들어왔다. 왕이 마련해 준 새 옷으로 갈아입고 있었다. 공주가 손을 흔들었다. 난쟁이 중 하나가 공주에게 절을 하는 바람에 공주는 수줍어하며 얼굴을 붉혔다.

"마법의 상자를 저들이 가져왔다. 우리를 더 오래 살게 해 줄 물건이다." 왕이 말했다. "네가 한 번 시험해 보면 좋겠구나."

"마법의 상자라구요?" 공주가 물었다. 투명한 상자 안을 들여다보니 베개와 하얀 침대보가 놓여 있었다.

그녀는 초조하게 기다리고 있는 조신들을 둘러보고, 무표정한 얼굴로 서 있는 난쟁이들도 돌아보았다. 그녀는 상자 안으로 엉금엉금 기어들어가서 베개에 머리를 뉘었다.

"이제 열을 세어라!" 왕이 말했다.

옵시디아나는 눈을 감고 숫자를 세기 시작했다.

"하나, 둘, 셋, 넷…" 쿵! 상자가 닫혔다가 다시 열렸다.

"…다섯, 여섯, 일곱…"

옵시디아나가 눈을 떴다. 왕이 그녀를 내려다보며 서 있었고, 엑셀은 모든 상황을 자세하게 자신의 공책에 기록하고 있었다.

"상자를 안 닫으실 거예요?" 그녀가 물었다.

"상자는 10분 동안 닫혀 있었단다." 왕이 말했다.

그들이 다시 상자를 닫았다. 옵시디아나가 다시 한 번 말했다. "상자를 닫지 않으실 건가요?"

"한 시간 동안이나 닫혀 있었단다." 왕이 웃음을 터뜨리며 말했다.

그들은 상자를 또 다시 닫았다.

주변을 둘러보던 옵시디아나가 눈을 찡그렸다. 태양이 눈부시게 빛나고 있었다. 잠시 전만 해도 바람이 불고 비가 내리고 있었는데. 그녀는 벌떡 일어났다. 일 초도 안 지난 것 같은데, 소디스가 옷을 갈아입고 머리까지 땋아 올리고 있었다. 어떻게 그렇게 빨리 옷을 갈아입은 거지? 옵시디아나는 커다란 문으로 달려가 힘껏 문을 열어젖혔다. 정원으로 향하는 문이었다. 체리 나무에는 가지가 휠 정도로 꽃이 피어 있었다. 숨이 막히게 아름다웠다. 애타게 봄을 기다렸다. 그런데 벌써 이렇게 와 있다니.

"어떻게 그렇게 빨리 나무에 잎이 돋았을까?"

"아주 천천히 돋았답니다. 열흘이나 걸린걸요. 공주님이 몰랐을 뿐이에요."

"4월 5일에 상자를 닫았지요. 지금은 4월 15일 이랍니다." 계산자를 손에 든 엑셀이 잔뜩 흥분한 채 거기 서 있었다. "공주님은 열흘을 버신 거예요!"

옵시디아나는 어리둥절했다. 이런 일은 있을 수 없어. 공기 냄새가 달랐다. 봄 냄새, 따뜻한 냄새, 짙은 흙냄새. 그녀는 판다를 찾으러 뛰어갔다.

"판다!" 그녀가 외쳤다.

그러나 빨간 판다는 그녀가 다가가자 꼬리를 세우고 쉭쉭거렸다.

"판다가 열흘 내내 울면서 상자 위에 누워 있었답니다." 소디스가 말했다. "공주님이 돌아가신 줄 알았나 봐요. 짐승에게 다 설명해 줄 순 없는 일이죠."

옵시디아나는 제 방으로 뛰어가 일기장을 펼쳐보았다. 여러 날이 비어 있었다. 이상해. 빈 페이지로 남아 있는 날들에 대해서는 아무 기억도 없었다. 그냥 사라져버린 것 같았다. 그녀는 다시 적었다.

안녕 일기장아,
며칠 동안 일기가 빠져 있네. 난쟁이 몇 명이 마법의 상자를 들고
왔어. 내가 그 상자에 들어가 누웠는데 열흘이 눈 깜짝할 사이에
사라져버린 거야. 사라진 시간은 어디로 갔을까? 다시 찾을 수 있
을까?

드높은 유리 탑 안에서 왕이 거대한 둥근 탁자를 마주하고 앉아 있었
다. 벽에는 왕국의 영토를 표시한 윤곽선이 그려져 있었다. 그가 지난
10년을 싸우며 일군 왕국이었다. 한 장의 포고문이 그의 손에 들려 있
었다.

나와 공주를 더 오래 살게 하는 자는 누구이든
내 왕국의 반을 줄 것이다.

난쟁이가 요구조건을 충족시켰다는 것은 부인할 수 없는 사실이었
다. 그들이 들고 온 것은 진정한 마법의 상자였다. 그것만 있으면 모든
것을 황폐하게 만드는 시간으로부터 자신의 딸을 지킬 수 있을 것이
다. 난쟁이들은 왕국의 반을 받을 자격이 있었다.

난쟁이 왕국

궁정 호위병이 난쟁이들을 왕에게 인도했다. 디몬 왕은 조심스럽게 계획한 바를 진행할 작정이었다. 그들이 비록 몸집은 작아도 무엇이든 할 수 있는 자들이었다. 거미줄을 짜서 저런 마법 상자를 만들 정도로 인내심이 있는 자라면 복수의 날을 기다리며 참을 줄도 알 것이다.

"상자를 짠 이유가 무엇이냐?" 왕이 물었다.

"산에서 살다 보면 혹독한 시기가 찾아오기도 하옵니다. 그래서 상자에 음식을 보관하였습니다." 한 난쟁이가 말했다.

"그러다가 매를 상자에 넣어 보았지요." 다른 난쟁이가 덧붙였다.

"사람도 넣었더냐?"

"아니옵니다. 사람에게 상자를 사용한 적은 결코 없습니다."

"왜?"

"그냥 그런 생각이 들질 않았던 것이지요." 난쟁이가 말했다.

"왜 상자를 내게 가져 왔느냐? 위험한 물건이더냐?"

"아니옵니다." 난쟁이가 말했다. "상자 자체로는 위험한 물건이 아닙니다. 누가 상자의 주인이 되느냐가 위험한 것이지요. 그런 물건을 감당하려면 성숙하고 지혜로운 사람이어야 하옵니다."

난쟁이는 알 수 없는 수수께끼 같은 표정을 지었다.

"이것은 덫이냐? 일종의 복수의 도구라 해야 할까?" 왕이 말했다.

"저희는 폐하의 군대에 완전히 정복당했사옵니다." 난쟁이가 말했다. "산에 매장된 귀중한 광물은 대부분 파헤쳐졌습니다. 폐하의 선왕과 그의 선왕께서는 불로 저희를 제압하셨지요. 그러나 저희 문화에는 복수라는 것이 없습니다. 이제 상자는 폐하의 손에 있사옵니다. 그것이 폐하께 득이 될지 해가 될지는 오로지 폐하께 달린 것이옵니다."

왕은 난쟁이를 오랫동안 가만히 응시했다.

"상자가 작으니 공주에게는 맞을 터이나 내게는 맞지 않겠다. 나를 위해 하나 더 만들 수 있겠느냐?"

"왕국의 나머지 반마저 주시렵니까?" 난쟁이가 빙그레 웃었다.

"적당한 대가를 지불하지." 왕이 말했다.

"아니 되옵니다." 자르듯이 짧은 대답이 돌아왔다.

"안 된다? 안 된다니 무슨 소리냐? 그 따위 대답은 듣지 않겠노라!"

"이런 상자는 결코 다시 만들 수 있는 물건이 아니옵니다. 저의 할머니와 어머니는 상자 짜는 방법을 알고 계셨지요. 그분들은 거미를 쓰다듬어 실을 뽑아내게 하셨습니다. 그렇게 하여 상자를 다 짜는 데 40년이 걸렸사옵니다."

"그들을 데려 오라!"

난쟁이는 손가락으로 자신의 얼굴을 가로지르는 선을 그었다.

"침대에 누워 있는 저를 검으로 내리 그었습니다. 그럼에도 저는 살아남았습니다. 할머님은 다행히 도망가셨지만, 저의 어머니, 누이, 그리고 사촌은 그렇게 운이 좋지 못했습니다."

"나와는 상관없는 과거의 일이 아니더냐."

난쟁이는 왕에게로 한 발짝 다가섰다. 호위병들이 긴장했다.

지붕 서까래에 배치된 궁수가 난쟁이의 심장을 겨누며 활을 당겼다.

"제 몸에 달린 촉수가 하는 짓을 문어 대가리가 항상 아는 것은 아니지요, 폐하."

디몬 왕이 난쟁이를 한참동안 지긋이 노려보았다. 그리고 시선을 옮겨 둘러선 구경꾼들을 노려보았다. 이윽고 모두가 들을 수 있게 큰소리로 말했다. "그만하면 되었다. 내가 던진 문제에 대해 너희가 답을 가져왔으니."

모여 있는 사람들 모두를 향해 왕이 선언했다. "왕의 약속은 지켜진다. 누구든 시간을 멈추고 내 딸의 아름다움을 보존하는 자는 왕국의 반을 얻을 것이라 내 언약하였다. 받거라, 난쟁이들아! 이제 법적으로 너희의 소유가 되었노라!"

그리고 왕은 벽에 걸린 지도를 향해 성큼성큼 걸어가 칼을 뽑아 들고 지도를 둘로 갈랐다.

홀은 정적에 휩싸였다. 장군들의 얼굴이 벌겋게 달아올랐다. 그 모든 전쟁을 치러낸 왕이, 진정으로 자신의 왕국을 난쟁이 패거리에게 넘기려는 것인가?

디몬 왕은 눈꺼풀이 갈라진 난쟁이에게로 돌아왔다. "내 왕국의 반을 다스릴 준비가 되었느냐? 백성들이 너, 난쟁이 왕에게 충성을 맹세하겠느냐?"

난쟁이가 여전히 알 수 없는 표정으로 왕을 바라보았다.

"왕이시여, 왕께서 저희에게 주실 수 있는 것은 아무것도 없사옵니다. 저희에게서 앗아간 것은 무엇으로도 보상할 수 없습니다. 새와 꽃과 상자가 저희에게 남은 전부입니다. 이제 왕께서는 공주님을 위한 **시간 상자**를 얻으셨습니다. 영원을 손에 넣으신 것입니다. 부디 현명하게 사용하소서. 허나 왕국의 절반은 저희에게 아무 소용이 없습니다. 폐하의 제안을 정중히 거절하옵니다."

여기저기서 수군대는 소리가 났다. 왕은 얼굴이 화끈거렸다.

"나의 말은 바뀌지 않는다." 왕이 말했다. "왕국의 반은 너희 것이다. 그렇게 합의했다."

"저희는 아무것도 원치 않사옵니다. 왕께서는 약속을 거두소서. 단지 장차 폐하께 벌어질 모든 일은 응당 폐하의 몫이옵니다."

난쟁이가 왕의 눈을 똑바로 응시했다.

"장차 나에게 벌어질 일이라니, 무슨 뜻으로 하는 말이냐? 저주를 하는 것이냐?"

"말씀드리는 그대로입니다. 장차 폐하께 벌어질 모든 일은 응당 폐하의 몫이옵니다. 좋은 일이든 나쁜 일이든. 그뿐입니다."

난쟁이들이 떠날 차비를 했다. 모여 있는 사람 누구도 입을 열지 않았다.

"모욕이로다!" 왕이 격노하여 소리쳤다. "네 놈이 나를 모욕했다! 내가 너에게 왕국의 절반을 약속했거늘 그것을 네가 거절하다니! 너희가 나에게 **마법의 상자**와 꽃과 **천상의 매**를 주고도 아무 대가를 받지 않겠다니!"

왕은 입술을 깨물며 분노로 몸을 떨었다.

"너희를 사형에 처할 수밖에 달리 도리가 없다. 그러나, 너희가 자비를 구한다면 목숨만은 살려 주마. 이 제안에 응하지 않는다면, 저 상자는 선물이 아니라 나의 전리품이 될 것이다."

난쟁이들이 왕을 보았다. 몇몇은 쓰러질 것 같았다. 그러나 흉터가 있는 난쟁이가 이렇게 말했다. "좋습니다. 더할 나위 없사옵니다. 폐하의 친절과 자비에 기대어 저희 목숨을 구걸하기 원치 않습니다."

호위병이 난쟁이를 체포하여 족쇄에 채우고 시내에 있는 경기장으로 끌고 갔다. 거대한 몸집의 전사와 사자와 호랑이가 있는 우리에 그들을 가두었다.

디몬 왕의 전령이 세 번이나 거듭 찾아와 말했다. "왕께서 너희를 사면하고자 한다. 너희의 대답은 무엇이냐?"

난쟁이들은 전령에게 침을 뱉었다.

결국 왕이 친히 밤의 어둠을 틈타 횃불을 환히 밝히고 찾아왔다.

"나의 자비를 받아들이겠느냐?"

그러나 난쟁이들은 감옥의 어둠 속에서 그를 쏘아보기만 할 뿐 말이 없었다.

새벽이 되자 건장한 사형집행인이 난쟁이를 보러 왔다. 웃통을 벌거벗은 그는 원숭이처럼 털이 많은 데다 상처투성이였다. 그는 실크해트를 쓰고 있었다. 잔인한 전투와 질질 끄는 고통스러운 죽음이 그의 장기였다. 그가 난쟁이의 크기를 가늠해보더니 그들의 머리를 우스꽝스럽게 생긴 투구 안으로 거칠게 우겨넣었다.

"사자한테 쫓기는 난쟁이가 세상에서 제일 재밌는 구경거리지." 그가 짐승처럼 포효했다.

호위병이 몸에 비해 지나치게 큰 검과 방패를 난쟁이에게 쥐여 주었다. 그리고 그들을 원형경기장으로 몰아냈다. 경기장은 환호성과 떠들썩한 웃음소리로 떠나갈 듯했다. 우리를 막고 있던 창살이 들리고 굶주린 사자가 경기장으로 뛰어들자 난쟁이들은 경기장 돌바닥에 납작 엎드렸다. 굶주린 야수들은 난쟁이 주변을 킁킁대기만 하고 웬일인지 덤벼들지는 않았다. 성난 군중이 이성을 잃고 피를 부르며 울부짖었다. 왕은 귀빈석에 앉아서 조용히 지켜보았다. 명치끝이 납덩이처럼 무거웠다. 갈비뼈 아래 자신의 황금 금고가 이렇게 텅 빈 느낌이 든 적이 없었다. 그가 땀을 흘렸다. 더위 때문에 질식할 것만 같았다. 사자 조련사가 당황하여 얼굴이 시뻘게지며 욕을 내뱉었다. 조련사가 경기장으로 들어와 사자를 다시 우리로 몰았다. 이번에는 검투사가 등장했다. 그러나 난쟁이들은 싸우기를 거부했다. 채찍으로 내리치고 창끝으로 찔러도 소용없었다.

"결투가 아무짝에도 쓸모없게 되었군, 빌어먹을!" 사형집행인이 투덜댔다.

군중은 야유를 퍼부으며 깡통과 토기를 경기장 안으로 던졌다.

"피! 피! 피를!"

난쟁이와 사자의 흥미진진한 결투를 보기는 다 틀렸다는 게 분명해졌다. 그들을 싸우게 할 방법이 없었다. 검은색 후드를 입고 무시무시한 도끼로 무장한 사형집행인이 경기장에 들어섰다. 난쟁이는 꼼짝 않고 누워 있었다. 그가 도끼 자루로 찌르는데도 꿈쩍도 하지 않았다. 결국 그는 자신이 맡은 바 임무를 수행했다. 미동도 없이 누워 있는 첫 번째 난쟁이의 목을 쳤다. 군중은 야유를 보냈다.

두 번째, 세 번째, 그렇게 한 명씩 그의 도끼가 난쟁이의 목을 내리쳤다. 난쟁이들은 전혀 저항하지 않았다. 그러나 흉터가 있는 난쟁이는 귀빈석에 앉은 왕에게서 시선을 떼지 않았다. 사형집행인이 도끼를 높이 쳐들었다가 있는 힘을 다해 내리쳤다. 왕은 하루 종일 충격에서 헤어나지 못하는 듯 했다. 그 후로도 오랫동안 매 순간이 왕의 머릿속에서 지워지지 않았다. 사형집행인이 도끼를 높이 든 순간부터 땅에 내리꽂힐 때까지의 모든 순간이. 그는 사형집행인이 걸친 튜닉의 무늬와 난쟁이의 얼굴에 번지던 미소, 목이 떨어져나가는 순간에 슬프게 변하던 표정까지 모든 것을 기억했다.

도끼가 돌바닥을 쳤을 때, 바람이 일고 지진의 전조인 듯 발밑이 심하게 요동치는 것을 그는 느꼈다. 난쟁이의 목이 땅 위를 구르자 군중은 조용해졌다. 벼락 맞은 사람처럼 사형집행인이 도끼를 내려다보았다. 그리고 도끼날 아래에서 돌바닥이 갈라지는 것을 보았다. 땅이 미끄러지듯 떨어져나가면서 삐걱대는 소리가 났다. 경기장이 둘로 갈라졌다. 갈라진 틈이 가는 실처럼 도시를 가로질렀다. 실처럼 가늘던 금이 틈으로 벌어지고 골짜기로 변하더니 급기야 협곡으로 변했다. 협곡에 물이 들어차 수로가 되고, 만을 이루고, 마침내 요동치는 바다가 되었다. 균열은 도시를 가르고 왕국을 둘로 나누었다.

판게아는 지금의 남아메리카와 아프리카, 두 대륙으로 갈라지고 말았다.

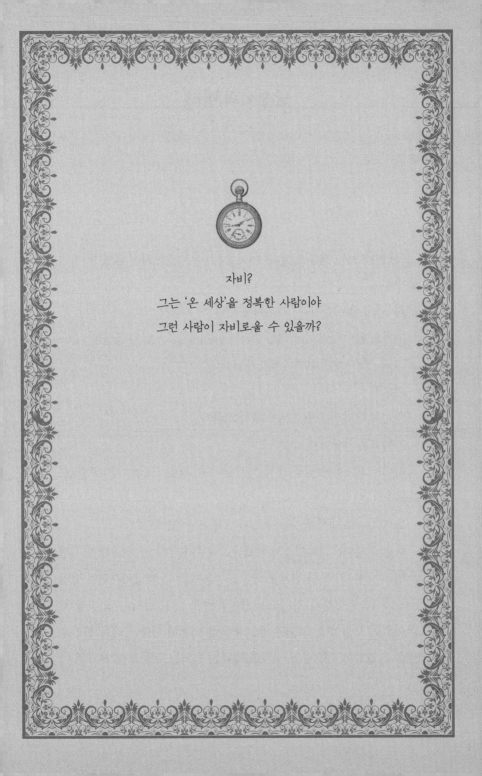

자비?

그는 '온 세상'을 정복한 사람이야

그런 사람이 자비로울 수 있을까?

난쟁이의 머리

그레이스가 책을 덮었다. 아이들은 아무 말도 하지 않았다. 밤이 찾아왔다.

"자, 이제 잘 시간이다." 그녀가 말했다.

"진짜로 왕이 난쟁이 머리를 잘라버린 거예요?" 피터가 물었다.

"그래, 정말이야." 그레이스가 대답했다.

"왜요?"

"왕은 자신의 약속을 지켜야 했던 거란다."

"자비로운 사람이 아니었어요?"

"자비? 그는 온 세상을 정복한 사람이야. 그런 사람이 자비로울 수 있을까?"

"도끼 하나로 대륙을 가를 수 있다니 믿을 수 없어요!"

"과연 그럴까?" 그레이스가 말했다. "핵무기를 봐. 주먹만 한 방사성 금속조각 하나가 도시 전체를 산산조각내지 않니. 옛날이라면 마법의 금속이라고 불렸겠지. 아마도 난쟁이들은 우리가 모르는 무언가를 알고 있었던 모양이다. 그들은 황금과 돌을 이용해 아주 놀라운 물건을 만들 수 있었어. 거미줄로 상자를 짜내는 능력도 있었고, 말하자면 이런 거지. 그 시절, 다른 인간들이 동물과 조화를 이루며 사는 동안, 난쟁이들은 땅과 조화를 이루고 있었던 거야. 난쟁이들은 아마 마음먹은 대로 대륙을 이을 수도, 떼어놓을 수도 있었을 거야."

그레이스는 찬장으로 손을 뻗어 깨진 화병 하나를 꺼냈다.

"이걸 봐." 그녀가 말했다. "깨진 화병을 내가 다시 붙여 놓은 거란다. 반쪽은 아프리카에서, 나머지 반쪽은 남아메리카에서 찾았지."

"하지만 어떻게 그렇게 순식간에 대륙을 쪼갤 수 있어요?"

"판게아의 사람들이 궁금해했던 것도 바로 그거란다."

한눈에도 지쳐 보이는 크리스틴이 크게 하품을 했다. 그레이스가 담요와 베개를 가져와서 아이들을 침대에 뉘었다. 시그룬은 의심의 눈길을 거두지 않았다. '아무도 믿을 수 없어.' 하지만 아이들이 하나 둘 잠들자 그녀 역시 까무룩 잠에 빠져들었다.

식욕을 돋우는 뜨거운 오트밀 냄새에 시그룬은 잠이 깼다. 졸린 눈을 비비면서 그녀는 다른 아이들이 이미 자리를 잡고 있는 기다란 식탁에 가서 앉았다. 아이들이 게걸스럽게 아침을 먹고 있었다. 마당에 있는 사슴이 흠칫 눈길을 주더니 달아나 버렸다. 너무 배가 고팠던 시그룬은 음식을 아주 조금만 먹어보기로 했다.

그레이스가 땋은 머리를 풀어서 늘어뜨리고 있었다. 그녀의 잿빛 머리카락이 헝클어져 있었다.

"그래, 누가 마커스를 도와서 점심에 먹을 물고기를 잡아올까?" 그녀가 말했다.

시그룬은 밖으로 나가고 싶은 마음에 얼른 자기가 가겠다고 대답했다.

"방망이 챙겨야지." 그레이스가 마커스에게 야구 방망이를 건네며 말했다.

시그룬은 못마땅했다.

"그걸로 낚시를 하겠다고?" 그녀가 말했다.

"아니, 방망이는 늑대 때문에 가져가는 거야." 마커스가 대답했다.

"좀비가 나타날 지도 몰라." 그레이스가 말했다.

시그룬은 한심한 기분이 들었다. *좀비라고?*

"농담이야." 그레이스가 웃으며 말했다. "하지만 밖에는 야수가 돌아다녀. 그러니까 조심해야 해."

시그룬과 마커스는 집을 나섰다. 새들이 나뭇가지에 앉아서 노래했다. 무스 한 마리가 길을 따라 내려오는 것을 보고 두 사람은 한 쪽으로 비켜섰다. 잰걸음으로 오던 무스가 멈추어 서더니 엉덩이를 울타리 기둥에 대고 문질렀다.

"그레이스랑은 어떻게 알게 됐어?" 시그룬이 물었다.

"모르는 사람이야. 내가 너 찾은 것처럼 그레이스가 날 찾은 거지. 우리 아빠는 큰 핀란드 회사 인수 건을 마무리하는 중이었고 엄마는 박사 과정이 끝날 무렵이었어. 내가 학교에서 창문을 깨뜨려서 일주일 정학을 받았거든. 그 일 때문에 엄마 아빠가 시간 상자를 집에 들여놓으신 거야. 꼬박 일주일 동안 나를 돌보는 건 고사하고, 내 문제를 수습할 시간도 낼 수가 없다고 그러시면서."

"그래서 어떻게 됐는데?"

"내가 그 상자로 기어들어 갔지. 그리고 상자가 다시 열리니까 바로 검은 옷을 입은 그레이스가 내 앞에 떡하니 서 있더라. 내가 아는 건 그게 다야. 악몽인줄 알았어. 도망치려고도 해봤지만, 세상에 나 혼자뿐인 데다 온통 가시덤불투성이였어. 그래서 포기했지. 그레이스가 나를 기다리고 있긴 했지만 왠지 그녀가 무섭더라구. 그레이스가 집으로 가려고 돌아서더라. 때마침 언덕에서 늑대 울음소리가 들리는 거야. 그래서 그녀를 따라가는 게 낫겠다고 생각했어. 그녀는 내게 자기가 수집한 옛날 물건들을 다 보여줬어. 세상이 어디서부터 어떻게 잘못된 건지 알아내려고 모은 거라고 했어."

시그룬은 자신이 살던 동네를 돌아보았다. 아니, 한때 자기 동네였던 숲이라고 해야 할까.

"내가 살던 집에 잠깐 들러도 될까?" 그녀가 물었다.

"왜?"

"엄마랑 아빠의 상자를 열어야지."

"그건 안 돼." 마커스가 말했다.

"왜 안 돼?"

"그레이스가 그랬어, 그건 불가능하다고."

시그룬은 호숫가에 늘어선 집들을 바라보았다. 거의 무너질 것처럼 보였다. 둑도 마찬가지였다. 회전 관람차는 호수에 반쯤 잠긴 채 떠 있었다. 근처 유원지에서 여기까지 굴러온 모양이었다. 해가 높이 솟아 있고 호수 표면은 거울처럼 잔잔했다. 멀리 한 쌍의 백조가 떠다니는 게 보였고 어디선가 아비새 우는 소리도 들렸다. 그들은 둑에서 우연히 새의 둥지를 발견했다. 포동포동한 솜털오리가 둥지를 차지하고 있었는데 두 사람이 다가가도 신경 쓰지 않았다. 시그룬과 마커스는 주황색 보트를 타고 회전 관람차 근처에 둥둥 떠 있는 빨간 플라스틱 통 쪽으로 노를 저었다. 마커스가 노를 제자리에 잘 놓았다. 그리고 통을 잡더니 통에 묶어 둔 그물을 끌어당기기 시작했다. 처음에는 물속으로 희끄무레한 형체만 흐릿하게 보였다. 하지만 마커스가 이내 불룩한 그물을 배 위로 끌어올렸다. 귀엽고 통통한 송어들이 두 사람 발치에서 꼬물거렸다. 시그룬이 한 마리를 그물에서 빼내 뱃전에 쳐서 기절시켰다.

호수 한가운데 녹슨 표지판이 세워져 있었다.

위기를 건너뛰세요! Time Box.

마커스가 표지판을 가리켰다. "저 사람들이 실수한 거야. 저 회사가 세상을 엉망진창으로 만들어 버렸어. 저 사람들이 이 모든 책임을 져야 해."

"우리가 할 수 있는 일이 뭔지 모르겠어." 시그룬이 말했다.

"난들 알겠니." 마커스가 말했다. "그레이스가 해주는 이야기를 듣는 거 말고는 다른 방법이 없는 것 같아. 뭐 더 잃을 것도 없잖아."

그들은 송어를 한 아름 안고 집으로 돌아왔다.

부서진 창문을 뚫고 자라는 나무들 때문에 도로는 마치 산골짜기 같았다. 갈매기가 창턱과 지붕 가장자리에 둥지를 틀고 있었다. 갈매기는 바람을 타고 솟아오르며 구슬프게 울었다. 시그룬이 올려다보며 말했다.

"아름답다."

"그래."

"발이 젖었어. 새 고무장화가 있어야겠어."

"시장에 가봐야 장화 말고는 건질 게 별로 없을 거야." 마커스가 말했다.

"그래?"

"어제 애들이 통조림을 좀 가지러 갔다가 거기서 곰을 봤대. 곰들이 꿀단지 있는 데를 알았나봐. 가까이 가지 않는 게 좋아."

집 앞에서 그레이스가 크리스틴과 함께 감자껍질을 벗기고 있었다. 잡아 온 송어를 그레이스에게 건네주었다. 그레이스는 송어를 부엌으로 가져가서 토막 낸 다음 냄비에 옮겨 담았다. 잠시 후 아이들은 맛있는 식사를 즐길 수 있었다. 식사 중에, 그레이스가 유리장을 열고 아주 오래된 해골 하나를 꺼냈다.

"이것 좀 봐, 아름답지 않니?" 그녀가 말했다. 시그룬은 거의 사레가 들릴 뻔 했다.

그레이스가 해골에 움푹 들어간 자국을 가리켰다.

"이 해골주인이 아이였을 때 누군가 얼굴을 내리친 거야. 상처가 아물긴 했지만." 시그룬은 눈구멍에서부터 턱까지 죽 이어지는 상처의 흔적을 볼 수 있었다.

그레이스가 해골을 돌려 후두부에 절단된 부위를 보여주었다.

"한참 뒤에는 머리 전체가 잘려 나갔지."

"난쟁이예요?" 시그룬이 물었다.

"내가 지금 하는 얘기는 모두 믿을 만한 근거가 있어." 시그룬에게 해골을 건네면서 그레이스가 말했다. 시그룬이 몸서리를 치는 바람에 해골을 거의 떨어뜨릴 뻔 했다.

크리스틴과 피터가 키득거렸다.

아이들이 편안히 자리를 잡고 앉자 그레이스가 이야기를 이어갔다.

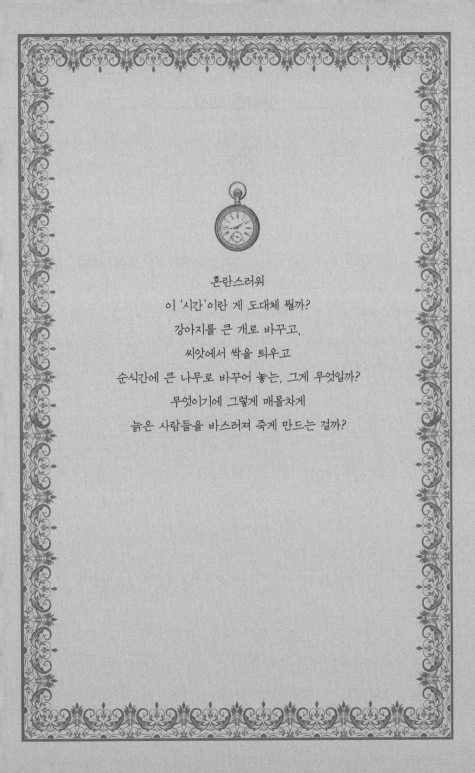

혼란스러워
이 '시간'이란 게 도대체 뭘까?
강아지를 큰 개로 바꾸고,
씨앗에서 싹을 틔우고
순식간에 큰 나무로 바꾸어 놓는, 그게 무엇일까?
무엇이기에 그렇게 매몰차게
늙은 사람들을 바스러져 죽게 만드는 걸까?

사라진 도시

디몬 왕의 왕관 옆에 유리 상자처럼 보이는 것이 놓여 있었다. 그 안에는 세상에서 가장 아름다운 소녀가 누워 있었다. 눈처럼 하얀 피부에 피처럼 붉은 입술, 까마귀의 날개처럼 검은 머리를 한 소녀였다. 그녀는 상자 안에 편안히 누워 있었다. 도자기 인형처럼 가만히, 지상에서 가장 강한 나라를 덮친 엄청난 사태를 의식하지 못한 채.

끼이이익! 끼이이익! 땅이 진저리를 치며 흔들렸다. 디몬 왕은 자신의 고문들과 함께 갈라진 틈의 가장자리를 따라 말을 몰았다. 두 쪽으로 갈라진 판게아의 땅이 마치 거대한 항공모함처럼 서로 멀어지는 것을 바라보았다. 찢겨진 경기장과 허공으로 떨어질 듯 간신히 절벽에 매달려 있는 집들을 보았다. 땅 밑에서 우르릉거리는 소리에 가려 제 목소리조차 들을 수 없었다. 틈은 점점 더 벌어지고, 요란한 파도소리가 비명처럼 그 틈을 채웠다.

세상에서 가장 거대한 선이 그어지는 광경에 엑셀은 넋을 놓고 서 있었다.

"지금, 땅이 갈라지고 있는 게 맞나요?" 그가 물었다.

"무슨 소리냐?" 디몬 왕이 말했다.

"저의 계산에 따르면, 이것은 불가능합니다. 이런 일은 절대로 일어날 수가 없어요! 절대로!"

디몬 왕이 벌어진 틈의 가장자리로 다가가 돌멩이 하나를 던졌다. 돌멩이는 바닥을 모르고 끝없이 떨어졌다. 양쪽 가장자리 절벽으로 사람들이 몰려들었다. 균열이 연인들을 양쪽으로 찢어 놓아 애타는 마음으로 서로 바라보기만 했다. 그 틈을 넘나드는 것은 오로지 날개 달린 새들 뿐. 현수교가 팽팽하게 당겨졌다가 툭 끊어졌다. 마치 거대한 새총처럼, 불행하게도 마침 다리 위에 있던 사람들을 멀리 튕겨 보냈다. 행운이 따라 준 사람들은 덤불이나 이끼 낀 둔덕에 떨어져서 심각한 상태는 면했다. 그러나 다른 사람들은, 마치 달리고 있는 차 앞 유리창에 살찐 벌이 부닥치듯, 벽이나 바위에 부딪혀 회반죽처럼 으깨지거나, 혹은 물에 빠져서 굶주린 상어의 밥이 되었다.

사방에서 전령이 당도했다. 죽을힘으로 말을 몰아 성에 도착한 전령들은 땀에 젖어 거친 숨을 헐떡였다.

"폐하, 판게아가 완전히 두 조각이 났습니다."

교활한 난쟁이들 같으니라구! 왕은 생각했다. *결국은 나의 왕국을 둘로 쪼개고 말았구나!*

"남쪽에서 슬픈 소식을 가지고 왔습니다. 옵시디아나 시가 사라졌습니다."

"사라지다니?" 왕이 말했다. "도시가 그냥 사라지는 법은 없느니라!"

"사실이옵니다. 완전히 사라져 버렸습니다!"

"백성들은 어찌 되었느냐?"

"흔적조차 없습니다, 폐하. 어찌 하오리까?"

디몬 왕은 서둘러 검은 망토를 걸치고 말에 올랐다. 그는 자신이 익히 알고 있는 어두운 숲을 헤치고 판석이 깔린 길을 날듯이 달렸다. 그러나 눈부시게 반짝이며 그 자리에 있어야 할 도시는 보이지 않고, 깊이를 알 수 없는 거친 바다가 그를 맞았다. 활짝 입을 벌린 성문 너머를 들여다보았으나 텅 빈 공간뿐, 아무것도 보이지 않았다. 벌어진 땅속으로 돌멩이가 구르고 나무뿌리는 바위 표면으로 비어져 나와 있었다. 마치 물에 빠진 사람이 내민 손 같았다. 말이 히히힝 울면서 뒷걸음쳤다. 절벽 끝에 가까스로 균형을 잡고 서 있던 디몬 왕은 믿을 수가 없어서 눈을 비볐다. 성이 있어야 할 자리였다. 굴뚝마다 연기가 피어오르는 번화한 도시가 있어야 할 자리였다. 거리마다 보따리장수의 외침이 울려 퍼져야 했다. 아이들의 웃음소리와 승려들의 독송이 들려야 했다. 물에서 역겨운 냄새가 올라왔다. 왜 이런 일이 생겼는지 그는 생각하고 싶지 않았다. 얼굴을 일그러뜨리며 이를 악물었다. 그렇게 갑자기 땅이 갈라지다니, 어떻게 그럴 수 있나? 북극에서 노파가 했던 예언의 말을 떠올렸다. *에난티오드로미아 ENANTIODROMIA*(대극의 반전. 어떤 힘이 과도해지면 그 반작용 또한 강해지는 자연계의 균형 원리)*! 시간이 너를 파괴하리라!* 그 말만 남기고 노파는 얼음 구멍으로 뛰어들었다. 노파가 난쟁이들과 공모한 것인가! 시간, 저주 받은 시간이여!

그는 궁으로 돌아오는 길에 현자 자코를 만났다. 그가 자코 옆에 앉아 근심 어린 목소리로 물었다. "내가 어찌하면 좋겠느냐? 수많은 백성이 좌절하고 있다. 이 문제를 어찌해야 내가 풀 수 있겠느냐?"

"폐하께서는 온 세상을 다스리고 싶어하지 않았습니까. 그것은 벅찬 일이지요." 자코가 차분히 담뱃대를 뻐끔거리며 말했다. "앞으로 하실

일이 산더미로군요."

"무슨 뜻으로 하는 말이냐?" 왕이 물었다.

"제가 하고 싶은 일이라곤 그저 담뱃대나 뻐끔거리는 것뿐이지요."
자코가 말했다. "그러니 시간이 남아돌아서 일 없는 날이면 지푸라기
나 씹으며 소일한답니다."

"시간 따위 낙타 똥에나 빠져버려라!" 디몬 왕이 우레처럼 소리쳤다.

슬픔의 노래가 왕국을 떠돌았다.

내 고향 황금의 도시로 말을 달렸지
아내와 일곱 자식이
기다리는 그곳

내 고향 황금의 도시로 말을 달렸지
아무것도 없었네
아무것도 거기에는

내 고향 황금의 도시로 말을 달렸지
숲에서 길을 잃어
내 가슴이 텅 비었네

실크시티가 똑 같은 방식으로 없어졌다. 옵시디아나 시가 사라졌다.
골든시티가 둘로 갈라졌다. 온 세상의 무게가 디몬 왕의 어깨에 실려

있었다. 그는 생각했다. *일각고래의 엄니가 내 심장을 뚫었구나.*

땅의 균열은 이제 온 세상이 다 아는 일이었다. 그러나 단 한 사람, 사랑스러운 옵시디아나만 몰랐다. 시간 상자에 누워 있는 그녀의 입술에는 순진한 미소가 어려 있었다. 디몬 왕은 기뻤다. 땅이 흔들리고 세상이 쪼개지는 동안 그녀가 공포에 떨거나 깨어 있지 않아도 된다는 사실이 좋았다. 옵시디아나는 공포를 몰랐을 뿐 아니라 세상을 덮친 역사적 사건과 위기의 조짐도 기억 속에 없었다. 그녀는 매일 반복되는 아침 이슬과 저녁 안개, 동트는 하늘과 석양을 놓쳤고, 일식과 일흔 개의 무지개가 한꺼번에 뜬 어느 봄날을 놓쳤다. 그녀는 왕국의 반이 수평선 너머로 사라지고 바다가 그 거대한 균열을 메꾸던 대 상심의 날을 피했다.

그녀는 판게아의 백성들이 갈라진 땅 양쪽 가장자리를 따라 끝없이 모여들던 날, 그 자리에 없었다. 백성들은 마지막 남은 포탑과 산봉우리가 멀리 사라져가는 모습을 바라보면서 눈물을 흘리며 비단 깃발을 흔들었다. 그들은 연인, 친구, 친척 그리고 사랑하는 이웃들과 영원한 이별을 고했다.

그러나 옵시디아나는 자신이 숭배와 흠모의 대상이 되리라고는 전혀 생각지도 못한 채 미동도 없이 순진한 모습으로 누워 있었다. 결국에는, 캄캄한 어둠보다 더 두려운 존재가 되리라는 사실을 꿈에도 알지 못했다.

지루할 틈 없는 옵시디아나

판게아는 혼란에 빠졌다. 대 균열이 가져온 혼돈 속에서 상인은 약탈자로, 세금징수원은 공갈 갈취범으로, 어부는 해적으로, 병사는 폭도로 변했다. 기르던 가축을 도난당하고 수확한 곡식이 불태워지니 농부들은 농장을 떠나 떠돌이 거지가 되었다. 디몬 왕은 왕국이 무정부 상태에 빠지는 것을 막기 위해 가능한 모든 방법을 동원해야 했다. 하지만 백성들 사이에 그가 미쳐가고 있다는 악랄한 소문이 번지기 시작했다. 밤새도록 궁전 복도에 서서 유령이라도 본 사람처럼 한 구석을 응시한다는 것이었다. 콘실료가 그런 왕에게 와서 물었다.

"무엇을 보고 계십니까, 폐하?"

"쉿! 네게는 보이지 않느냐?" 디몬 왕이 속삭였다. *"시간이 저기 있다. 잡아라!"*

보초가 하루 24시간 쉬지 않고 상자를 지켰다. 그들은 그 순결한 아름다움을 넋 놓고 바라보았다. 성스러운 분이시다. 공주님은 딴 세상에서 오신 분이야. 틀림없어. 왕은 칙령을 반포하여 옵시디아나를 쓸데없이 놀라게 하는 것을 금지했다. 그녀를 깨워서 잔인한 시간이 그녀를 괴롭히게 만드는 것은 누구에게도 허락되지 않았다. 태양은 매일 반복되는 고통과 재난에는 아랑곳하지 않고 한결 같이 동에서 서로 하늘을 가로질렀다. 그녀가 누워 있는 상자는 모든 것이 완벽한 날에만 열릴 것이다. 그러나 그런 경우는 흔치 않았다. 엑셀은 매일 아침 자문단과 회의를 열어 그날 하루를 짚어봤다. 오전에 지진이 일어날 가능성은 없는지, 아니면 저녁에 구름이 끼지는 않겠는지.

"화창한 날입니다." 수염을 길게 기른 전문가가 말했다. "그런데 바람이 약간…"

"그렇습니다. 그리고 기온이 딱 적당하지 않군요." 다른 전문가가 말했다.

"별자리는 어떻습니까?"

"특별히 좋다고 할 순 없습니다." 처음 얘기한 전문가의 말이었다.

"그래서 결론은? 공주님이 지내실만한 날입니까?"

"아닙니다! 아껴두셔야 합니다!"

"아껴두셔야 합니다!"

"하루를 건너뛰면 하루가 이득입니다."

소중하기 짝이 없는 공주를 위해서라면 날씨가 화창한 것만으로는 부족했다. 상자를 열 때면, **거대한 틈**이 보이는 창문마다 두꺼운 휘장을 쳤다. 반란이나 폭동, 난쟁이 등등 무엇이든 옵시디아나의 행복에 그림자를 드리울 만한 것은 절대 입에 올려서는 안 되었다. 누구도 시간을 언급할 수 없었다. 과거에 무슨 일이 있었는지 앞으로 무슨 일이 벌어질지 말하는 것은 금기였다. 재밌는 일을 함께하지 못한 걸 알면 공주가 슬퍼할 지도 모른다는 이유에서였다.

세상은 빨리 감기라도 하듯 옵시디아나를 지나쳐 갔다. 시간은 그녀에게 익숙지 않은 무언가가 되어버렸다. 왕의 칙령에 따라, 옵시디아나가 보내는 하루하루는 온갖 재미난 일로 가득했다. 그녀는 습관처럼 하릴없이 왕궁 여기저기를 돌아다니는 대신 아주 세심한 부분까지 잘 짜여진 대로 하루를 보내야했다.

드디어 어두운 겨울이 지나고 아름다운 여름이 찾아오자 상자가 열렸다. 옵시디아나는 갑작스럽게 쏟아지는 햇살에 눈을 찌푸렸다. 흥겨운 음악과 함께 아침 식사가 준비되었다. 식사를 막 끝내려는 참에 콘실료가 들어왔다. 나비 일곱 마리가 그의 머리 주변에서 왕관 모양으로 날개를 퍼덕이며 날고 있었다. 그러고는 팡파레가 울리고 왕이 매를 데리고 등장했다. 그녀가 비둘기 생고기를 매에게 먹였다. 그리고 가죽장갑을 낀 손에 매를 앉혀도 좋다는 허락을 받았다. 매의 발톱은 칼처럼 날카로웠다. 옵시디아나는 검은 옷을 입은 남자가 모래시계를 한 손에 들고 왕에게 신호를 보내고 있다는 것을 알아차렸다. 그녀는 근심에 찬 아버지 얼굴을 보며 물었다.

"무슨 걱정이라도 있으세요, 아빠?"

"오, 나의 어린 양, 아무것도 아니란다. 모든 게 순조롭단다. 모든 게 더할 나위 없이 좋아. 세상은 완벽해."

맨발로 정원을 향해 뛰어가던 옵시디아나가 소디스와 마주쳤다. 소디스가 그녀를 따뜻하게 안아주었다. 옵시디아나가 속삭였다. "무슨 일이 있는 거지? 다들 왜 이렇게 이상해 진 거야?"

"전혀요." 소디스가 대답했다. "아무 일도 없었답니다. 모든 게 더할 나위 없이 좋아요. 세상은 완벽해요."

옵시디아나는 다시 상자에 누웠다. 다음 번 상자가 열렸을 때는 아름다운 봄날이었다. 그녀는 생각했다. 어제가 여름이었잖아? 어떻게 하루사이에 여름에서 봄으로 바뀔 수가 있지? 소디스가 와서 그녀를 전보다 더 꼭, 평소보다 더 사랑을 담아서 껴안았다. 긴 여행에서 돌아오기라도 한 듯이.

"얼마나 보고 싶었는지 몰라요, 나의 공주님."

"바로 어제 만났잖아!" 옵시디아나가 말했다.

"아니에요, 공주님. 길고 추운 겨울 내내 공주님 만나기만 기다린걸요."

옵시디아나는 혼란스러웠다. 소디스는 변해 있었다. 어제만 해도 활짝 피어 있던 잎들이 안전한 새순 속으로 도망치듯 숨어버린 것 같았다. 그녀는 당황했다. 이동하는 철새와 가을의 단풍, 그리고 겨울의 흰 눈을 내가 못보고 지나쳐 버린 건가?

이날은 여느 날과 다름없이 흘러갔다. 단지 훨씬 촘촘하게 계획이 세워져 있었다. 옵시디아나가 지쳐 쓰러져 잠들게 하려는 것이었다.

밤새 곤히 자던 그녀는 밖에서 폭풍이 몰아치는 소리를 듣고 깼다. 검은 옷을 입은 시간기록원이 벨을 울렸다. *시간을 비축하라! 시간을 비축하라!*

그때 갑자기 시녀들이 방으로 뛰어 들어와 옵시디아나가 다시 상자에 들어가도록 도왔다. 그리고 눈 깜작할 사이에 또 다른 하루가 시작됐다. 이번에는 여름이었다. 합창단이 그녀에게 생일축하 노래를 불러주려고 기다리고 있었다.

"생일이라고?" 그녀가 말했다. "생일 지난 지 얼마 되지도 않았는데?"

그러나 그녀는 생각할 시간이 없었다. 아버지가 어마어마한 크기의 생일케이크를 들고 나타나셨으니까. 그녀는 기쁨에 겨워 다른 것은 다 잊어버렸다.

사람들의 외모가 계속 바뀌는 바람에 그녀는 멀미가 날 지경이었다. 마치 마음대로 늘었다 줄었다 하는 진흙이나 해파리로 만든 것 같았다. 그녀 가까이에 있는 사람들은 모두 미소를 짓고 있는데도 다들 근심이 엿보였다. 그러나 그 누구도 걱정스런 얘기를 입에 올리는 사람이 없었다. 모두들 그녀를 뚫어지게 쳐다보다가도 눈이 마주치면 피하곤 했다.

"공주님은 이상해. 내가 살이라도 찐 것처럼 쳐다보신다니까."

옵시디아나는 잠자러 가는 길에 시녀들끼리 주고받는 귓속말을 들었다.

"나를 보실 때는 마치 내 주름살을 세고 있는 것 같단 말이야." 다른 시녀가 말했다.

재미있는 날들을 보내고 있었고 더더욱 많은 날들을 재미있게 보낼 터였지만, 정작 그녀가 그리워하는 것은 판다와 나누던 우정이었다. 판다는 그녀가 다가가면 구석에서 몸을 웅크렸다.

"어디가 안 좋으니, 귀여운 판다야?" 그녀가 말을 걸어봐도 판다는 등을 활처럼 휘면서 으르렁거렸다.

옵시디아나는 정원에 있는 연못으로 어슬렁어슬렁 걸어갔다. 자코가 벤치에 앉아 있었다. 자코 옆에 자리를 잡은 그녀는 깊은 생각에 잠겨 말했다.

"오늘이 내 생일이야. 근데 바로 얼마 전에도 생일이었거든. 이제는 내가 몇 살이 된 건지도 모르겠어. 내가 몇 살인지 알아?"

그러나 늙은 자코는 그녀의 말을 듣지 못했다. 그녀는 자코를 바라보았다. 여위고 구부정한 몸에 쭈글쭈글한 얼굴, 못 알아볼 지경이었다. 그래도 그녀를 보면 언제나 환한 미소를 보여 주었다. 옵시디아나가 좀 더 큰소리로 같은 질문을 반복했다. 자코가 눈을 감고 현명한 목소리로 말했다. "아무것도 가지고 있지 말라! 빵은 따끈할 때 나누어주고, 꽃은 시들기 전에 주어라. 지루함으로 우려낸 것을 행복이 마신다."

옵시디아나는 자코의 대답이 마음에 들지 않아, 유모를 만나러 뛰어갔다.

"내가 몇 살이지?"

"무슨 말이에요?" 소디스가 말했다.

"16번의 생일이 지났지만 나는 16년을 살지도 못했어. 14번째 생일이었다가 겨우 몇 일만에 15번째 생일이 되었잖아. 게다가 13살 때는 여름이 없었어. 내가 모르는 사이 그날들은 다 사라져버린 거야."

"제가 날짜를 세어 보진 않았지만, 공주님은 12살 아니면 13살일 거예요. 엑셀한테 물어보세요. 그 사람은 뭐든 기록해 두니까요."

옵시디아나가 돌아서 가려고 할 때, 소디스가 나지막이 투덜대는 소리가 들렸다.

"왜 그래, 유모?" 그녀가 물었다.

"저는 그 상잔지 뭔지가 싫답니다." 그녀가 말했다. "어찌됐든 좋은 물건은 아닌 것 같아요, 절대."

110

건힐드

왕은 새 왕비를 맞아들였다. 귀족 가문에서 태어난 건힐드는 아름답고 현명했다. 그녀는 11개 국어를 했고, 춤과 노래, 길쌈에도 능했다. 무엇보다 그녀는 왕의 말에 순종했다. ―엑셀이 특별한 시험을 통해 이런 사실들을 확인했다.

결혼 의식은 장엄하게 치러졌다. 온 왕국이 가두행진과 음악으로 축하의 마음을 나누었다. 옵시디아나는 결혼 피로연 내내 활짝 웃는 모습이었다.

"공주가 정말 행복해 보이지 않소?." 왕이 말했다.

"그렇군요." 건힐드가 주저하며 말했다. "그런데 상자는 열지 않으실 건가요?"

"아니, 지금은 때가 아니오. 저렇게나 행복해 보이는데, 그녀를 놀라게 해서 저 행복을 깨뜨려서야 되겠소."

묘한 표정이 건힐드의 얼굴을 스쳤다.

"그 말씀이 옳은 것 같네요. 적당한 때를 기다리기로 해요."

연회장에는 소디스도 와 있었다. 마치 한 조각의 뇌운처럼 험악한 얼굴을 하고 있었다. 그녀는 엑셀에게 정면으로 맞섰다. "옵시디아나에게도 삶이 필요해요! 그녀도 성장해야죠. 전에는 그녀와 어울릴만한 자격을 갖춘 아이들이 없다고 하더니, 이제는 새 왕비님을 만나기에 적당한 때가 아니라고 하는군요. 그녀에게 약속한 친구들은 다 어디 있나요?"

"이해하기 쉽지 않을 거요." 엑셀이 표정 없이 딱딱하게 말했다. "만약 옵시디아나가 친구를 사귀도록 허락했더라면 지금 그 친구들은 옵시디아나보다 훨씬 늙어 있을 테지. 오래 전에 그녀와 멀어졌을 거고."

소디스의 얼굴이 창백해졌다. 그 생각은 미처 해보지 않았다.

"끔찍하군요." 그녀가 말했다. "그럼 공주님은 영영 우정이 뭔지 모르게 될 거라는 건가요?"

"잠깐의 우정이 영원보다 중요하다는 말이오? 친구가 삶 자체보다 중요하다는 거요?"

"다들 미쳤어요! 이제는 공주님에게 세상 얘기를 들려주는 것조차 금지되었어요. 그 아이에겐 세상이 그저 환상에 불과한데 그런 상황에서 어떻게 제가 아이를 양육할 수 있겠어요? 세상 돌아가는 걸 하나도 모르는데 왕위는 어떻게 물려받나요?"

"아무것도 몰라도 되오." 엑셀이 말했다. "공주님이 왕위를 물려받기 전에 왕께서 모든 일을 바로잡아 놓으실 것이오."

"왕께서도 영원히 살 수는 없어요!"

"하지만 공주님은 영원히 사실 것이오, 쓸데없이 인생을 낭비하지만 않는다면." 엑셀이 차분한 목소리로 말했다. 소디스는 엑셀을 향해 종주먹을 들이댔다. "난쟁이들이 바로 이런 일을 경고한 거예요! 그들은 자기 자신을 위해서는 상자를 쓰지 않았어요! 그들이 말했죠. 상자를 감당하려면 지혜가 필요하다고."

"왕에게 지혜가 부족하다는 건가?" 엑셀이 격노했다.

소디스는 눈물을 삼키며 방을 뛰쳐나갔다.

다음 번 상자가 열렸을 때, 건힐드는 여행을 떠났고, 왕비에 대해서는 모두가 함구해야 했다. 옵시디아나는 서커스 공연 중에 살짝 빠져나와 자기 방으로 살금살금 들어갔다. 방에 앉아서 자신의 일기장을 대충 넘겨보았다. 궁정의 제본기술자가 해마다 그녀에게 새 일기장을 만들어 주었다. 녹색 악어가죽으로 장정을 하고 책등은 황금으로 만들었다. 상자가 생기기 전에 쓴 일기는 내용이 빼곡했지만 그 이후에는 내용이 별로 없었다.

오늘은 날씨가 좋았다. 난쟁이 몇 명이 마법의 상자를 들고 우리를 만나러 왔다…

그리고는 공백, 더 많은 공백, 그러다가 일 년이 통째로 비어 있기도 했다. 그 후로도 일기장은 두 권이 더 있었는데, 거기에는 어느 봄날의 하루와 그녀의 생일, 딱 이틀만 적혀 있었다. 다른 날들은 다 잃어버린 걸까? 그녀는 새 일기장을 꺼내 제 자리를 찾아 적어 넣었다.

날짜가 이상해. 어제가 여름이었고 오늘도 여름이기는 한데, 같은 해의 여름이 아니야! 내 나무들 중 하나에 표시를 해두었어. 그런데 그게 한 뼘이나 자라 있는 거야. 그런데도 모두들 아무 일도 없는 척이지! 다들 좀 일방적으로 행동한다는 느낌이 들어. 유모가 나를 껴안았을 때, 이마에 주름살이 더 생긴 걸 봤어. 유모는 눈물이 가득 고여서 내가 너무 보고 싶었다고 말하는 거야. 하지만 내가 어떻게 유모를 그리워할 수 있겠어? 방금 봤는데! 얘기는 안 하지만, 유모는 일 년을 꼬박 나를 기다린 거야. '어제'가 내 생일이었지. 그리고 바로 며칠 전에도. 나는 누구를 그리워할 수도 없고, 기대에 차서 무언가를 기다릴 수도 없어! 혼란스러워. 이 '시간'이란 게 도대체 뭘까? 강아지를 큰 개로 바꾸고, 씨앗에서 싹을 틔우고 순식간에 큰 나무로 바꾸어 놓는, 그게 무엇일까? 무엇이기에 그렇게 매몰차게 늙은 사람들을 바스러져 죽게 만드는 걸까?

그녀는 텅 빈 페이지들을 넘겼다. 눈물이 뺨을 타고 흐르기 시작했다. 아버지를 매일 봤다고 생각했지만 일기장을 보니 일 년에 겨우 몇 번뿐이었다. 왜 아버지의 시간을 함께할 수 없는 걸까? 눈물이 멈추지 않았다. 그녀의 흐느낌이 복도까지 들렸다. 궁전에 동요가 일었다. 불멸의 공주님이 불행한가? 뭐가 잘못됐나? 그들이 왕을 모셔왔다.

"울지 마라, 사랑스러운 내 딸. 시간이 이상하다는 건 나도 안단다."

"네."

"하지만 나아질 거야. 너는 세상을 물려받게 된다. 네게는 그럴 자격이 있어. 그러나 그렇게 되기 위해서는 우리가 왕국의 서쪽 끝까지 긴 여행을 해야 한단다."

"멋져요!" 옵시디아나가 왕의 목에 팔을 두르며 말했다. "긴 여행이라구요!"

왕이 머리를 흔들며 살짝 물러서자 옵시디아나는 왕의 목에 둘렀던 팔을 풀었다.

"'우리'가 너와 나를 말하는 게 아니란다." 그가 말했다. "나와 군대와 법률가를 말하는 거지. 위험한 여행이 될 거다. **거대한 틈**을 건너기 위해 배를 건조했다. 아무도 시도한 적이 없는 일이지."

"틈이 뭐죠?"

"네가 걱정할 것은 아니다." 왕이 말했다. "바로 잡아야 할 게 있을 뿐이야."

슬픈 목소리로 옵시디아나가 물었다. "얼마나 오래 걸리나요?"

"최소한 2년이지."

그녀는 모든 것이 캄캄해지는 듯 했고, 머릿속에 분노가 번져갔다. 이미 기다릴 만큼 기다렸다. 때가 되면 함께하자고 그녀에게 약속했었다. 그녀를 데리고 숲으로 갈 거라고 약속했었다. 여행을 떠나 세상을 보게 될 거라고 약속했었다. 이제까지 그녀는 꿈꾸어왔다. 재미있는 친구를 갖게 되는 날이 오기를, 반짝이는 포탑과, 신록의 들판과, 거기서 풀을 뜯는 유니콘과, 백조가 노니는 호수 위에 걸린 지붕 달린 다리를 볼 수 있는 날이 오기를.

"약속하셨잖아요!" 그녀가 외쳤다. "돌아오시면 옵시디아나 시에 함께 가기로 했잖아요."

"문제가 생겼단다." 디몬 왕이 머뭇거리며 말했다.

"아빠가 세상을 정복하고 나면 다 괜찮아질 거라고 하셨잖아요!"

"상자에 대해 알 테지. 나에게 일 년이 너에게는 한순간에 불과하다. 너를 그리워하게 될 사람은 바로 나이다. 너는 나의 부재를 알아채지도 못할 것이다. 상자를 닫으마. 순식간에 나는 네 곁에 다시 와 있을 것이다." 왕이 그녀의 이마에 입 맞추고 말했다. "기억하렴. 잠깐이면 다시 만나는 거야!"

시녀들이 옵시디아나를 상자로 이끌었다. 상자는 이슬을 매단 가을 아침의 거미줄처럼 반짝였다. 옵시디아나는 다시 돌아올 수 없는 날의 마지막 순간을 애타는 마음으로 빨아들였다. 밖에는 햇살이 빛나고, 가지에 앉은 제비가 노래하고, 파리가 붕붕 날았다. 그녀는 상자에 누워 눈을 감았다.

"이제 웃으렴." 그녀의 아버지가 말했다.

그녀는 희미하게 미소 지었다. 상자가 꽝 닫히는 순간 미소는 그녀의 입술 위에서 얼어붙은 듯 멈추었다. 왕의 명령으로 엑셀과 건힐드는 엄숙히 서약했다. 어느 누구도 공주의 수면을 방해하지 않도록 하겠노라고. 공주의 섬세한 가슴이 후회와 근심의 무게에 짓눌려서는 안 될 일이다.

옵시디아나는 황금색 호박 결정 속에 갇힌 파리처럼 상자 안의 정지된 시간 속에 누워 있었다. 그녀의 피부는 눈처럼 희고, 입술은 피처럼 붉었으며, 머리카락은 까마귀 날개만큼이나 검었다.

한 마리 제비처럼 우아하고
순진한 어린 양처럼 정직하여라
그 아름다움 귀하여 온 세상을 홀리네

여신이 탄생하다

시간은 폭포수처럼 상자를 두드렸다. 가장 미세한 틈새를 비집고 들어가려 아무리 애를 써도 단 일초도 상자를 통과할 수 없었다. 그동안 왕은 이제 성난 바다로 변해버린 **거대한 틈**을 건너고 있었다. 그는 만 명의 강력한 군대와 함께 높은 산을 넘고 사막을 건너며 전장의 한가운데로 돌진했다. 왕궁은 엑셀과 왕비 건힐드의 손에 맡겨 두었다. 왕의 부재를 틈타 왕비는 귀족들을 위한 연회를 베풀며 즐겼다. 왕궁은 귀족들로 붐볐다. 마법의 상자가 거대한 수정처럼 버티고 있는 방으로 지체 높은 손님들을 안내하면 그들은 놀라움에 숨이 넘어갈 지경이 되었다.

"정말 아름다우시다! 4년 전의 모습과 다름이 없구나. 어떻게 이런 일이 가능하단 말인가?"

방방곡곡에서 현자들이 이 진귀한 현상을 보려고 모여들었다.

"상자 안에서 이렇게 시간이 멈춘 상태로 누워계시는 동안 공주님의 영혼은 어디 있는 것인가요?" 그들이 물었다.

"신들과 함께할 것이다." 건힐드가 대답했다. "공주의 영혼이 머물 곳은 그곳뿐이다."

현자들이 깜짝 놀라 말했다.

"신들과 함께 말입니까?"

"당연한 일이다. 그렇지 않고서야 공주가 어떻게 시간에서 자유로울 수 있겠는가? 나는 황금 목걸이를 상자 뚜껑에 올려놓고 공주에게 간청했다. 나의 기도를 신들에게 전해 달라고. 소원은 이루어졌다. 상자에 치유의 능력이 있다는 걸 알게 되었다."

"정말이십니까?"

"그렇다. 상자 뚜껑을 만지자 내 테니스 엘보가 나았으니."

"제가 한번 해봐도 될까요?" 현자들 중 하나가 물었다.

"해 보라." 건힐드가 말했다. "하지만 공주는 자신을 기쁘게 하는 자들만을 고쳐준다. 네가 하는 말이 진심이라는 걸 증명하려면 보석이라든가 아끼는 물건을 바쳐야 하리라."

기적에 관한 이야기가 왕국에 들불처럼 번져 나갔다. 한 젊은이는 금반지를 상자에 올려놓고 자신의 기도를 사랑의 여신에게 전해달라고 빌었다. 그는 원하던 여인을 얻었다. 또 다른 사람은 은화를 들고 와 비를 내려달라고 빌었다. 그도 원하던 바를 이루었다. 한 여인은 다산의 여신에게 아이를 갖게 해달라고 빌었다. 그리고 쌍둥이를 얻었다. 판게아의 백성은 기적을 원하고 있었다. 궁으로 들어가려는 귀족이 줄을 섰고, 곧이어 평민들도 대열에 동참했다. 왕국을 갈라놓은 **거대한 틈**은 훨씬 더 큰 무언가, 말하자면 조만간 실현될 신의 계시를 상징하는 것이 되었다. 새로운 여신이 세상을 새로운 시대로 이끌 것이다.

군대를 이끌고 끊어진 국토의 언저리를 돌던 디몬 왕은 판게아를 다시 통합하기로 결심했다. 그는 벌어진 틈을 가득 채운 바다에 전 재산을 빼앗겨버린 자들을 결집시켰다. 반란을 진압하고, 백성의 불만을 조장하는 자들을 잡아들였다. 명령을 따르지 않는 왕자들과 소국의 왕들을 사슬에 묶어 판게아 시로 호송했다.

그리하여 반역의 우두머리 얼친이 전면에 등장하게 되었다. 그는 수주에 걸친 포위작전 끝에 패배를 인정하고 자신의 영토를 왕에게 바쳤다. 잔혹한 사냥개가 그를 바다로 몰아냈다. 물개가 그를 바지선에 태워 바다를 건너게 해 주었다. 마침내 뭍으로 기어오른 그는 부르튼 발을 끌며 성문 앞에 이르렀다. 그곳에서 그는 패배한 왕자들, 그리고 반란의 지도자들 무리에 합류했다. 그들 무리는 불멸의 공주가 잠들어 있는 방까지 진입했다. 왕자들은 공주의 아름다움에 압도되어 무릎을 꿇었다. 그리고 디몬 왕이 신비한 힘을 지니고 있음을 바로 깨달았다. 그들은 허리를 굽히며 웅얼거렸다.

"반란을 용서하소서, 불멸의 공주여, 천둥의 신이 저의 백성을 벌하지 않게 하소서."

"저 상자를 금으로 뒤덮지 않는 한 공주는 결코 너희를 용서하지 않을 것이다." 건힐드가 단호하게 말했다.

그 말에 순종하여, 왕자들은 조용히 손가락에서 반지를 빼 상자에 올렸다. 지니고 있는 귀중품도 모두 올려놓았다. 얼친은 조용히 기다리고 있었다. 제물을 모두 바친 왕자들이 경비병에 끌려 지하 감옥으로 내려가고 나서야 그는 가죽 주머니에서 커다란 다이아몬드를 꺼냈다. 엑셀이 이제까지 본 어떤 다이아몬드보다 컸다.

얼친이 깊이 허리 숙여 경의를 표한 다음 말했다. "저는 지 얼친이라 합니다. 동쪽에 사는 위대한 얼친 가문의 후예입니다. 소소한 반란을 선동한 적이 있습니다만 이제 모든 것이 저의 오해였다는 것을 알게 되었습니다. 다시 한 번 판게아의 시민이 될 수 있다면 참으로 영광이 겠습니다."

그가 눈처럼 하얗게 반짝이는 이를 드러내며 웃었다. 그는 상자에 홀린 것 같았다. 상자 뚜껑에 손을 올릴 때에는 눈물이 그의 뺨을 타고 흘렀다. 눈을 감고 기도하는가 싶더니 떨리는 목소리로 이렇게 말했다.

"공주님이 무언가 얘기하고 싶어 한다는 느낌이 옵니다."

"뭐라고?" 건힐드가 말했다.

"그래요," 얼친이 말했다. "공주님은 접촉을 원하십니다."

그가 엑셀에게 다이아몬드를 건넸다.

"접촉을 원한다?" 손바닥에 올려놓은 보석의 무게를 가늠하면서 엑셀이 말했다.

"네!" 얼친은 눈을 감았다. 두 손을 맞잡아 상자 위에 얹고 무릎을 꿇었다.

"네! 용서하십시오, 공주마마. 저의 반란을 용서하십시오. 당신의 아버지께 저항하려던 것이 아닙니다. 비오니, 저에게 노하지 마십시오. 이제 깨달았습니다! 깨달았습니다! 저의 잘못이 무엇인지 이제 깨달았습니다."

엑셀이 그를 자세히 살펴보았다.

"신들이 언짢아하시는군요." 얼친이 말했다. 그는 무아지경에 빠진 듯했다. "공주님은 황금의 방에서 신들과 얘기하고 계십니다. 신께서 공주에게 말합니다. 백성들이 재산을 숨기고 있다고, 더 많은 제물을 바칠 수 있다고요."

"더 많이?" 엑셀이 말했다.

얼친의 눈은 감겨 있었고 몸은 경련을 일으키고 있었다. 너무나 힘들어 보였다.

"못 하겠어요."

그가 몸을 떨더니 갑자기 목소리가 날카롭게 변하면서 아이 같은 소리를 냈다. 흰자위만 보이는 눈을 크게 치뜨고 건힐드를 향해 악을 쓰듯 소리쳤다.

"당신이 마음에 들지 않아!"

놀란 건힐드가 두려움을 느끼며 흠칫 물러섰다.

"그래? 왜 마음에 들지 않지? 내가 무슨 짓을 했길래?"

"왜냐하면… 왜냐하면…"

그가 이마의 땀을 훔쳤다. 잠시 후 그는 다시 안정을 찾았다.

"연결이 끊어졌습니다." 그가 말했다.

"공주가 뭐라 했느냐?" 시체처럼 창백해진 건힐드가 물었다. "공주를 잘 보살폈거늘, 뚜껑을 언제나 깨끗이 유지하고 상자를 광나게 닦지 않았는가!"

"부족하신 것입니다. 공주님은 왕의 원정을 돕기 위해 더 많은 공물을 바치라 하십니다! 왕에게는 더 많은 시간과 더 많은 보급품과 더 많은 병력이 필요합니다."

왕실 살림에 돈이 얼마나 많이 드는지 잘 알고 있는 엑셀이 귀를 쫑긋 세웠다.

"공주님은 더 큰 방을 원하십니다." 얼친이 말을 이었다. "공주님은 마땅히 더 많은 숭배자가 모일 수 있는 곳에 계셔야 합니다. 사원을 원하십니다. 사원을 어떤 모양으로 지어야 할 지도 아시는군요. 펜을 주시오! 어서! 어서!"

"펜과 종이를 가져오라!" 엑셀이 소리쳤다.

얼친이 다이아몬드를 가리키며 말했다.

"그 다이아몬드를 제게 돌려주시고, 거기에 좀 더 추가해 주시면 내일이라도 당장 건축을 시작할 수 있습니다."

그가 사원의 윤곽을 그렸다. 엑셀과 건힐드가 의심의 눈길을 보냈지만, 얼친은 재빨리 말을 이었다.

"그리고 쇠뭉치가 달린 족쇄를 가져오십시오. 옵시디아나께서 저에게 노하셨습니다. 저에게 공주님의 전달자 역할을 허락하셨으나, 단, 영원히 족쇄에 묶여 있어야 한다고 명하십니다."

불멸의 공주에게 바치는 사원이 곧 모양을 갖추기 시작했다. 사원의 윤곽을 표시하려고 새들이 공중에서 황금 밴드를 물고 있었다. 코끼리는 목재와 대리석의 무게를 버텼다. 화가들은 벽을 장식했다. 세상 끝까지 뒤져 최고의 재료를 구했다. 사업의 책임자는 얼친이었다. 그가 입은 망토에는 두 개의 감긴 눈이 가슴 부분에 수놓여 있었다. 무거운 족쇄가 그를 잡아당기고 있었던 까닭에 건설현장 여기저기 움직이기 위해서는 4명의 건장한 남자를 동원해야만 했다.

소디스는 판다를 끌어안고 상자 옆에 앉아 있었다. 자신이 돌보던 어린 소녀를 생각했다. 너무나 그리웠다. 시간은 끈적이는 검은 타르처럼 느리게 흘렀다. 옵시디아나의 유모가 되던 그날을 생각했다. 왕의 사절단이 그녀의 집 문을 두드리던 날, 그리고 그녀를 왕궁으로 데려가던 그날, 그녀의 가슴은 불어난 젖으로 무거웠다. 그녀는 다시는 집으로 돌아오지 못하리란 걸, 돌아와 자신의 아기를 볼 수 없으리란 걸 알았다. 그래서 자신이 가진 사랑과 온기를 모조리 소녀에게 쏟아 부었었다. 이제, 상실감은 두 배로 커져 그녀를 아프게 했다.

날씨가 추웠다. 체리나무에 눈이 쌓였다. 아름답게 눈송이가 날리는 모습을 그녀에게 보여줄 수 있다면 소디스도 행복했을 텐데. 공주가 눈을 마지막으로 본 게 언제였나? 하지만 가볍게 눈이 내리는 정도는 공주의 수면을 방해할 만한 이유가 되지 못했다. 그래도 소디스는 기대를 품었다. 곧 새해가 올 테니, 그때는 공주님을 만날 수 있겠지.

눈이 내리고, 시간이 존재한 이후 언제나 그랬듯이 새해는 어김없이 찾아왔다. 왕은 여전히 먼 곳에 있었다. 호위병이 열 맞춰 들어와서 상자를 어깨에 둘러메고 행사장으로 운반했다. 모두들 최고의 음식이 가득 쌓인 긴 식탁에 둘러앉았다. 그러나 상자는 닫힌 채였다. 그저 특별한 좌대에 올려놓은 장식품일 뿐이었다. 옵시디아나의 부드러운 미소가 소디스를 슬프게 했다.

"신년 전야를 공주님이 우리와 함께하시니 그 얼마나 좋습니까." 얼친이 말했다. 그가 상자의 뚜껑을 두드리자 황금 망토 아래에서 쇠사슬이 철컹거렸다. "참으로 얌전하고 순종적인 소녀, 신들의 친구이시지요."

엑셀이 홀을 가로질러 성큼성큼 걸어왔다. 머뭇거리지도 않고 걸음걸이에 자신감이 넘쳤다. 이제 선을 밟을까 걱정할 필요가 없었다. 궁전 바닥을 이음매 없이 매끈하게 다시 깔았기 때문이다. 그는 뿌듯한 심정으로 사람들이 가져온 공물을 항목별로 적기 시작했다. 얼친이 공주의 생각을 전달하고부터 사람들은 옵시디아나에게 공물을 바치고 있었다.

"457%가 늘었습니다." 그가 말했다. "사원이 완성되면 최소한 이만큼의 공물이 더 들어올 것으로 예상됩니다." 시녀와 바둑판무늬의 옷을 입은 사내들이 뜨거운 박수를 보냈다. 얼친이 상자 뚜껑에 손을 얹으며 일어섰다. 그가 눈을 감고 미소를 띠며 말했다.

"불멸의 공주님은 은혜롭게도 오늘 기분이 좋으십니다. 우리에게 따뜻한 인사를 전하십니다." 얼친은 눈동자가 뒤로 넘어가면서 여자 아이처럼 높은 목소리로 말했다.

"새해를 축하한다, 나의 백성이여. 신들의 인사를 전하노라."

소디스가 이 광경을 보고 더 이상 참지 못해 벌떡 일어나 말했다.

"난쟁이들이 한 말 중에 신과 접속할 수 있다는 따위 얘기는 한마디도 없었어요. 옵시디아나 공주님도 결코 그런 말을 한 적이 없어요! 오히려 난쟁이들은 상자에 대해 우리에게 경고했어요!"

"감히 공주님의 성스러운 접속을 방해하다니!" 엑셀이 고함을 질렀다.

"불멸의 공주님은 판게아의 심장이다. 백성들이 공주님께 바치는 공물이 없었다면 디몬 왕은 벌써 무기와 배급품이 바닥났을 것이다. 운명의 순간에 공주님이 우리에게 오신 것이다."

목이 메어 소디스가 말했다. "잠깐이라도 공주님을 나오게 하면 안되나요? 새해를 코앞에 두고 있잖아요."

엑셀이 표정 없이 딱딱하게 말했다.

"공주님이 아버지의 부재를 알면 공연히 마음이 상하실 텐데, 그런 걸 바라나? 공주님에게, 왕은 일곱 개의 산과 열두 개의 사막 너머 멀리 북쪽 땅에 계시다라고 말할 준비가 되어 있는가?"

소디스는 할 말이 없었다. 그녀는 접시만 쳐다보며 어쩔 줄 몰라 했다.

이번에는 얼친이 입을 열었다. "이 여인이 왜 여기 있는가?" 그가 소디스를 가리키며 따져 물었다. 그는 홀에 모여 있는 사람들을 향해 몸을 돌렸다. "이 여인은 귀족의 혈통인가? 나는 귀족으로 태어났음에도 족쇄에 묶여 있다. 아무 할 일도 없는 유모를 고용할 만큼 여유가 있는가? 하인들은 들으라! 여기 불만 가득한 여인이 있으니, 여인에게 일을 주어라!"

하인이 소디스에게 나무 숟가락을 쥐어주고는 부엌으로 데려갔다. 거미줄로 만든 수정처럼 맑은 상자 안으로 옵시디아나의 얼어붙은 듯 신비한 미소가 보였다. 그녀를 보면서 하인들은 생각했다. 유모가 눈물을 흘리며 부엌으로 쫓겨나는데도 공주님은 왜 신들에게 도와달라고 하지 않을까?

광채 나는 검은 대리석과 고급 강철과 질 좋은 유리로 치장한 사원이 광장 위로 높이 솟았다. 날마다 치러지는 의식을 위해 옵시디아나는 광장을 가로질러 사원으로 옮겨졌다. 얼친이 이끄는 호위대가 그 길에 함께했다. 사원 내부에는 공물을 바치며 애원하려는 자들이 끝없이 늘어서 있었다. 저마다 공주에게 호소할 절박한 문제를 안고 있었다. 부자나 가난한 자나 모두가 기도를 읊조리며 상자의 뚜껑을 만졌다. 사람들은 류머티즘, 소아마비, 폐병, 정신병, 간질, 결핵을 낫게 해 줄 거라는 소망을 품고 있었다. 온 백성이 평생에 한 번은 그 상자를 만질 터였다. 가끔 늙은 붉은색 판다 한 마리가 사원의 지붕에 앉아 애절하게 우는 모습이 눈에 띄기도 했다.

　그렇게 세월은 흐르고 벚꽃 동산이 분홍색으로 물들었다. 그 다음 해에도 동산은 다시 분홍으로 물들었다. 그 사이 잠을 잊은 왕은 군대와 짐승 떼를 이끌고 숲과 늪을 헤치며 전진했다. 추운 날에도, 더운 날에도, 거대한 균열이 지나는 길을 모조리 훑었다. 자신의 왕국을 하나로 지켜내려는 그의 투쟁은 끝날 줄을 몰랐다.

　옵시디아나는 항상 달콤한 미소를 잃지 않았다. 왕이 떠나고 몇 년이 흘렀는지도 모른 채, 그렇게 친절했던 사랑하는 유모가 축축한 지하에서 감자 껍질을 벗기고 있다는 사실도 모른 채.

　오래전 그날은 종일 밝고 화창했었다. 그녀의 아버지가 상자를 닫고 그녀를 떠나면서 말했었다. "내게는 2년이지만, 너에게는 한순간일 뿐, 사랑하는 나의 딸아."

　상자는 금방 다시 열렸다. 아니, 옵시디아나에게는 그렇게 느껴졌다. 그날 밤은 칠흑같이 어두웠고 차가운 바람이 얼굴을 스쳤다. 어두워서 사물을 분간하기가 힘들었다. *아빠는 돌아오셨을까?* 그녀는 생각했다. 그러나 한마디 미처 내뱉기도 전에, 어둠 속에서 작은 손이 뻗어나와 그녀의 목을 감아쥐고 죽일 듯이 졸랐다.

괴물과의 싸움

한밤중이었다. 한 줄기 희미한 달빛이 방 안을 비추고 있었다. 옵시디아나는 숨을 쉬려고 애 썼지만 정체를 알 수 없는 존재가 목을 조여 왔다. 힘껏 발로 찼더니 쿵 하고 바닥에 쓰러졌다. 옵시디아나가 벌떡 일어나 주위를 둘러보았다. 맨발이었던 그녀는 차가운 대리석 바닥에 조심스럽게 발을 내디뎠다. 마치 깨진 유리라도 깔려 있을까봐, 혹은 짐승에게 발가락을 물릴까봐 조심하는 것처럼. 그녀는 살금살금 걸으며 상자 주변을 살폈다. 심장이 방망이질했다. 누군가 뒤에서 다가오는 것 같아 걸음을 멈추고 귀를 기울였다.

"거기 누구예요?" 그녀가 속삭였다.

비명을 지르고 싶었지만 너무나 무서워 비명도 나오지 않았다. 작은 도깨비 같기도 한, 무언가 시커먼 것이 쏜살같이 그녀 곁을 스치더니 구석에 쳐둔 두꺼운 휘장 뒤로 사라졌다. *어떤 악마가 나를 목 졸라 죽이려고 하나?* 그녀는 생각했다. 재빨리 정신을 수습하고 목을 만져보았다. 목걸이가 사라졌다. 엄마의 목걸이! 화가 치밀었다. 그녀는 구석으로 튀어갔다. 바스락거리는 소리가 들려 발목을 잡아챘다. 놈이 휘장 뒤쪽 벽에 뚫린 작은 구멍을 비집고 나가려는 중이었다. 놈을 방으로 끌고나왔다. 끌려나오는 모습이 마치 그녀의 뒤에 붙은 그림자처럼 보였다. 그림자가 방향을 틀어 그녀를 공격했다. 목걸이가 번쩍했다. 그녀는 목걸이를 들고 있는 놈의 손을 낚아챘다. 놈은 고양이처럼 유연하게 몸을 틀더니 그녀의 손등을 물었다. 옵시디아나가 고통스런 비명을 질렀다. 그녀가 놈의 주둥이에 손가락을 집어넣고 뺨을 걸어 뒤로 밀쳐냈다. 그녀의 등에 매서운 발길질이 날아와 꽂혔다. 그녀는 울부짖었다. 그래도 엉킨 머리칼 한줌을 움켜쥐는 데 성공했다. 놈이 애처로운 울음소리를 내면서 공격을 멈추었다. 그 때를 노려 옵시디아나가 놈을 바닥에 쓰러뜨렸다. 다리를 벌리고 올라타서 놈을 꼼짝 못하게 내리눌렀다. 몸집이 작은 소년의 더러운 얼굴이 눈에 들어왔다. 소년은 얼굴을 찡그리며 빠져나가려고 버둥거렸다. 그녀가 소년의 뺨을 때렸다. 소년이 자유로운 한 쪽 손으로 되받아치려고 했다. 그녀가 소리를 질렀다. "경비병! 경비병!"

공포에 질려서 소년이 흐느꼈다. "안돼요! 제발 소리 지르지 말아요!"

덫에 걸린 새처럼 소년의 가슴이 콩닥거리는 게 느껴졌다. 그녀가 다시 소리 지르자 그는 숨도 제대로 쉬지 못했다.

"경비병! 경비병! 도와줘!"

소년이 울기 시작했다.

"나를 죽이려고 할 거에요!"

애원하는 눈길로 옵시디아나를 보면서 소년이 속삭였다. "경비병을 부르지 말아요. 나를 죽일 거예요!"

"아니야, 그들은 널 죽이지 않아."

"죽인다니까요, 내 말이 맞아요!"

경비병이 올 기미는 없었다. 복도에서 깊이 잠들어 있는 게 분명했다.

"요 조그만 악마. 내 목걸이를 훔치려고 했어. 엄마가 내게 주신 목걸이를! 경비병이 너를 죽인다 해도 넌 할 말이 없어!"

그녀가 한 번 더 소년을 때렸다. 이번에는 정말 아프게. 훨씬 더 심하게 때려주고 싶은 마음이었다.

소년은 아무 저항 없이 흐느끼기만 했다. 여전히 옵시디아나가 누르고 있었지만, 이제 소년은 더 이상 빠져나오려고 애쓰는 것 같지 않았다.

"울지 마. 넌 아직 어린애잖아. 경비병은 아이들은 죽이지 않아. 그냥 꺼지라고만 할 거야."

"정말로 나를 죽일 거예요!"

"아니라니까, 그냥 너를 집으로 보낼 거야."

"집에 있는 사람들도 다 죽일 거예요!" 소년이 말했다.

옵시디아나는 주위를 둘러보며 자신이 있는 곳이 어딜까 생각했다. 서쪽으로 난 창문 너머를 내다보았다. 보름달 아래로 바다와 해변이 펼쳐져 있었다.

"여기가 어디지?" 그녀가 물었다. 천장에 보이는 황금 모자이크만 빼면, 방은 그녀가 기억하는 그대로였다. 난쟁이와 마법의 상자를 그린 모자이크, 옵시디아나를 그린 것, 신들을 그린 모자이크도 있었다.

"여기는 궁전이에요." 소년이 대답했다.

"저 소리는 뭐지?"

"파도 소리요."

"파도?"

그녀는 더 열심히 귀를 기울였다. 밖에서 누군가 흐느끼는 소리가 들려와 그녀는 진저리를 쳤다. 아기 울음소리 같았다.

"누가 울고 있는 거야?"

"갈매기예요."

갈매기라고? 그녀는 생각했다. 그녀는 갈매기를 본 적이 없었다. 바다를 내다보았다. 거대하고 어두운 거울 같았다.

"저 물은 다 뭐야?"

"바다예요. **거대한 틈**이 벌어져서 왕국이 갈라질 때 생긴 거예요."

그녀는 소년이 하는 말을 이해해보려고 노력했다. 여전히 소년을 붙잡은 손은 놓지 않았다.

"너는 이름이 뭐지?"

"아노리"

소년은 문에서 눈을 떼지 못하고 있었다. 그는 떨고 있었다.

"누가 널 여기 보낸 거지?"

"아무도요."

"무슨 폭력배 같은 사람들이 보냈나?"

"아니요, 그냥 저 스스로 온 거예요." 소년이 머뭇거리며 말했다.

"지금 무슨 계절이니?"

"봄이에요."

"무슨 봄?"

"그냥 봄이요! 무슨 봄인지 알 게 뭐예요!"

"아빠는, 내 아빠는 어디 계셔?"

"사람들이 그러는데 멀리 계신대요."

"어디?"

"당연히 서쪽 전쟁터에 계시죠!"

"큰 전쟁인가? 나가 계신지는 얼마나 된 거야?"

"모르겠어요. 내가 아는 거라곤, 대평원에서 튀니지와 전투가 있었고, 그 후 우리 아빠가 전투에 불려나갔다는 것뿐이에요."

"네 아빠가 군인이니?"

"네, 아빠는 세상에서 제일 힘 센 군인이지요."

"오, 그래? 네가 궁전에 침입한 걸 아빠도 아시니?"

"아빤 내가 태어나기도 전에 전쟁터로 가셨어요. 저는 아빠를 한 번도 뵌 적 없어요. 엄마는 저를 키울 형편이 안 되었기 때문에, 전 아빠가 떠난 후로 줄곧 보그힐드 이모할머니랑 살고 있어요."

옵시디아나는 아노리가 하는 얘기를 들으면서 세상이 어떻게 돌아가고 있는 건지 앞뒤를 맞춰보려고 생각에 생각을 거듭했다. *왕국이 갈라졌다고? 이 바다, 이 끝이 보이지 않는 물은 다 어디서 온 거지?* 소년이 그녀의 손아귀를 벗어나려고 몸을 비틀었다. 하지만 그녀가 그의 손목을 단단히 잡고 있었다.

"지금이 몇 년도야?"

"몰라요."

"내가 얼마동안이나 상자에 들어가 있었지?"

"몰라요. 영원히 계셨던 것 같은데. 공주님이 말을 할 수 있는 줄 몰랐네요. 그냥 오래 된 터널을 지났더니 이 방이 나타났어요. 그리고 목걸이를 본 순간 훔쳐야겠다고 마음먹었죠. 공주님이 움직일 수 있는 줄도 몰랐어요. 제발 신들이 저를 벌하지 않게 해 주세요."

옵시디아나는 소년을 바라보았다.

"신들이 벌한다고? 왜 그런 말을 하니?"

아노리가 그녀를 쳐다보았다. 누구보다 신을 잘 아는 사람이 아무것도 모르는 척 하다니.

옵시디아나는 헛것이 보이나 싶어 자신의 눈을 문질렀다. 어린 아이일 때부터 살았고, 구석구석 더 잘 알고 싶어 늘 애태웠던 도시가 원래의 반으로 줄어 있었다. 도시는 경기장에서 끝이 났다. 원형경기장은 반으로 잘려나갔다. 서쪽의 언덕, 그리고 일곱 개의 탑도 보이지 않았다. 아무것도 없었다. 달, 그리고 거울처럼 잔잔한 바다뿐이었다.

궁전은 너무나 고요했다. 아무도 없나 봐. 그녀는 생각했다. 하지만 자신이 소년보다 강하다는 걸 깨닫자 공포가 가라앉았다. 그녀는 소년을 계속해서 누르고 있었다.

"나한테 한 가지 약속을 해 줘야겠어." 그녀가 말했다. "그러면 경비병은 안 부를게."

소년이 고개를 끄덕였다.

"너를 믿어도 될까?"

"네."

"세상에 무슨 일이 벌어지고 있는지 말해 준다고 약속하면 너를 놓아줄게. 그리고 네가 사는 곳을 나한테 보여주겠다고 약속해."

"좋아요. 하지만 신들은 어떻게 해요?"

"신들이 뭐?"

"나에게 벌을 내리지 않을까요?"

이상한 아이야. 그녀는 생각했다. *신을 자꾸 들먹이네.*

그녀는 그의 눈을 들여다보았다.

"당연히 안 그러시지. 네가 나를 믿으면 나도 널 믿을게. 약속한 거지?" 그녀가 소년을 잡은 손에서 살짝 힘을 풀었다. "아무 짓도 안한다고 약속하면 지금 너를 놓아줄게."

"약속해요."

옵시디아나가 소년을 놓아주었다. 그녀는 소년이 다시 공격해 올지도 모른다고 생각했다. 그러나 그는 차분했다. 소년은 지쳐서 바닥에 주저앉아 손목을 문질렀다. 두 사람은 한동안 말없이 앉아 있었다. 옵시디아나가 소년을 바라보았다. 찡그린 얼굴에 헝클어진 머리, 구겨진 누더기 옷을 걸친 작은 아이. 이 소년이 엑셀의 친교 시험을 통과할 리 없지. 옵시디아나는 생각했다. '친구를 사귀게 도와 줄 사람이 아무도 없다면 스스로 찾을 수밖에.'

탑

아노리는 휘장 뒤에 가려진 헐거운 판자벽을 옵시디아나에게 보여주었다. 아노리가 판자를 옆으로 밀자 차가운 바람이 옵시디아나의 얼굴에 훅 끼쳤다. 그녀는 아노리가 판자를 한 장 한 장 치우는 모습을 곁에서 지켜보고 있었다. 찰칵하는 소리가 나자 아노리는 한 쪽으로 손을 뻗어 작은 빗장을 풀고 해치를 열었다. 얼음처럼 차가운 냉기가 엄습했다. 아노리가 앞장서서 기어 들어가고 옵시디아나가 조심스럽게 뒤를 따랐다. 석벽에 나 있는 현창으로 달빛이 새어 들어오고 있었다. 외풍이 느껴졌고 오래된 누기와 곰팡이 냄새도 배어있었다. 거미줄이 옵시디아나의 머리에 엉겨 붙었다. 어느새 그들은 그녀가 한 번도 본 적이 없는 밀실에 들어와 있었다. 옵시디아나는 깊은 구덩이 같은 심연을 들여다보았다. 나선형의 계단이 저 아래 어둠 속으로 까마득하게 이어지고 있었다.

"조심해요!" 아노리가 말했다.

아래를 내려다보면서 그녀의 가슴이 마구 뛰었다.

"여긴 와본 적이 없어." 그녀가 말했다. 그녀는 발밑에서 메아리를 울리는 어둠을 뚫어지게 들여다보았다. "내 방으로 들어가는 방법을 아는 사람이 또 있니?"

"아니요."

"확실해?"

"작년에 금고에 침입했다가 성 위에까지 올라간 도둑이 있었어요. 그런데 그 사람은 광장에서 교수형을 당했어요."

"거짓말. 도둑을 교수형에 처하진 않아."

아노리가 고개를 저었다. *이 여자, 정말 이상해.*

"도둑이 침입한 입구는 벽돌로 막혔어요. 하지만 내가 이 길을 찾아 냈죠."

옵시디아나는 그의 말이 사실인지 판단이 서질 않았다.

"너는 참 이상한 얘기만 하는구나." 그녀가 말했다.

"이상한 말을 하는 건 공주님도 마찬가지예요. 사실, 공주님이 말을 한다는 자체가 이상하긴 하죠."

"내가 말을 하는 게 이상하다니! 내가 말하는 걸 이상하다고 생각하는 네가 이상해!"

그녀는 이제 더 이상 무섭지 않았다. 평생 처음으로 그녀를 감시하는 사람이 아무도 없었다. 주위에 경비병도 없는데다, 밖으로 나가는 통로가 있다는 사실을 처음으로 알게 되었다. 이제 세상을 탐험해 볼 수 있게 된 것이다.

"이 계단을 내려가면 광산이고, 올라가면 버려진 감시탑이 나와요." 아노리가 말했다. 계단은 대부분 허물어져 있었다. 그는 허공을 가로질러 발을 뻗으면서 나선형 계단의 중앙 기둥을 붙잡고 천천히 위로 올라갔다. 작은 돌출부와 무너진 계단의 잔해를 발판 삼아 조금씩 움직였다.

"잠깐만!" 옵시디아나가 말했다.

그녀는 겉옷을 벗어 축축하지 않은 바닥을 골라 조심스럽게 내려놓았다. 그리고 기둥을 감싸 안았다. 손잡이가 될 만한 것을 찾아가며 더듬더듬 위쪽으로 움직였다. 손아귀에 단단히 힘을 주고 있어야 했다. 만약 그녀가 떨어진대도 비단양탄자를 들고 그녀를 잡아 줄 경비병이 없다는 사실에 이제는 익숙해져야만 했다.

그렇게 계속 위를 향해 기어 올라가니 다시 온전한 계단이 나왔다. 한 걸음 한 걸음, 조개껍질 같은 나선형의 계단을 끝없이 올라, 마침내 납작한 지붕을 이고 있는 버려진 감시탑에 올라섰다. 장대 위에서 타오르는 불길이 도시 여기저기서 밤을 밝히고 있었다. 저만치 떨어져 있는 여관에서 노랫소리가 들려왔다. 남편을 향해 소리를 지르는 여인도 있었다. 자갈이 깔린 길 위를 마차가 달가닥거리며 지나갔다. 마차 소리에 잠이 깬 아이들이 우는 소리가 들렸다. 여인들은 마차 모는 사람에게 욕설을 퍼부었다. 옵시디아나는 눈을 감고 장작이 타는 짙은 냄새와, 빵 굽는 냄새, 그리고 고기 볶는 냄새를 깊숙이 들이마셨다. 하수구의 악취도 섞여 들어왔다.

"여기까진 와본 적이 없어." 홀린 듯이 그녀가 말했다.

"저는 저기서 살아요." 바위절벽에 매달리듯 모여 있는 가축우리 같은 집들을 가리키며 아노리가 말했다.

"시내를 구경시켜 줄래?" 그녀가 물었다.

"안 돼요. 시내에 저랑 들어갈 순 없어요."

"왜 그런 건데?"

"공주님이 시내로 갈 때는 항상 경비병이 호위한다구요."

"아니야, 난 시내에 들어가 본 적이 한 번도 없어!"

아노리가 무슨 말을 하는지 모르겠다는 표정으로 그녀를 쳐다보았다. 어떻게 저런 말을 하지? 매일같이 경비병이 자기를 시내로 데리고 갔었는데!

"변장을 하면 어디든 다닐 수 있어." 그녀가 말했다.

어떻게 하면 밖으로 몰래 빠져나가 성벽 너머에서 놀고 있는 아이들을 만날 수 있을까 생각하면서 그녀는 수 백 가지의 변장한 모습을 머릿속에 그려보곤 했었다.

아노리는 곰곰이 생각해 보았다.

"지금 말고 나중에요." 그가 말했다.

"바다는? 바다는 볼 수 있어?"

"나중에요." 갑자기 그가 귀를 쫑긋 세우면서 입을 다물었다.

"왜 그래?"

"무슨 소리가 들렸어요." 그는 두려워하는 것 같았다.

감시탑에서는 궁전의 정원이 훤히 내려다 보였다. 옵시디아나가 태어나고 그녀의 어머니가 죽음을 맞이한 그곳, 상아로 만든 탑도 보였다. 옵시디아나는 멀리 바다를 바라보았다. 거울처럼 잔잔한 바다가 은빛으로 빛나고 있었다. 갈매기가 울었다. 성 앞의 광장에 금으로 치장한 낯선 건물이 보였다.

"저 건물은 뭐지?" 그녀가 물었다.

"공주님의 사원이잖아요!" 아노리가 말했다.

바보처럼 보이기 싫어서 그녀가 말했다.

"아 맞다. 그냥 이 쪽에서는 본 적이 없어서 그러는 거야." 그녀는 놀란 눈으로 대리석 기둥과 황금 지붕을 바라보았다. 이해가 되지 않았다. 그러다가 문득, '저런 건물을 지으려면 몇 년은 걸렸겠지'라는 생각이 들었다. 갑자기 초조해졌다.

"지금이 몇 년이지? 시간을 알려 줘." 그녀가 말했다.

바로 그때 병사들이 행군하는 소리가 들려왔다.

"경비병 교대 시간이에요." 아노리가 말하면서 주위를 살펴보았다.

"여기 더 있으면 안 돼요. 이제 가요."

그들은 왔던 길을 되짚어 옵시디아나의 방으로 돌아왔다. 그녀가 서둘러 겉옷을 다시 입고 먼지를 털어냈다. 그러고는 상자 안으로 훌쩍 넘어 들어갔다. 밖에서 한동안 움직이는 소리가 들리다가 완전히 고요해졌다.

아노리는 두려워서 몸이 떨렸다.

"이제 헤어져야 돼요." 그가 속삭였다.

"다시 돌아와서 나에게 세상 얘기를 들려주겠다고 약속 해!"

그가 손목을 문지르며 옵시디아나의 말을 생각해 보았다. "제가 언제 다시 와야 하는 거죠?"

"은색 달빛이 비칠 때 다시 와."

"공주님을 어떻게 믿어요?" 그가 말했다. "나를 체포하라고 할 수도 있잖아요!"

"지금 나를 어떻게 믿느냐고 한 거야?" 그녀가 쏘아붙였다.

그녀를 바라보는 아노리의 눈이 밤처럼 어두웠다.

"약속할게요." 그가 말했다. 옵시디아나가 그에게 손을 내밀었다. 그들은 다짐하는 뜻으로 악수를 나누었다. 그녀가 상자에 눕자 아노리가 조심스럽게 뚜껑을 닫았다. 옵시디아나는 죽은 듯이 굳어버렸다. 달빛이 비친 그녀의 안색이 푸르스름했다. *이상해,* 아노리는 생각했다. 그리고 상자를 조심스럽게 다시 열었다.

"안녕, 아노리! 시간 세계의 소식을 가져 왔니?" 옵시디아나가 웃으며 말했다.

"이제 간다고 인사하려던 것뿐이에요." 그가 말하고 뚜껑을 다시 닫았다. 그는 옵시디아나를 보고 낄낄댔다. 한 쪽 눈은 반쯤 감기고, 입은 비뚤어져서 무서운 유령처럼 보였다. 그는 상자를 다시 열었다.

"돌아 온 거니?"

"아니, 공주님 얼굴이 너무 웃겨서요. 제가 처음 상자를 열었을 때랑 똑같이 보여야 돼요. 웃어요!"

그녀가 미소를 띠었다. 일요일마다 봤던 최상의 표정을 그대로 보존하기 위해 그는 재빨리 뚜껑을 닫았다.

복도에서 소리가 들렸다. 누군가 자물쇠와 문고리를 만지작거리는 모양이었다. 아노리는 휘장 뒤의 구멍으로 튀어 들어가서 왔던 길을 되밟아 성을 빠져나갔다. 성 밖의 골목길에 들어서면서 살그머니 주변을 둘러보았다. 돌아다니는 사람은 아무도 없었다. 그는 자갈길을 따라 집까지 쉬지 않고 내달렸다.

아노리의 초라한 집

아노리는 이리저리 몸을 뒤척였다. 너무 더워 집 안에서 자기 힘든 여름이면 지붕에 올라와 잠을 청하곤 했다. 그는 자리에 누워서도 잠을 이루지 못하고 귀뚜라미 소리와 길 잃은 개들이 사납게 짖는 소리를 듣고 있었다. 별이 반짝이는 하늘을 올려다보았다. 깊고 가없는 하늘. 아래층에서 이모할머니의 코고는 소리가 들려왔다. 그는 그녀의 경고를 되새겼다.

"궁전 근처에는 얼씬도 하지마라. 포악한 경비병들이 지키고 있어. 그들은 그냥 재미로 너를 죽일 수도 있어. 시선을 끄는 짓은 하지 말고, 머리를 쳐들지도 말고, 센 척 해서도 안 돼. 다른 사람들이 너를 때리면 맞받아치지 말고 그냥 맞아. 안 그러면 너를 군대로 끌고 가버릴 테니."

아노리는 눈을 감았다. 그는 불멸의 공주를 만났다. 그녀가 그에게 말을 걸었고 다시 보자고까지 했다.

아노리는 갈비뼈에 발길질이 날아와 잠에서 깼다. 눈을 뜰 엄두가 나지 않았다. 한 무리의 난폭한 사내들이 그를 에워싸고 있었다. 그 중 한 명이 거칠게 그의 발을 잡아끌었다.

"네 놈이 우리를 허탕 치게 하다니! 그 구멍 안에 뭔가 있었지? 두 시간도 넘게 기다렸잖아.”

“아니에요.” 아노리가 온몸을 덜덜 떨면서 대답했다. “여기저기 막 헤매고 다녔어요. 길을 잃어서 나오는 길을 못 찾았거든요.”

“되먹지 못한 변명이구만. 그래서 뭘 찾았는데?”

“그냥 오래 된 토끼 굴이던데요. 아무것도 없었어요. 늙은 토끼 한 마리도 없었다구요.”

그들이 위협적인 눈으로 그를 노려보았다.

“뭔가 숨기는 게 있지?”

“아니요.” 아노리가 사시나무 떨듯이 떨었다. “아무것도 못 봤어요!”

한 사내가 아노리의 귀를 붙잡고 비틀었다. “우리를 속이면 어떻게 되는지 알지?”

“네!” 아노리가 흐느꼈다.

사내들이 그를 끌어내 계단 아래로 떠밀었다. 그들은 좁은 골목길로 나왔다. 쥐가 쓰레기와 오물더미를 헤집으며 돌아다니고 있었다. 사내가 3층에 있는 창문 하나를 가리켰다.

“상인이 사는 집이다. 물건을 떼러 가서 지금 시내에 없지. 올라가서 저 집을 싹 털어와!”

감히 거역할 수가 없었다. 아노리는 덩굴나무를 타고 기어올라 창문을 통해 응접실로 들어갔다. 바닥과 벽이 온통 화려한 양탄자로 장식되어 있었다. 바로 옆방에서 코고는 소리가 들렸다. 그는 소리를 내지 않으려고 고양이처럼 발끝으로 살금살금 움직였다. 은쟁반과 금 촛대를 집어 들었다. 칸막이로 막아놓은 비밀 공간에는 금화를 담은 자루가 있었다. 보석으로 장식한 아름다운 검도 있었다. 방을 둘러보니 더는 훔칠만한 물건이 없어 보였다. 잠깐 만에 다 해 치우고 나니 안도감이 밀려왔다. 훔친 양이 꽤 되었다. 그러니 최소한 당분간은 그들이 그를 괴롭히지 않을 것이다.

"쓸만하군." 패거리의 두목이 말했다. "따라 와."

그가 낮게 휘파람을 불자 한 남자가 말 몇 마리를 끌고 나타났다. 그들은 아노리를 말에 태운 뒤 도시를 빠져 나갔다. 그들이 금지된 계곡으로 향하고 있다는 사실을 깨닫고 아노리는 뱃속이 조여 오는 것 같았다. 그 계곡에는 잔디로 덮인 귀족과 왕족의 무덤이 있었다. 개구리가 개굴개굴 울고 바람은 갈대숲을 흔들었다. 말을 몰아 도착한 곳에 곡괭이와 삽을 든 남자 두 명이 있었다. 가까이 가서 보니 꽁꽁 묶인 채 잔디에 누워 있는 남자도 있었다. *묘지기구나*, 아노리는 생각했다.

두 남자가 파 놓은 구덩이 바닥에 작은 입구가 있었다. 도둑 패거리 중 하나가 입구를 가리켰다. 자신이 할 일을 눈치 채고서 아노리는 구덩이를 기어 내려가 입구에 머리를 집어 넣었다. 참을 수 없는 악취 때문에 구역질을 하면서도 어둠 속을 기어서 갈라진 대리석 바닥을 따라 길을 더듬어 나갔다. 그는 죽은 이들에 대해 생각하지 않으려고 애썼다. 죽은 자들이 도굴꾼을 꽉 붙들고 영원히 손아귀에서 놓아주지 않는다는 얘기를 들었기 때문이다. 송장 같은, 쭈글쭈글한 손이 만져졌다. 더듬어보니 반지를 끼고 있었다. 반지를 빼다가 마디에 걸리는 바람에 손가락 하나가 툭 떨어졌다. 떨어진 손가락을 부러뜨리고 반지를 빼냈다. 그리고 어둠 속을 다시 기어가기 시작했다. 무겁게 가라앉은 공기에서는 도살장 뒤편에 쌓아놓은 내장더미 같은 냄새가 풍겼다. 귀걸이와 작은 보석 상자를 찾아냈다. 금이빨이 있을까 해서 해골의 벌어진 입 속으로 손가락을 집어넣기도 했다. 구역질이 나고 몹시 불쾌했다. 악취가 점점 심해졌다. 누군가 최근에 매장된 것이 틀림없었다. 그는 계속해서 길을 더듬어 나아갔다. 그러다가 벌레가 우글거리는 시체와 마주쳤다. 그는 악을 쓰며 뒤로 물러나 굴을 빠져나왔다. 으윽! 지독한 송장벌레! 패거리는 그에게 햇불을 쥐어주고는 다시 구멍으로 밀어 넣었다. 일을 마무리해! 뭔가가 그의 다리를 물었다. 바늘로 찌르는 것 같았다. 아노리가 비명을 질렀다. 그는 자루를 묶어들고 서둘러 기어 나왔다. 진저리를 치면서 벌레를 털어냈다. 천으로 코와 입을 가린 5명의 사내가 어둠 속에서 그를 기다리고 있었다. 키가 제일 큰 남자가 자루를 빼앗아 갔다. 그에게 손가락 하나가 없는 것이 아노리의 눈에 띄었다.

"이게 다야?"

"네." 아노리가 기어들어가는 소리로 대답했다.

다른 사내가 아노리를 붙잡고 입을 벌렸다. 반지나 다이아몬드를 숨기지 않았는지 보려는 것이었다. 온몸을 샅샅이 더듬으며 확인했다.

"그래야지." 그가 말했다. "지난번엔 우리를 너무 오래 기다리게 했어!"

"길을 잃었던 거라니까요." 아노리가 말했다. "그 안에서 죽을 수도 있었다구요."

"어쨌거나 우리를 기다리게 했어. 이번에 네 몫은 없는 줄 알아!"

"죽은 자의 저주만큼은 네 몫으로 남겨 두지!" 다른 사내가 웃음을 터뜨리며 비아냥거렸다.

패거리가 말을 타고 떠나자 화가 치밀어 오른 아노리는 그들을 노려보며 침을 뱉었다. 그들이 언제 나타날지 알 수 없었다. 갑자기 불쑥 나타나서는 그를 끌고 가곤 했다. 어디서 오는 지도 알 수 없었다. 그들이 죽어 버렸으면 좋겠다고 생각했다. 검을 줘 버린 게 후회가 되었다. 그 검으로 그들을 찔러 죽이고 싶었다. 아빠가 전쟁에서 돌아오시면 죽도록 패주실거야!

아노리는 해가 뜰 무렵에야 겨우 잠자리로 돌아왔다. 도시 곳곳에서 어린 수탉이 울어댔다. 날씨는 따뜻했다. 얇은 담요로 몸을 감싸고 이모할머니의 코고는 소리를 들었다.

하루하루가 마치 영원처럼 느껴졌다. 보그힐드 할머니는 끊임없이 아노리가 할 일을 만들어 주었다. 숲에서 장작을 해오고, 마당 가득 씨앗을 뿌리고, 돼지 먹이를 주고, 빨래를 바위에 널어야 했다. 바쁜 와중에도 내내 상자 속의 공주를 생각하며 가슴이 부풀었다. 그가 아는 사람 중에서 공주가 말하는 걸 들어 본 사람은 아무도 없었다. 어느 날, 도시에 종소리가 울려 퍼지자 아노리는 거리로 달려나갔다. 승려들이 공주를 사원으로 모실 시간이었다. 사람들이 모여들고 있었다. 화려한 사원이 눈앞에 펼쳐졌다. 남녀를 불문하고 사람들은 공물을 손에 든 채 서로 앞으로 나가려고 밀치고 있었다. 아노리가 슬쩍 끼어들었다. 화가 난 사람들이 알아듣지도 못할 거친 말을 그에게 쏟아 부었다. 수천 명의 사람이 공주의 상자를 만져보겠다는 일념으로 모여든 것이었다. 빵과 물, 그리고 성물을 파는 행상인이 사람들 사이를 돌아다녔다. 경비병은 사람들이 뭐가 되었든 빠짐없이 공물을 바치고 있는지 감시하고 있었다. 아노리는 양조장에서 몰래 훔쳐온 곡물을 한 주먹 쥐고 있었다. 그 정도면 이틀 동안은 배를 주리지 않을 양이었지만, 그는 상자 속 소녀를 꼭 만나고 싶었다.

줄은 천천히 줄어들었다. 드디어 옵시디아나가 보였다. 그날 밤 그가 상자를 닫았을 때와 똑같은 미소를 짓고 있었다. 그가 생각에 잠겨 멍하니 서 있는 것을 본 경비병이 그를 찔렀다. "움직여! 계속 움직이라고!"

군중에 떠밀리어 공주를 지나치면서 그가 뒤를 돌아보았다. 그녀가 살아 있고 말도 할 수 있다는 것이 낯설게 느껴졌다. 그가 그녀를 알고 있으며, 그녀가 그에게 다시 오라고 부탁했다는 사실을 떠올리면서 잠시 뿌듯한 자부심을 느꼈다. 온 세상이 숭배하는 불멸의 공주가 아니던가. 하지만 목걸이를 흘깃 보고서 부끄러워진 그는 신들이 자신을 벌하지 않게 해달라고 마음속으로 조용히 빌었다.

"불멸의 공주님, 반드시 돌아오겠다고 약속드립니다. 친절한 공주님, 제발 그 불한당들이 저를 괴롭히지 않게 해주세요."

궁정 사제 얼친이 등장했다. 키가 어마어마하게 컸고 이상한 글자가 새겨진 황금색 튜닉을 입고 있었다. 그가 쓴 모자는 다이아몬드로 장식되어 있었고, 가슴에는 감긴 두 개의 눈이 수 놓여 있었다. 불멸의 공주를 상징하는 문양이었다. 그는 무거운 황금 사슬로 된 족쇄에 묶여 있었다. 건장하고 힘센 남자들이 푸른 옷을 입고 그의 뒤를 따랐다. 얼친이 상자가 놓여 있는 좌대로 다가갔다. 그리고 뚜껑에 두 손을 올려 놓았다. 눈을 감고 기도를 읊조리던 그가 눈을 크게 뜨더니 북쪽 나라의 이상한 억양으로 소리쳤다.

"불멸의 공주를 찬양하라! 그와 함께 거하는 신들을 찬양하라! 너희가 공물을 바치는 데에는 다 이유가 있느니라. 공물은 모두, 너희가 사후에 누리게 될 재물이니라. 가까이 와서 천상의 금고를 채우라!"

얼친을 따르던 힘센 남자들이 검은 눈동자의 뚱뚱한 남자를 데리고 나왔다. 남자는 흠씬 두들겨 맞고 먼지 속에서 구른 것 같은 행색을 하고 있었다.

"디몬 왕께서 심각한 역경에 처하셨다! 왕께서는 판게아 왕국을 다시 합치겠노라 다짐하셨고 그 목표를 위해 수많은 전쟁에서 승리하셨다. 왕께서 목적을 이루려면 모든 백성이 곡물과 무기와 천을 헌납해야 한다. 그런데 여기 서 있는 이 남자는 엄청난 양의 밀을 소유하고도 한 톨도 바치지 않았다! 생기는 대로 모조리 은밀한 곳에 쌓아두기만 했다. 불멸의 공주께서 현몽하시어 그가 재물을 숨긴 장소를 알려주셨다. 신들이 합당한 벌을 내리셨다. 이 자는 **거대한 틈**에 던져질 것이다!"

남자의 얼굴에서 핏기가 사라졌다. 군중 속에서 한 여인이 통곡했다.

얼친이 소리쳤다. "공주께 엎드려 경배하라!"

모두 엎드렸다. 아노리도 따라했다. 그는 그 남자와 같은 운명을 맞게 될까봐 온몸을 떨었다. 자기가 도둑이라고, 마땅한 벌을 내리라고, 불멸의 공주가 신들에게 고하면 어쩌지.

보름달

달은 기울었다가 다시 차오르기를 반복했다. 그 모습을 지켜보면서 아노리는 늘 불안했다. 다행스럽게도, 패거리는 나타나지 않았다. 아마도 공주님이 어쨌거나 그의 기도를 들어주신 모양이었다. 그는 자신이 해야 할 일을 진지하게 받아들이고 시간 세계의 소식을 얻으러 다니기 시작했다. 식료품점으로 가서 그가 물어보았다.

"왕과 전쟁에 대해 새로운 소식이 있나요?"

가게 주인이 어처구니없다는 듯이 그를 쳐다보았다. "꺼져!"

아노리는 깜짝 놀라 달아났다. 노인을 만나서도 물었다.

"지금이 몇 년도에요?"

"옛날 달력으로 말이냐, 새 달력으로 말이냐?"

"새 달력이요."

"새 달력은 아직 시작도 안했어. 왕이 판게아를 재결합하셔야 시작되겠지."

"그게 언제일까요?"

노인이 소년을 뚫어지게 바라보았다.

"왕께서는 때맞춰 전쟁을 수행하고 계신 거다. 질문이 너무 많으면 끝이 좋지 않아. 내 말을 새겨들어라. 벽에도 귀가 있음이야."

집으로 돌아온 아노리는 이모할머니에게 물었다. "벽에 왜 귀가 있어요?"

"화장실에 코가 없는 것과 같은 이유지." 그녀가 대답했다.

"노인이 그러셨어요. 벽에도 귀가 있다고."

그녀는 뜨개질을 멈추고 주위를 살피더니 속삭였다.

"노인이 그런 말을 왜 했을까?"

"올해가 몇 년도냐고 제가 물어봤거든요."

"그런 질문은 하면 안 돼, 애야! 그게 왜 궁금한 거니?"

"전쟁이 어떻게 되어가고 있는지, 왕이 언제 돌아오실지 알아야 되거든요."

"쉿! 네가 그런 터무니없는 짓을 계속하면 우리 모두 위험해 져. 누가 너한테 그런 걸 묻거든 이렇게 간단하게 대답해. 전쟁은 잘 되어가고 있고, 디몬 왕은 세상에서 가장 위대한 왕이며, 그분이 판게아를 재결합하실 것이라고. 그걸로 끝!"

아노리는 달이 빨리 차오르기를 빌었다. 마침내 맑고 환한 밤이 찾아왔다. 그는 토끼 굴로 다시 숨어들었다. 광산을 지나 궁전 밑으로 이어지는 굴이었다. 어둠 속에서 더듬더듬 나선계단을 오르고 밀실에 들어설 때까지 무슨 일이 벌어지지나 않을지, 그의 머릿속은 온갖 무서운 생각으로 가득했다. 불안한 마음으로 판자 사이에 난 구멍에 머리를 들이밀자 달빛에 잠긴 옵시디아나가 보였다. 파도 소리, 나무에 이는 바람 소리가 나지막하게 들려왔다. 간간이 갈매기 울음소리도 들렸다. 그는 문으로 기어 들어간 다음, 밖에서 무슨 소리가 나지는 않는지 귀를 기울였다. 두근대는 가슴을 안고 상자로 다가가 조심스럽게 뚜껑을 들어올렸다. 옵시디아나가 눈을 떴다.

"뭐지?" 희미한 목소리로 그녀가 말했다.

"뭐가 뭐요?" 그가 물었다.

"너 집에 안가?"

아노리는 얼굴을 붉혔다. "집에 가요? 지금 막 도착했는데!"

그녀가 주변을 둘러보면서 눈을 찌푸렸다. "다시 보름달이 뜬 거야?"

"네."

"미안." 상자를 훌쩍 넘어서 나온 그녀가 말했다. "가끔 머릿속이 혼란스러워."

그들은 밀실로 살금살금 들어갔다. 안전하다는 걸 확인하고 나서 옵시디아나가 말했다.

"이제 말해 봐, 아노리. 시간 세계 소식을 들려 줘."

아노리는 생각했다.

"저의 돼지가 이웃사람의 모자를 먹어치웠어요!"

"세상에." 그녀가 웃었다. "왕의 소식도 알려 줘. 지금 몇 년도야? 알고 싶어."

아노리는 이모할머니가 해준 말을 외우고 있었다.

"전쟁은 아주 잘 되어가고 있어요. 디몬 왕은 가장 위대한 왕이시며, 왕께서 세상을 구할 거예요."

"그래, 그런데 다른 소식은? 지금 몇 시야? 몇 년도냐구?"

아노리는 어떻게 말해야할지 몰랐다. "사람들한테 그걸 물어봤어요. 내 생각에 지금은 낀 시간인 것 같아요. 왕이 돌아오실 때까지는 새 달력이 시작되지 않을 거래요."

"긴 시간이라구? 그러면 왕은 언제 돌아오시는데?"

"전쟁이 잘 되어가고 있다고 사람들이 그랬어요."

"나는 여기 얼마나 오래 있었던 거야?"

아노리는 또 생각해봐야 했다.

"옛날부터 치면, 100년, 아니면 그보다 더 오래!"

그녀는 그 말을 듣고 처음에는 충격을 받았다. 하지만 재빨리 머릿속
으로 계산을 해보았다.

"그럴 리가 없어, 바보야! 그 세월이면 아빠는 늙어서 돌아가셨겠다."

아노리가 머리를 긁적였다.

"글쎄, 100년은 아닐 지도 모르겠네요. 하지만 최소한 내 나이보다는
길어요."

옵시디아나는 그를 바라보았다. 그의 키는 그녀의 턱 정도까지밖에
안 되었다. 머리를 단정히 빗고 세수도 한 것이 분명해 보였다.

"그럼 그 틈이라는 것에 대해 얘기해 봐. 어쩌다 그런 일이 생겼어?"

"**거대한 틈**은 내가 태어나기 전부터 있었어요."

"어떻게 된 건데?"

"내가 어렸을 때 우리 이모할머니가 그 얘기를 해주신 적이 있어요."

"나한테도 들려 줘!"

"좋아요. 왕이 딸을 너무나 사랑한 나머지 그 딸이 영원히 살기를 원
했대요. 딸을 더 오래 살게 해주는 사람에게 왕국의 반을 주겠다고 약
속했다는 거예요. 마법사와 연금술사들이 찾아 왔지만, 아무도 시간을
붙잡아 두지는 못했대요. 그러던 어느 날, 난쟁이 몇 명이 영원을 약속

하는 상자를 들고 판게아의 수도를 찾아왔대요."

"그런 얘기 들은 기억난다!" 그녀가 말했다. "동화에 나오는 얘기 같은데!"

"아! 그러니까 그 이야기를 안다는 거죠? 더 얘기할 필요 없겠네요."

"아니야, 계속 해! 네가 들은 얘기 그대로 듣고 싶어."

"음, 그 상자는 진짜 마법의 상자였대요. 그래서 공주의 아름다움을 그대로 보존할 수 있었대요. 왕은 왕국의 절반을 난쟁이들에게 주려고 했는데 난쟁이들이 안 받겠다고 했대요. 왕은 미칠 듯이 화가 나서 그들을 원형경기장으로 데려가 목을 치라고 명령했대요. 도끼가 마지막 난쟁이를 내리치자마자 바닥에 금이 가고 왕국이 둘로 갈라졌대요."

"그게 다야?" 옵시디아나가 실망스럽다는 듯이 말했다.

"네."

"정말 말도 안 돼! 난쟁이들은 목이 잘린 게 아니라 그냥 자기 집으로 돌아간 거야. 게다가 나라 전체를 도끼로 갈라버린다는 게 말이 돼? 그런 소리를 누가 하는 거야?"

아노리가 초조한 듯 침을 삼켰다.

"미안해요." 그가 말했다. "우리 이모할머니가 얘기해 주신 거예요. 이모할머니 벌주지 마세요, 제발."

"아무도 벌주지 않아. 그 얘기가 사실이 아니라는 것뿐이야."

아노리가 조용해졌다. 그가 겁먹고 있다는 걸 옵시디아나는 알 수 있었다.

"미안해." 그녀가 말하며 그의 손을 토닥여 주었다. "지어낸 얘기도 상관없어. 하지만 나는 세상에 무슨 일이 벌어지고 있는지를 알아야 해. 내가 얼마나 오래 여기 있었는지도 알아야 하고. 내가 시간 세계로 돌아올 수 있게 꼭 다시 와서 상자를 열어줘. 그리고 얘기를 들려 줘. 네가 아는 얘기 전부 다."

집으로 돌아간 아노리는 도시에서 벌어지는 일에 대해 사람들이 나누는 얘기를 하나도 놓치지 않으려고 애썼다. 그러나 귀한 정보는 거의 얻을 수가 없었다. 당연한 일이었다. 옵시디아나가 애타게 알고 싶어 하는 얘기는 사람들이 그를 상대로 기꺼이 해줄만한 얘기가 아니었다. 그래도, 다음 보름달이 떴을 때 그녀에게 들려줄 수 있는 얘기를 최소한 하나라도 만들어 보려고 노력했다.

경비병 목소리가 왁자지껄하게 들릴 때면, 그는 상자 뚜껑을 아주 살짝만 열고 이렇게 속삭였다. "밖에 경비병들이 있어요." 그리고 살그머니 빠져나갔다. 그러나 가끔은 둘이 앉아서 밤새도록 함께 수다를 떨기도 했다.

"또 다른 소식은 없어?"

"우리 이모할머니가 왕국이 갈라지는 걸 봤대요. 이모할머니한테 주려고 애인이 꽃을 꺾고 있었는데 그때 둘 사이의 땅이 갈라졌다는 거예요. 두 사람은 서로 점점 더 멀어져 가는 모습을 그저 바라보기만 했대요. 몇 달 동안이나 하염없이. 이모할머니 애인은 시들어가는 꽃을 손에 그대로 들고 있었대요. 결국 수평선 너머로 땅은 사라지고, 이모할머니는 흐느껴 울었대요."

"슬프기도 해라." 그 말 한 마디를 하고 옵시디아나는 그만 입을 다물었다.

"너는 친구가 있어?" 그녀가 물었다.

"그럼요, 내가 사는 동네에 애들이 많아요. 공주님은요? 친구들 이름이 뭐예요?"

그녀는 대답할 말을 곰곰이 생각해 보았다.

"피크하고 문."

"이상한 이름이네요."

"걔들은 사슴이야, 바보! 그리고 판다도 있었는데 어디론가 가버렸어. 언젠가 내 정원을 보여줄게. 정원에는 연못도 있고 자코라는 재밌는 노인도 있어. 늙긴 했지만 자코도 내 친구야. 아주 똑똑해."

그들은 한동안 말없이 있었다. 하지만 침묵이 불편하지 않았다. 옵시디아나는 자코가 들려 준 속담을 생각했다. "친구랑 말없이 있으니 좋지 않은가."

"얘기를 더 듣고 싶어요?" 아노리가 물었다.

"네 이모할머니 얘기는 슬프고, 난쟁이 얘기는 순 엉터리고." 옵시디아나가 말했다. "행복하게 끝나는 얘기를 들려 줘."

아노리는 옵시디아나에게 동물 얘기를 들려 줄 생각이었다. 도시에 사람을 돕는 동물들이 가득했던 시절의 얘기, 그러나 나중에 왕의 전쟁에 동원되어야 했던 얘기를. 하지만 그 얘기도 슬프긴 마찬가지였다. 세상에 대해 다 알고 싶다면서 사실은 아무것도 알려고 하지 않다니 어떻게 그럴까?

"옛날 옛적에 무시무시한 괴물이 다리 밑에 살고 있었어요. 맛난 염소 세 마리가 다리를 건너려고 했지요. 새끼염소가 앞장섰어요. 괴물이 말했어요. '너를 잡아먹을 테다.' 그러자 새끼염소가 말했어요. '저를 먹지 마세요. 우리 엄마를 잡아먹어요. 엄마는 나보다 크고 뚱뚱해요.'

괴물은 이 의리 없는 새끼염소에게 깜짝 놀랐어요. 저 살자고 엄마가 잡아먹혀도 좋다는 거야? 당황한 괴물은 엄마염소가 지나가기를 기다렸어요. 엄마염소가 말했지요. '저를 먹지 마세요. 제 남편을 잡아먹어요. 남편은 저보다 크고 뚱뚱해요.' 이 말을 들은 괴물은 완전히 입맛이 떨어졌어요. '도대체 세상이 어떻게 돌아가는 거야?' 괴물이 외쳤어요. "새끼염소는 엄마를 먹으라 하고 엄마염소는 남편을 먹으라 하다니. 콩가루 집안이구먼!"

옵시디아나가 살래살래 고개를 저었다. "그래서 괴물은 어떻게 되었어?"

"집으로 돌아갔지요, 난쟁이들처럼." 어깨를 으쓱하며 아노리가 말했다.

"음, 그래도 최소한 그 이야기는 행복하게 끝났네." 옵시디아나가 키득거리며 말했다.

상자를 닫을 때마다 그들은 옵시디아나의 표정이 전과 다르지 않도록 주의를 기울였다. 그녀의 옷도 이전과 똑같이 주름이 잡히게 신경을 썼다. 그래도 항상 미묘한 차이가 있었다. 보름달이 뜬 밤이 지나고 나면 그때마다 공주의 표정이 달라진다는 것을 지혜로운 여인들이 알아차렸다. 공주가 행복해 보이면 좋은 시절이 올 것이고, 알 수 없는 표정이면 불확실한 날들이 기다리고 있다는 표시였다. 그녀가 주먹을 꽉 쥐고 있으면 힘든 시절이 될 것이라는 징조였다.

하룻밤 사이에 일 년이

아노리가 준비해 온 얘기를 막 시작하려는데 옵시디아나가 갑자기 멈추라고 했다.

"왜 그래요?" 아노리가 말했다.

"시간이라는 것에 대해서 어떻게 얘기해야 할지 모르겠어." 옵시디아나가 그를 찬찬히 들여다보았다. 어둠 속에서 그의 모습을 좀 더 잘 보고 싶었다. 볼 때마다 그는 달라져 있었다. 키가 크는 중이었다.

"어떻게 라니요?"

"네가 나를 만나러오기 시작하고 꼬박 일 년이 흘렀어. 그런데 나에게는 그 일 년이 보름달이 떠 있는 길고 긴 하룻밤일 뿐이야. 하룻밤 사이에 사계절이 지나 가."

아노리는 그녀의 관점에서 생각해 보려고 노력해 보았지만 어려운 일이었다.

"나는 너를 겨우 어제 처음 만난 느낌이야." 그녀가 말을 이어갔다. "하지만 너는 나를 안 지 꼬박 일 년이 되었어. 그 일 년 동안 나를 보러 온 사람은 너 말고 아무도 없어. 아무도! 왜 그런지 알고 싶어. 유모는 어디 있지? 아빠는 어디 계신 거야? 다들 어디 간 거야? 내가 알기로 이제까지 나는 16번의 생일을 보냈어. 그리고 또다시 만으로 일 년이 지 났는데 아무도 내 생일을 축하해 주지 않았어."

"당연히 생일잔치를 했죠." 아노리가 말했다. "광장에서 축제를 벌였 는데."

"축제를? 나는 초대도 못 받았어."

"하지만 공주님이 생일선물을 받고 기뻐했다고 하던데. 얼친이 그렇 게 말했어요."

"얼친? 그게 누구야?"

"지 얼친이라고 그 궁정 사제 말이에요!"

옵시디아나는 고개를 저었다. "그런 사람 얘기는 들어본 적이 없어."

아노리는 도저히 이해할 수가 없었다. 그가 기억하는 한 얼친과 옵시 디아나는 광장에 늘 함께 나타났었다.

그때 갑자기 고양이 울음소리 같은 애처로운 소리가 들렸다. 옵시디 아나가 배를 움켜잡더니 고통스러워하며 몸을 웅크렸다.

"괜찮은 거예요?" 아노리가 물었다.

"진짜, 진짜로 아파!" 그녀가 말했다.

그녀는 거의 움직이지도 못했다. 고통이 더 심해져서 눈물이 터져 나 왔다.

아노리는 덜컥 겁이 났다. "괜찮아요? 어디 아파요?"

"무슨 소리가 나는데, 들어 봐." 그녀가 속삭였다. "나 죽을 건가 봐."

아노리가 그녀의 배에 귀를 대더니 키득거렸다. "공주님 배에서 나 는 소리네, 꾸르륵 꾸르륵. 밥 먹은 지가 얼마나 됐어요? 배고픈 거예 요!"

"배가 고프다고?" 그녀가 끙 하고 신음소리를 냈다. 그가 여기에 12번을 오는 동안 그녀는 먹은 것이 아무것도 없었다.

아노리가 도리질을 했다. "배고파 본 적이 없어요?"

"이렇게 고팠던 적은 없지."

"부엌이 어디 있는지 내가 알아요."

"네가 그걸 어떻게 알아?"

"별거 아니에요." 그가 말했다. 그가 그렇게 빨리 자란 것이 우연은 아닌 모양이었다. "식품저장고로 통하는 비밀 터널을 발견했죠. 그 터널로 가면 경비병을 피할 수 있어요."

그들은 장식판자로 가려진 비밀통로를 이용해 마치 유령처럼 미끄러지듯 성을 통과했다. 지나가는 길에 옵시디아나가 벽에 난 작은 구멍 안쪽을 가리켰다. "여기가 모두들 잠자는 곳이야." 그녀가 소곤거렸다. "저기 내 정원과 방이 있다." 갑자기 판자가 삐걱대는 소리에 놀란 시녀가 귀신이라도 본 것처럼 방을 뛰쳐나가는 모습이 옹이구멍을 통해 보였다.

그들은 식품저장고로 갔다. 거기에는 맛있는 음식이 잔뜩 쌓여 있었다. 도축한 뒤 통째로 훈연한 고기가 쇠고리에 매달려 있었고, 영양의 머리, 곡물 푸대, 그리고 치즈가 선반을 그득그득 채우고 있었다. 그들은 빵과 우유를 훔쳤다. 그리고 소시지, 커다란 치즈 한 조각, 사과 한 쟁반을 찾아서 자루에 담아 들고 감시탑으로 돌아왔다. 둘이 앉아서 게걸스럽게 음식을 먹어치웠다. 아노리가 트림을 했다. 그녀도 낄낄대며 트림을 했다. 그들 머리 위로 별과 달이 반짝이고 있었다. 그녀가 하품을 했다.

"피곤해." 그녀가 말했다.

"피곤하다고요?" 심술이 나서 그가 말했다. "공주님은 늘 자고 있잖아요!"

"아니지, 너는 잠자러 집에 가지만 나는 상자로 들어가잖아. 그건 자는 게 아니야."

"자는 게 아니면 뭐하는 건데요?"

"아무 일도 생기지 않아. 아무 일도. 네가 상자를 닫자마자 다시 열리는 거, 그게 다야."

"꿈도 안 꾸고?"

"응, 아무 일도 없어."

"그렇구나." 말은 그렇게 했지만, 전혀 이해는 되지 않았다. "그럼 신들은 어쩌고요?"

"신이라니?"

"공주님이 상자에 있는 동안 영혼은 신들에게 가는 거라고 하던데. 그래서 공주님이 언제나 그 모습 그대로인 거라고."

옵시디아나가 고개를 저었다.

"터무니없는 소리! 누구한테 그런 말을 들었어? 나는 그냥 여기 있는 거야. 아무 데로도 안 가."

"그럼 우리 아빠는 안 돌아오시는 거예요?" 그가 물었다.

"그게 무슨 소리야?"

"공주님한테 곡물 한 줌을 바치면서 아빠가 집으로 돌아오게 해달라고 빌었거든요."

"언제 그랬는데?"

158

"작년에."

"나는 기억이 안 나. 내 아빠가 어디 계시는지도 모르는 걸!"

아노리는 무척 실망한 기색이었다. 옵시디아나는 그의 어깨에 기대 잠이 들었다. 그는 앉아서 귀뚜라미 우는 소리를 들었다. 개미와 파리를 손가락으로 건드리거나, 판석 틈새를 작대기로 쑤시면서 시간을 보냈다. 그러다가 그도 어느새 깜박 잠이 들었다. 찢어질 듯 우는 갈매기 소리에 놀라 그들이 깼을 때는 이미 해가 떠올라 있었다. 옵시디아나가 팔꿈치로 아노리를 쿡 찔렀다. 그녀는 환한 햇살 아래서 그를 자세히 들여다보았다. 그를 만나고 난 후로 짧은 기간 동안 그는 마치 대나무처럼 쑥 자라있었다. 유치가 빠진 자리는 새 이로 채워졌다. 코도 커졌다. 머리카락은 길었다가 짧아지고, 다시 자라기를 반복했다.

"시내로 가 보자!" 그녀가 말했다.

"아니, 그건 안 돼요."

"세상에 무슨 일이 벌어지고 있는지 알아야 한다니까. 지금 당장 시내로 가야 해!"

"못 간다고요. 공주님은 곧 사원으로 가야 해요."

"아니, 나는 사원에 안 갈 거야."

"아니, 갈 거예요. 정오가 되면 공주님을 데리러 사람들이 와요. 그들이 공주님을 사원으로 옮길 거예요."

"응? 왜?"

"아무것도 모르는 척 하네요. 바보처럼."

"아니야! 난 바보가 아니야. 경비병이 정오에 나를 데리러 오는 거라면, 우리한테 세 시간이 있는 거네. 시내는 가깝잖아. 나는 꼭 시내로 갈 거야! 거기를 가봐야 한다고!"

아노리는 곰곰이 생각해 보았다. 그리고 결심했다.

"다음번에 내가 오면, 그때 시내로 가요."

"약속 해?"

"네. 신들이 공주님과 함께 계시니 틀림없이 가능할 거예요."

저 여자의 손목을 잘라라

아노리는 다음 보름날을 위해 모든 준비를 갖추었다. 각자 걸칠 망토와 옵시디아나의 얼굴을 가려 줄 베일을 들고 궁전으로 가서 옵시디아나를 깨웠다. 그들은 나선 계단을 한 발짝씩 조심스럽게 내려갔다. 한참을 내려가니 길고 구불구불한 지하 통로가 나왔다. 통로 끝에는 궁전 바깥의 도로 밑으로 이어지는 비밀 터널이 있었다. 아노리가 아주 오래돼 보이는 문을 열었다. 아무도 살지 않는 텅 빈 골목길에 있는 어느 빈집의 지하실로 통하는 문이었다. 지하실을 통해서 시내로 나가는 길을 찾을 수 있었다. 그렇게 하여 그들은 이내 도시의 북새통 한가운데로 들어갔다. 옵시디아나는 그렇게 많은 사람이 모여 있는 것을 본 적이 없었다. 사방에서 들려오는 고함소리와 밀고 당기며 흥정하는 소리에 그녀는 넋이 빠졌다. 늙은이, 젊은이, 남자, 여자, 낙타, 당나귀, 마차들이 뒤죽박죽 섞여 있었다. 그녀는 짐승 냄새와 향신료, 갓 구운 빵 냄새가 배어 있는 공기를 들이마셨다. 사슬에 묶인 원숭이, 버들고리 바구니에 담긴 뱀, 닭과 토끼를 앞에 놓고 앉아 있는 남자들도 있었다. 갈고리에 매달린 고기 덩어리 주위를 파리가 붕붕대며 날아다녔다. 사과와 귤, 대추와 견과류도 보였다. 바로 앞에 있는 남자는 염소를 작업대에 올려놓고 칼로 목을 따고 있었다. 옵시디아나가 비명을 지르며 고개를 돌렸다. 구걸하는 거지와 나환자들은 뼈만 남은 앙상한 손을 내밀었고, 아이들은 진흙 웅덩이에 고인 물을 튀겨가며 떼를 지어 몰려다녔다. 푸줏간 주인은 손님을 끄느라 소리를 높였고, 가판대 다리로 흘러내린 피는 땅바닥의 진흙과 섞여 곤죽이 되어 있었다. 닭들은 몰려드는 사람들에게 밟혀 묵사발이 되지 않으려고 사방으로 정신없이 뛰어다녔다. 상인들이 그녀에게 물건을 들이밀었다. 십대의 소년들도 그녀를 붙잡고 매달렸다. 아노리가 그들을 모두 밀쳐냈다. 점점 불안해진 그는 그녀의 손을 잡아끌며 사람들 사이를 헤치고 나가려 했다. "여기 너무 오래 있으면 안 돼요. 그리고 얼굴을 꼭 가리고 있어야 돼요."

그러나 그녀는 오히려 눈을 반짝이며 그에게 말했다. "고마워, 아노리! 나에게 도시를 보여줘서 정말 고마워!"

옵시디아나는 향신료 냄새와 비단의 감촉, 그리고 색의 향연에 빠져들었다. 그러다 갑자기 기겁을 하며 멈추어 섰다. 눈앞에 작은 제단이 있었다. 제단 중앙에는 푸른 옷을 입은 황금 소녀상이 보였는데, 소녀는 유리상자 안에 누워 있었다.

잇몸만 남은 노파가 말했다.

"값은 잘 쳐 줄게. 싸게 준다고!"

저건 나잖아, 제단을 노려보며 그녀는 생각했다. 노파의 점포는 온통 그녀의 그림으로 도배가 되어 있었다. 큰 그림, 조그만 형상이나 조각품, 색칠한 달걀, 돌.

"봐라! 너한테는 이게 딱 좋겠다!" 조각 하나를 그녀에게 주면서 노파가 말했다.

"고맙습니다." 옵시디아나가 기분 좋게 대답하고는 아노리를 찾으려고 주위를 두리번거렸다. 아노리가 그녀에게 서두르라고 손짓했다. 그녀는 조각을 들고 그에게로 뛰어갔다.

"내가 뭘 가져 왔나 좀 봐!"

조각상을 보고 그의 얼굴이 창백해졌다.

"이걸 어디서 가져왔어요?"

"저기." 노파의 점포가 있는 쪽을 가리키며 그녀가 말했다. 그러나 이미 늦었다. 누군가 소리쳤다. "도둑 잡아라!"

"뛰어요!" 아노리가 소리치며 그녀를 잡아당겼다. 도박꾼과 양탄자 상인은 이때다 하고 칼과 채찍을 꺼내들었다. 푸주한은 고기 자르는 큰 칼을 손에 들고 길을 막아섰다.

"달아나요!" 아노리가 고함을 질렀다. "달아나! 도둑은 손목을 잘라 버린단 말이에요!"

옵시디아나는 죽을힘을 다해 달렸다. 그러나 어느 결에 누군가 다가와 그녀의 어깨를 잡고 흔들었다. 두 명의 주름진 노파가 그녀에게 으르렁거렸다. "도둑이야! 도둑!" 그들은 이 빠진 잇몸 사이로 바람 새는 소리를 내지르면서 그녀를 사이에 놓고 주거니 받거니 떠밀어댔다. 군중은 아우성을 쳤다. "저 여자의 손목을 잘라라!" 목이 굵은 푸주한이 큰 칼을 휘둘렀다. 여자들은 옵시디아나의 팔을 잡고 소매를 걷어 올렸다. 어떤 이는 받침으로 쓰려고 두꺼운 널빤지를 가져왔다. 아까보다 불어난 군중이 외쳤다.

"저 여자의 손목을 잘라라! 저 여자의 손목을 잘라라!"

푸주한이 큰 칼을 높이 쳐들고 그녀의 손목을 겨누었다. 옵시디아나는 목청을 다해 소리 질렀다.

"안 돼! 안 돼!"

노파가 그녀의 얼굴에서 베일을 벗겼다.

"이런 쓰레기, 얼굴을 보여라!"

그러자 그들 눈앞에 아름다운 얼굴이 드러났다. 온 세상이 숭배하던 바로 그 얼굴, 까마귀 날개처럼 검은 머리, 피처럼 붉은 입술이. 군중은 말을 잃었다. 여자들은 그녀를 잡고 있던 손을 놓고 황급히 물러섰다. 푸주한은 겁에 질려 쪼그라들었다. 작은 생쥐 꼴이 되었다가 집파리처럼 오그라들었다. 그는 땅바닥에 몸을 던지고는 마치 먼지 속에서 목욕이라도 하는 참새처럼 온몸에 흙을 뒤집어썼다.

"불멸의 공주님이 오셨다." 사람들이 소곤거렸다. "불멸의 공주님이 우리에게 오셨다." 사람들은 지진으로 땅이 흔들리기라도 한 것처럼 바닥에 엎드려 기도를 읊조렸다. 다 큰 사내들이 흐느꼈다. 기적을 본 것이었다.

불구의 아이를 안고 있던 노파가 옵시디아나에게 다가왔다. 그녀는 기도를 웅얼거리며 옵시디아나에게 그 아이를 만져달라고 애원했다. 옵시디아나의 표정이 굳었다. 아이는 몸이 뒤틀린 곱사등이에다 머리가 너무 컸다. 가여운 아이, 그녀는 생각했다. 그리고 아이의 뺨을 부드럽게 어루만졌다. 그렇게 작은 아이를 본 적이 없었다. 아이를 바라보는 그녀의 눈길에 놀라움이 가득했다.

"어서! 서둘러요!" 아노리가 소리쳤다. 그가 자기 뒤로 옵시디아나를 끌어당겼다. 그들은 엎드려 있는 사람들로 가득 찬 거리를 내달렸다.

엉덩이를 허공에 대고 엎드린 사람들의 모습이 마치 초원을 굴러다니는 덤불더미처럼 보였다. 그녀는 사람들의 손가락이나 발가락을 밟지 않으려고 조심했다. 그런데 등 뒤에서 누군가 외치는 소리가 들렸다.

"공주님이 나를 만지셨다! 나는 축복을 받았다!"

옵시디아나는 당황했다. 엎드린 사람들의 몸이 카펫처럼 온 도시를 덮었다. 그들은 주문을 외우듯 외쳤다.

"불멸의 공주님! 불멸의 공주님!"

사람들이 빈틈없이 붙어 있는 탓에 그녀는 어쩔 수 없이 그 중 넓은 등과 큰 엉덩이를 밟고 지나가야 했다. 그렇게 징검다리처럼 등을 밟으며 건너서 마침내 골목을 지나고 토끼 굴로 돌아왔다. 일단 굴에 들어와서는 어둠 속을 재빠르게 움직여 나선계단 입구까지 왔다. 아노리가 거친 숨을 몰아쉬었다.

"조각상을 들고 오다니, 도둑질은 안 돼요! 공주님 때문에 우리 둘 다 죽을 뻔 했잖아요!"

두 사람의 심장이 가슴을 뚫고 나올 듯 방망이질을 했다.

옵시디아나의 방으로 들어섰을 때, 그녀가 아노리를 돌아보며 말했다.

"나는 저 사람들을 본 적이 없어! 어떻게 그 사람들이 나를 아는 거지?"

"어떻게 된 건지 공주님이 모를 리가 없잖아요! 공주님은 숭배의 대상이었어요. 공주님에게 공물을 바치는 이들이 바로 저 사람들이란 말이에요."

"언제부터?"

"언제나, 늘! 공주님의 영혼은 신과 함께 있고 몸만 사원에 누워 있는 거예요. 궁정 사제 얼친이 우리에게 공주님의 메시지를 전해 줘요. 그가 말하기를 왕국이 두 조각 나고 왕이 전쟁에 나간 뒤로 공주님만이 우리가 가진 유일한 희망이라고 했어요."

"궁정 사제라는 그 사람, 얼친이 누구야? 신들은 뭐고? 무슨 말인지 모르겠어!"

"답을 얻으려면 왕께 물어보는 수밖에 없을 거예요. 왕이 귀국길에 오르셨대요."

"돌아오신대?" 옵시디아나는 뱃속이 간질간질한 느낌이 들었다.

"네, 왕비께서 그렇게 발표하셨어요."

"왕비? 무슨 왕비?"

"건힐드 왕비 말하는 거죠, 당연히."

옵시디아나는 무엇을 믿어야 할지 알 수가 없었다.

"건힐드라니? 그 사람이 누구야?"

"정말 아무것도 모르는 거예요?"

"왜 그 사람 얘기는 안 해 줬어?"

아노리는 아연실색했다.

"건힐드 왕비를 어떻게 모를 수가 있어요?"

여러 가지 생각이 그녀의 머리를 뱅뱅 돌았다. 그녀는 온몸이 마비된 사람처럼 서 있었다.

"서둘러요. 옷 갈아입으세요." 아노리가 말했다. "승려들이 공주님을 데려가려고 금방이라도 들이닥칠 거예요!"

옵시디아나는 움직이지 않았다.

"아니, 난 다시는 그 상자에 들어가지 않을 거야! 아빠를 만나야겠어."

"하지만, 그러면 내가 잡혀가요! 나를 죽일 거라고요. 공주님은 상자에 다시 들어가고, 나는 여기서 나가고, 그 방법뿐이에요!"

그녀는 아노리의 눈에 어린 공포를 보았다. 하여, 한숨을 쉬면서, 망토를 벗어던지고 원래의 옷으로 갈아입은 다음 서둘러 상자로 들어갔다. 들어가다가 상자바닥에 발가락을 세게 부딪혔다. 눈물이 그렁그렁한 그녀를 보면서 아노리가 말했다.

"꼭 돌아올게요!"

"잠깐만." 그녀가 속삭였다. "아직 닫지 마. 생각 좀 해 보고. 생각 할 시간이 필요해."

그녀는 눈을 감고 광장에 모여 있던 사람들과 그녀의 손목을 자르려던 푸주한을 생각했다. 그리고 낯선 이름들, 건힐드, 얼친. 무슨 일이 있었던 걸까? 갑자기 무거운 발소리가 다가오더니 문에 달린 빗장을 미는 소리가 들렸다. 아노리는 상자 뚜껑을 꽉 닫고 판자벽에 난 구멍으로 가까스로 기어 나왔다. 곧이어 승려들이 방으로 들어와서 공주를 광장으로 옮겼다. 자신들이 좀 전에 목격한 기적에서 채 깨어나지 못한 군중이 귓속말을 주고받았다.

"피다. 상자 안에 피가 있어!"

피

시간이 상자 속으로 스며들었다. 옵시디아나는 갓 태어난 새끼 양처럼 쌕쌕거리며 숨을 몰아쉬었다. 다섯 개의 검은 가면이 그녀를 내려다보고 있었다.

"이것 봐!" 가면 쓴 사람 중에 하나가 말했다. "핏방울이 떨어져 있다!" 여자 목소리였다. 옵시디아나는 누구 목소리인지 알 수가 없었다.

"광장에 모인 사람들이 두려움에 빠져 있다." 같은 목소리가 말했다. "봐, 여기 또 한 방울! 무슨 일이지? 공주가 죽어 가고 있는 건가? 상자 속에 있는 공주에게 곰팡이라도 피었나? 공주를 보살피는 건 우리 책임이야!"

"모를 일이네요." 사려 깊은 남자의 목소리가 다른 가면 뒤에서 들려왔다. 그는 돋보기를 들고 있었다. 이마에 맺힌 땀을 닦아내며 그가 덧붙였다. "공주님의 엄지발가락에서 피가 나는 건 분명한데 말이지요."

"어떻게 이런 일이 생기지? 이런 일이 가능할 턱이 없지 않나!"

옵시디아나는 엑셀의 목소리를 알아들었다.

그가 옵시디아나에게 말했다. "무슨 일이십니까? 누가 공주님을 다치게 했나요? 발가락에서 왜 피가 나요, 공주님? 경비병을 사자에게 던져버리겠습니다! 그것만큼은 제가 약속드리지요!"

"모르겠어. 발가락을 세게 부딪혔나 봐." 그녀가 말했다.

"오래된 피가 아니에요! 어제만 해도 없었는데. 공주님, 사실대로 얘기해 주세요. 무슨 일이 있었습니까? 누군가가 공주님의 시간을 낭비하게 했나요?"

"일어 서 주시겠습니까?" 돋보기를 든 남자가 말했다.

옵시디아나가 일어섰다. 바닥에 엄지발가락 모양으로 핏자국이 찍혀 있었다.

"당신은 누군가요? 아빠는 어디 계세요?"

여자의 비명이 들렸다.

"공주의 옷이 얼룩 투성이네. 신이여 자비를! 발도 더러워졌어! 어디를 다녀온 거지? 신의 가호를, 이런 일이 어떻게 생긴 건지 알 수가 없구나!"

한 남자가 모래시계를 들고 구석에서 불안해하며 서 있었다. 그는 작은 나뭇가지처럼 떨고 있었다.

"누군가 공주님의 시간을 훔치고 있다!"

가면을 쓴 사람들이 헉 하고 놀랐다.

옵시디아나는 그들을, 그리고 모래시계를 든 남자를 바라보았다. 그녀는 두려웠다. 만약 저들이 구멍을 발견한다면, 사냥개를 풀어서 아노리의 집을 찾아낼 텐데.

"오늘이 무슨 요일인가요?" 옵시디아나가 물었다. "왜 당신들은 얼굴을 가리고 있는 거죠? 아빠는 어디 계세요?"

"왕께서는 곧 이곳으로 오실 것입니다." 낯선 목소리의 남자가 대답했다.

"당신이 얼친인가요?" 그녀가 물었다.

나머지 가면 쓴 사람들이 헉 하고 놀랐다.

"공주가 가면을 꿰뚫어 보는구나!" 여자 목소리가 말했다.

"그리고 당신은 건힐드?"

얼친이 떨리는 목소리로 말했다. "제가 그랬죠. 공주님은 모든 것을 다 보십니다! 공주님은 우리가 무슨 생각하는지 다 아십니다."

"지금은 현실의 시간이 아니다, 옵시디아나." 여자 목소리가 초조해하며 말했다. "왕은 아직 돌아오지 않으셨다. 너는 우리 얼굴을 봐서는 안 돼. 우린 여기 없는 거야! 지금은 낀 시간이거든."

"저 피는 하나의 상징입니다." 얼친이 말했다. "엄청난 변화의 전조입니다. 그런 조짐이 느껴진 지가 오래되었습니다."

옵시디아나가 깊은 숨을 들이마셨다. "오늘이 무슨 요일이에요? 아빠는 어디 계셔요?" 그녀가 질문을 반복했다.

"무슨 일이 있었는지 우리에게 말해 주렴." 건힐드가 말했다. "시간이 없어. 이런 사소한 일로 우리가 너의 시간을 낭비해선 안 된단다."

"상자가 우연히 열렸어요. 그냥 갑자기 열려버린 거예요. 누군가에게 알리려고 했지만 문에 빗장이 채워져 있었어요. 어둠 속에서 방안을 헤매다가 발가락을 부딪은 것 같아요."

그들은 그녀의 발가락에 박힌 작은 조각을 빼내고 발을 씻은 다음 그녀에게 새 옷을 입혔다. 다시 상자에 누운 그녀는 안도의 한숨을 내쉬었다. 벽에 있는 구멍에는 아무도 관심이 없었던 것이다.

시간기록자가 목청을 가다듬었다. "다들 서두르십시오! 시간이 흐르고 있습니다!"

"이제 웃으렴." 가면 뒤의 여자 목소리가 말했다.

그러나 옵시디아나는 웃을 수가 없었다. 누구 목소리인지 알고 싶어 기억을 더듬었다. *저 여자는 어디서 왔을까?*

"아빠는 어디 계셔요?"

"곧 오실 거야." 여자 목소리가 대답했다. "자, 이제 웃어."

상자 뚜껑이 탁 하고 닫혔다.

광장으로 실려 나온 옵시디아나는 좀 슬퍼보였다. 그러나 슬픔은 그리 오래 가지 않았다. 바로 다음 순간, 기쁨으로 빛나는 아버지의 얼굴이 그녀를 맞이했으므로.

상자 개봉일 축전

"아빠!" 그녀가 소리쳤다. "돌아오셨군요!"

옵시디아나가 아버지의 팔에 뛰어가 안겼다. 그녀는 아버지의 얼굴을 들여다보았다. 수척하고 일그러진 얼굴은 이제 그녀가 기억하는 모습이 아닌 그림 속 할아버지의 얼굴에 가까웠다. 수염이 희끗희끗하고 텁수룩해져 있었다.

"아빠 얼굴이 왜 이래요?" 그녀가 물었다. 디몬 왕은 딸을 바라보며 미소 지었다.

"세월이 농간을 부린 게지." 그가 말했다. 그는 치아도 온전치 않았고 머리카락도 듬성듬성했다. 그가 놀랍다는 듯이 딸을 바라보았다. 자신이 떠날 때와 조금도 다르지 않은, 아주 똑같은 모습이었다.

"얼마나 보고 싶었는지!" 그가 말했다.

"일 년만 나가 있을 거라고 하셨잖아요."

그가 고개를 저었다. "미안하다. 세상이 우리를 힘들게 하는구나. 하지만 오늘은 아무 걱정도 말자꾸나. 너를 위해 파티를 열 것이다."

"오늘이 제 생일인가요?"

"아니다. 오늘은 상자 개봉 축전을 열 것이다. 백성들이 너를 보고 싶어 하니, 다 함께 이 날을 축하하며 즐겨야지. 어려운 때일수록 우리 모두 힘을 내야 한다. 가자꾸나!" 그가 흥겨운 목소리로 말했다.

옵시디아나는 아버지를 따라잡으려고 거의 뜀박질을 했다. 검은 옷을 입은 시간기록원도 허겁지겁 따라왔다. 궁전 안의 모든 것이 두 배의 속도로 움직이는 것 같았다. 두 사람은 복도를 달렸다. 하인들이 달음박질하며 그들을 지나쳐 갔다. 왕은 마치 시간과의 싸움이라도 하는 사람처럼 보였다.

"어서 가자. 시간이 없어! 파티가 곧 시작될 거다."

까마귀 떼가 창턱에 홰를 치고 앉아 있었다. 왕은 하인들에게 명령을 내리면서 휘몰아치듯 바삐 움직였다. 하인들은 종잇조각에 왕의 명령을 갈겨쓰고 있었다. 까마귀들이 명령을 다리에 묶고 날아갈 것이다.

"새로 맞이한 식구들을 너에게 소개해야겠다." 왕이 말했다. "네가 반갑게 맞아주면 좋겠구나."

옵시디아나가 귀를 쫑긋 세웠다.

"건힐드라는 훌륭한 여인을 만났단다. 그분이 우리와 함께 살기 위해 궁으로 들어오셨다."

"아 정말요?" 결국 그 얘기를 꺼내시는구나, 그녀는 생각했다. 하지만 그 얘기를 듣고 기분이 좋은지 화가 나는지 스스로도 종잡을 수 없었다.

"그리고 이제 너한테 동생이 두 명이나 생겼구나!"

"동생이요?"

"그래, 오늘이 너에게는 아주 멋진 날이 될 거다."

디몬 왕은 그녀를 데리고 계단을 내려갔다. 성은 말끔하게 단장되어 있었다. 그리고 곳곳에 불을 밝혀 그늘진 구석이 단 한 군데도 없도록 했다. 성 안의 일꾼들이 옵시디아나에게 경의를 표하기 위해 복도에 늘어서 있었다. 그들의 표정에서 두려움 섞인 흠모의 감정을 읽을 수 있었다. 눈물을 보이는 사람도 많았다. 옵시디아나는 그들이 누군지 잘 알아볼 수가 없었다. 그녀가 알던 경비병은 어딘지 모르게 전과 달랐다. 키도 커 보이고, 주름살도 늘어난 것 같고, 숱 많은 올빼미 눈썹을 하고 있었다. 젊은 시녀들은 커다란 엉덩이를 가진 통통한 여인이 되어 있었다. 요리사와 하인들, 경비병과 관리들이 절을 했다. 그리고 거기에 소디스가 있었다! 그녀는 너무 많이 변해 있어서 거의 알아보지도 못할 지경이었다. 한 때 검던 머리는 이제 긴 백발이 되어 땋아 올려져 있었다. 옵시디아나가 날듯이 그녀에게로 갔다. 그러나 경비병이 앞으로 나서며 옵시디아나를 잡았다. 소디스가 한 걸음 물러서며 무릎을 살짝 구부려 정중하게 인사했다.

"유모! 나 못 알아보는 건 아니겠지? 내가 돌아왔어!" 옵시디아나가 경비병을 뿌리치고 소디스를 껴안았다. 소디스는 옵시디아나의 포옹에 단호한 태도를 보이면서 슬픈 목소리로 그녀의 귀에 속삭였다.

"나의 사랑하는 아기 공주님! 이렇게 될 줄 미리 알았더라면 좋았을 텐데."

검은 옷의 시간기록원이 신호를 보내자 왕이 조바심하며 소리를 질렀다.

"서둘러라! 일분일초를 아껴야 한다."

경비병이 소디스를 데리고 나갔다. 남은 경비병들이 서둘러 옵시디아나를 거울의 방으로 안내했다. 그곳에서 수행원들이 황금색 비단으로 그녀를 감쌌다. 그러고 나서 왕은 긴 복도를 지나 키 큰 여인이 기다리고 있는 곳으로 그녀를 데리고 갔다. 여인 옆에는 눈이 엄청나게 크고 속눈썹이 긴 소녀 두 명이 서 있었다. 속눈썹이 어찌나 긴지 그들이 눈을 깜박일 때면 하얀 꽃 위에서 검은 나비가 팔랑거리는 것 같았다. 여인이 무릎을 굽혀 인사하고 말했다.

"함께할 수 있어서 참으로 영광이구나, 옵시디아나. 내 이름은 건힐드라고 한다."

그녀의 목소리는 밀가루를 한입 가득 삼키기라도 한 것처럼 부드러웠다. 그러나 그녀의 미소는 어딘가 이상했다. 웃음기 없는 눈이 더 이상했다고 해야 할지.

"안녕하세요." 옵시디아나도 인사했다. 가슴 속은 터질 듯 끓어올랐지만, 아버지를 향해서도 조용히 미소를 보냈다. 소디스와 자코에게서 예의란 걸 배웠으니까.

건힐드가 양 옆에 서 있는 소녀들에게 흘낏 눈짓을 했다. 그들도 무릎을 굽혀 인사하면서 한 목소리로 말했다. "안녕, 사랑하는 언니."

옵시디아나가 그들을 빤히 쳐다보았다. 아기일거라고 생각했는데, 그녀보다도 키가 컸다. 작고 단정한 코와 깊게 팬 보조개, 그리고 검은 눈썹을 지닌 매우 아름다운 젊은 처녀들이었다. 그들은 옵시디아나의 눈길에 좀 어리둥절한 표정을 지었다.

"그런데 동생들이 너무 늙었잖아!" 옵시디아나가 불쑥 내뱉었다. 소녀들이 인상을 찌푸렸다. 한 명은 울음을 터뜨렸다.

"그렇게 무례하게 굴 것까지야." 새 왕비가 친절하게 말했다.

"모든 사람이 너처럼 시간에서 비켜나 있을 수는 없는 거야!"

옵시디아나는 이 모든 것이 꿈이라고 확신했다. 꿈이, 마치 병 바닥에 핀 곰팡이처럼 그녀의 머릿속에 자리 잡은 것 같았다. 상자가 다른 세상으로 열려버린 것이 틀림없다고 생각했다. 모든 것이 너무나 빨리 흐르는 세상으로. 몇 년이나 지난 걸까? 그녀는 궁금했다. *4년? 아니면 10년?* 하지만 동생이라는 소녀들은 그보다도 훨씬 나이 들어 보였다.

식장의 문이 활짝 열리고 팡파르가 울려 퍼졌다. 반짝이는 황금 샹들리에 아래에는 여러 판게아 부족의 족장들이 그녀를 보려고 모여 있었다. 저마다의 전통의상이 다채롭게 어우러져 있었다. 그들 모두 선물을 들고 왔다. 공작의 깃털로 만든 망토, 다이아몬드 체인, 루비와 에메랄드, 제올라이트, 더없이 맛있는 소시지, 캐비아와 과일, 짧고 쉬운 이름을 가진 나라나 알아들을 수도 없는 길고 이상한 이름을 가진 나라에서 온 백 년 묵은 질 좋은 포도주 등등.

옵시디아나는 단정하게 차려입은 사람들을 죽 둘러보았다. 서로 귓속말을 주고받으며 그녀를 빤히 쳐다보고 있지 않은가. 그녀가 걷거나, 움직이고 말하는 것을 본 사람은 수년 내에 아무도 없었던 것이다.

그녀는 부끄럼을 느끼며 식탁에 앉았다. 그리고 겨우 용기를 내어 아버지에게 물어보았다.

"제 동생들은 언제 태어난 거예요?"

아버지가 채 대답을 하기도 전에 시간기록원이 종을 울렸다. 왕이 콘실료에게 몸짓을 하자, 콘실료는 일어서서 간결하고 명확하게 수신호를 했다. 그의 신호에 식장은 돌연 침묵에 빠졌다. 마치 미리 연습이라도 한 것 같았다. 콘실료도 그녀가 알아보지 못할 만큼 변해 있었다. 늘 그의 주변을 맴도는 벌들도 지친 듯, 그의 머리에 노란 뾰루지처럼 앉

176

아 있었다. 왕이 벌떡 일어서니 수군대는 소리가 식장 여기저기를 떠돌았다.

"너희들이 보다시피," 그가 말했다. "시간은 나에게 자비롭지 않았구나. 허나 걱정 말라. 옵시디아나가 영원히 우리와 함께 할 것이다. 시인이 읊은 대로구나."

한 마리 제비처럼 우아하고
순진한 어린 양처럼 정직하여라
그 아름다움 귀하여 온 세상을 홀리네

디몬 왕이 팔을 들자 휘장이 걷히고 궁전의 정원이 모습을 보였다. 그곳에서는 공중그네 곡예사와 불 먹는 곡예사, 광대들이 연희판을 벌이고 음유시인은 악기를 연주하며 노래를 불렀다. 옵시디아나는 아버지와 얘기를 나누고 싶었다. 묻고 싶은 것이 많아 입술이 타는 것 같았다. 그러나 팡파르 소리 때문에 왕은 그녀의 말을 듣지 못했다. 그는 그저 웃으며 갑자기 열어 젖혀진 다른 휘장 쪽을 가리켰다. 기린 떼가 정원을 가로지르며 달리고 있었다. 길고 우아한 목을 가진 노란 점박이 기린이었다. 그녀가 전에 보던 것들과는 달랐다.

그녀의 아버지는 소리 내어 웃었고 건힐드는 뿌듯해하는 것 같았다. 옵시디아나는 눈을 비비고 동생들을 자세히 살펴보았다. 그 애들은 크고 아름다웠으며 우아한 드레스를 입고 있었다. 그렇지만 생기가 없었다. 문이 열리고 이상한 모자를 쓴 남자가 들어왔다. 그가 입은 황금색 예복에는 두 개의 감긴 눈이 수 놓여 있었다. 옷이 너무나 우스꽝스러워서 그녀는 거의 웃음을 터뜨릴 뻔했다. 하지만 그의 표정을 보자 생각이 달라졌다. 그는 분명 궁정의 어릿광대는 아닌 것 같았다. 그 남자가 그녀에게 다가오더니 그녀의 손에 입을 맞추고 모두에게 들릴 만큼 큰소리로 말했다.

"저는 지 얼친입니다. 뵙게 되어 기쁘기 그지없습니다. 상자에 누워 계신 모습만 보았을 뿐 직접 접촉할 기회는 한 번도 없었습니다." 그가 정성스럽게 그녀의 손을 어루만졌다. 그녀가 손을 빼려고 했지만 얼친이 단단히 부여잡고 있었다. 그가 잡고 있던 손을 그녀의 머리 위로 들어 올리며 군중을 향해 말했다.

"불멸의 공주님이 너희를 축복하시는도다! 판게아는 지난 20년 동안 수많은 시험을 견뎌야 했다. 그러나 공주님이 계시니 우리 왕조의 치세는 영원히 이어질 것이다. 공주님이 지시하는 대로 따르면 우리는 영원토록 신들의 인정을 받을 것이다. 공주님이 천상의 매이며, 공주님이 알비노 꽃이다. 계절을 지배하는 분이시며 낮과 밤을 지배하는 분이시다. 태어나신 지 35년이 넘었지만, 공주님은 여전히 14살이시다. 시간조차도 디몬 왕의 권능에 복종하나니, 공주님이 바로 살아 있는 증거이시다!"

건힐드가 미소를 지으며 기뻐 박수를 쳤다. 그녀의 딸들도 따라 박수를 쳤다. 군중은 환호했다. 건힐드가 팔꿈치로 쿡 찔러 신호를 주기에 옵시디아나는 살짝 무릎을 굽히며 군중에게 화답했다. 그녀는 자신의 귀를 의심했다. 20년 동안이나 상자에 들어가 있었다고? 자신이 35살이라고? 아버지를 보았다. 그래, 아버지는 지난번에 뵈었을 때보다 분명 20년은 늙어보였다.

"오해하고 계신 거예요." 옵시디아나가 아버지에게 속삭였다. "저는 신들과 함께 있지 않았어요!"

한 무리의 승려가 그녀를 향해 빠른 걸음으로 다가왔다. 춤추는 듯 묘한 걸음걸이였다. 지도자로 보이는 승려가 그녀의 손을 잡고 광장이 내려다보이는 발코니로 이끌었다. 엄청난 규모의 군중이 성 앞으로 몰려들며 외쳤다.

"옵시디아나 공주님 만세!"

그렇게 거대한 인파가 깃발을 흔드는 모습을 보고 그녀는 놀라움을 감추지 못했다. 그런 장면은 본 적이 없었다. 군중을 훑어보던 그녀는 높은 기둥 위에서 주황색 깃발을 흔들고 있는 소년을 발견했다. *저 소년은 아노리 같은데*, 그녀는 생각했다. 그래서 그녀는 보란 듯이 활짝 웃으며 손을 흔들었다. 군중은 열광했고 환호는 더욱 커졌다. 그 오랜 세월 동안 잠들어 있는 것 같던 공주가 홀연히 생기 넘치는 모습으로 사람들 앞에 선 것이다.

사원에서 종소리가 울려 퍼졌다. 하늘에서는 제비가 구름떼처럼 날고 있었다. 제비는 콘실료가 지휘하는 대로 방향을 바꾸어가며 글자도 만들고 꽃모양도 만들었다. 놀라서 눈이 동그래진 옵시디아나가 큰소리로 웃음을 터뜨렸다.

그들은 연회장으로 돌아왔다. 수많은 하인이 최고급의 요리를 내었다. 모든 순간이 몇 분의 일초까지 정밀하게 계획되었다. 일정한 간격으로 시간기록원이 종을 울렸다. 타종하는 박자가 점점 빨라지고 그에 따라 연회도 더 빠르게 진행되는 느낌이었다. 사람들이 먹고 웃고 움직이는 모든 행동이 박자를 타고 있었다. 축제의 전 과정을 세심하게 연습한 것 같은 박자였다. *어떻게 웃음소리가 저렇게 빠를 수 있지?* 옵시디아나는 의아한 생각이 들었다.

모든 슬픔은 이제 잊어야 했다. 음악이 울려 퍼져 성대한 무도회의 시작을 알렸다. 옵시디아나는 젊은 신사들의 손에 이끌려 무도장 바닥을 미끄러지듯 쓸고 다녔다. 밤은 회전 관람차처럼 그녀 주위를 돌았고, 그녀는 시간을 잊었다. 중요한 인물로 보이는 사람들과 함께 협실에 서 있는 아버지의 모습을 보고 그녀는 잠시 마음이 혼란스러워졌다. 그들 중 한 사람은 흥분한 듯 손을 휘젓고 있었다. 나쁜 소식인가, 궁금한 생각이 들려는 참에 누군가 그녀의 손을 잡았다.

"저는 플레인즈 공작의 아들 오리라고 합니다. 이번 춤을 함께 할 수 있는 영광을 저에게 주시겠습니까?" 그의 아름다운 청회색 눈동자에 홀린 것인지, 그녀는 어느덧 그의 손을 잡고 무도장 바닥을 빙글빙글 돌고 있었다. 공작과 왕이 두 사람을 흐뭇하게 바라보는 것을 보고, 그녀는 살짝 얼굴을 붉히며 무도장을 한 바퀴 더 돌아도 좋다고 오리에게 허락했다. 사실은 춤을 멈추고 그와 얘기를 나누고 싶었을 텐데. 그러나 시간기록원이 종을 울렸고, 오리는 그녀의 손에 입 맞추고 그녀 곁을 떠나버렸다. 하얀 옷을 입은 하녀들이 그녀를 침실로 안내했다. 그녀는 비단침대보가 깔린 침대에 누워 천장을 올려다보았다. 미소가 그녀의 입술에 떠올랐다. 아버지가 밤 인사를 하러 들렀다. 모래시계를 든 남자도 따라 들어왔다.

"정말 행복한 하루였어요." 옵시디아나가 말했다. "아빠가 돌아오셔서 기뻐요."

모래가 흘러내리는 시계에서 눈을 떼지 못한 채 왕은 곧장 본론을 말했다.

"긴 하루를 보냈으니 피곤하겠구나, 내 딸. 오늘은 잠을 좀 자도록 해라. 내가 알기로 상자 속에는 잠이란 게 없지."

그가 이불을 당겨 덮어 주었다. 하지만 그녀는 궁금한 마음을 누를 수가 없어서 물어보았다.

"왜 제가 20년을 잃어버리게 그냥 두셨어요?"

디몬 왕은 멀리 허공을 응시했다.

"그 세월 동안 네가 잃어버린 건 없단다. 시련의 날들이었지. 네가 사는 모든 날이 행복한 날이어야 해."

"하지만 밖에 햇살이 눈부신데도 눈물이 날 수 있어요." 그녀가 말했다. "비가 오거나 바람이 부는데 웃을 수도 있고요. 건힐드 왕비와 동생들 얘기는 한 번도 저한테 안 해 주셨죠."

"적절한 때에 하려고 했다. 제대로 하고 싶었어. 오늘 행사를 위해 건힐드가 2년 동안이나 준비했단다. 네가 즐거운 시간을 보냈으면 하고 바라더구나. 너의 하루하루는 모두 오늘 같아야 하고, 또 그렇게 될 수 있어, 사랑하는 내 딸아."

"내일도 오늘처럼 지낼 수는 당연히 없는 거겠죠?"

"그래, 내일은 궁전을 청소해야지. 그리고 백성들이 사원에서 너를 기다릴 것이다. 내일 너는 신들과 함께 있는 거야."

사원에? 그녀는 생각했다. "싫어요! 아직 안 돼요! 아직 안 된다고요!"

"클라우드 산악지역에서 대표단이 어제 도착했다. 그 지역에 비상사태가 발생한 모양이야. 내일은 그들을 만나야 한다. 우리의 미래가 걸린 일이다."

"안 돼요! 아직 가지 마세요! 저는 어떻게 되는 거예요?"

"너는 눈치 채지도 못할 만큼 순식간에 또 다시 행복한 하루를 함께 하게 될 거야. 시간 걱정은 하지 마라. 영생을 누리지 못하는 보통 사람들이나 시간 때문에 괴로워하는 거란다."

옵시디아나가 머리를 흔들었다.

"저는 광장에 가기 싫어요." 그녀가 소리죽여 말했다.

그녀는 일어서서 아버지를 빤히 쳐다보았다. 그의 손과 머리카락, 깊게 팬 주름과 지친 눈동자를 바라보았다. 자신이 기억하는 아버지의 모습은 찾아 볼 수가 없었다.

왕이 무슨 말인가를 하려는데 시간기록원이 목청을 가다듬었다. "전하! 시간이 빠르게 흘러가고 있습니다!"

"만약 제가 상자 속에만 있으면 아빠가 저보다 훨씬 먼저 돌아가실 거예요."

"무슨 소리냐?"

"아빠가 돌아가실 때에도 저는 여전히 지금처럼 젊을 거라고요."

왕이 한숨을 쉬었다.

"온 세상이 너를 사랑하고 있고 앞으로도 영원히 그럴 것이다. 보통 사람들은 짧은 세월 동안 겨우 몇몇 사람의 사랑을 받을 뿐이지."

"하지만 자코가 그랬어요. 자신이 사랑하는 단 한 사람에게 사랑받는 것이 알지도 못하는 수백만의 사람들로부터 숭배를 받는 것보다 낫다고요! 서로 사랑을 주고받을 수 없다면 사랑이 무슨 의미가 있나요?"

"너는 앞으로 백 년 후, 천 년 후에 태어난 사람들도 만나게 될 것이다. 하지만 끊임없이 이별도 해야 하니 고통스럽겠지만, 너의 시간이 야금야금 잠식되어 허공으로 사라져가는 것을 지켜보는 것은 더더욱 고통스러운 일이다. 네 앞에는 즐거운 시간이 기다리고 있단다."

옵시디아나는 숨이 막혔다.

"하지만 왜요? 왕국은 왜 그렇게 커야만 하나요?"

"멸망한 왕조는 잔인한 운명에 시달려야 한단다, 사랑하는 내 딸. 그 것이 이유다. 세상은 잔인하단다."

"하지만 아빠는 온 세상의 왕이세요! 아빠가 잔인함을 끝내시면 되 잖아요!"

디몬 왕이 그녀의 눈물을 닦아 주었다.

"나는 더 나은 세상을 위해 싸우는 거란다. 그건 내 약속하마."

"소디스에게 잘 자라는 인사를 하고 싶어요."

"소디스에게?" 왕이 말했다. "그래, 네가 원한다면 그렇게 하도록 해 주마. 그러나 오래 걸리면 안 돼!"

왕이 그녀의 머리를 쓰다듬고는 이불을 잘 여며주었다. '전쟁에 나가 시면 조심하셔야 해요.' 왕이 방을 나서는 모습을 보면서 옵시디아나는 생각했다. 하지만 소리 내어 말하진 않았다. 너무나 목이 메어 말을 할 수가 없었다.

옵시디아나는 침대에 누웠지만 잠이 오지 않았다. 그날 하루가 죽처 럼 머릿속에서 보글보글 끓어 넘쳤다. 무도회와 귀족의 자제들을 떠올 리며 혼자 미소를 지었다. 하룻밤에 그렇게 춤을 많이 추기는 처음이 었다. 그러나 한 가지 생각이 모든 것을 눌러버렸다. 이번에는 얼마나 오랫동안 상자에 갇혀있어야 할까?

밖에서 가벼운 발소리가 들려왔다. 소디스가 문 앞에 모습을 보이더니 발끝으로 걸어서 그녀에게 다가왔다. 그녀가 옵시디아나를 부드럽게 어루만지며 이마에 입을 맞추었다.

"제가 할 수 있는 건 다 해봤어요, 사랑하는 아기 공주님."

옵시디아나가 안아주자 그녀의 눈에 눈물이 고여 반짝거렸다.

"처음 공주님을 저의 두 팔에 안던 때가 기억나요. 공주님이 걸음마를 시작하고 말을 배우던 때도 기억난답니다. 판다와 함께 궁전을 여기저기 뛰어다니는 모습이 참 즐거워 보였지요. 이제는 어느덧 다 지난 세월이 되어버렸네요!"

"내가 상자에 오래 들어가 있지 않도록 도와 줄 거지?"

소디스가 깊은 한숨을 내쉬었다.

"비록 제 젖을 먹여 키우긴 했지만, 공주님은 제 자식이 아니랍니다. 제게 더는 아무 힘도 없어요. 공주님은 이제 여신이랍니다. 모두가 숭배하는 여신이에요. 왕께서도 마음대로 나오게 할 수가 없답니다." 그녀가 속삭였다.

"무슨 뜻이야?"

"공주님 덕분에 나라가 파산하지 않고 있는 거예요. 공물로 국방비용을 충당하고 있답니다. 시의 재정을 공주님의 숭배자들이 들고 오는 공물에 의지하고 있어요. 만약 공주님이 매일 광장에 모습을 보이지 않았다면 왕국은 벌써 오래전에 무너졌을 거예요. 엑셀의 계산이 그걸 증명하고 있어요."

그때 시간기록원이 방으로 들어와 매섭게 말했다.

"공주님은 당장 주무셔야 합니다. 지엄한 분부가 있었습니다!"

"몸조심하셔야 해요." 소디스가 그녀의 이마에 입 맞추면서 말했다. "제가 얼마나 더 공주님 곁에 있을 수 있을지 모르겠어요."

그렇게 옵시디아나는 잠이 들었다. 그리고 마치 댐이 터지듯, 20년의 세월이 꿈이 되어 그녀의 머릿속으로 쓰나미처럼 밀려들었다. 콩에서 싹이 올라오는 것처럼 아노리가 쑥쑥 자랐다. 난쟁이와 기린에 둘러싸여 춤을 추다가 갑자기 수영을 했다. 그러다가 물이 모래로 변하고 그녀는 모래시계 속에서 소용돌이치며 아래로 빨려내려 갔다. 숲 속 빈 터에 떨어진 그녀는 슬픈 얼굴로 앉아 있는 어머니를 보았다. 어머니는 눈을 부릅뜨고 말했다.

"조심하거라!"

옵시디아나는 어머니에게 손을 뻗어보려고 했지만 식은땀이 나면서 꿈에서 깰 것 같은 기분이 들었다. 깨고 싶지 않았다. 그러나 눈을 떴을 때, 그녀 앞에는 입술을 앙다문 건힐드가 서 있었다. 옵시디아나가 소스라치며 이불 속으로 파고들었다. 용기를 내서 다시 한번 빼꼼히 내다보니, 새어머니는 사라지고 없었다.

낮과 밤

옵시디아나는 다시 잠들기가 두려웠다. 생각할 것도 있었다. 아침 일찍 새소리가 들리기 시작했지만 궁전은 아직 몇 시간 더 잠들어 있을 것이다. 그녀는 램프를 밝혔다. 20년! 그 숫자가 그녀를 사로잡고 놓아주지 않았다. 책꽂이에서 일기장을 꺼냈다. 35권의 일기장이 있었지만 눈에 익은 것은 15권뿐이었다. 20권은 완전히 빈 공책이었다. 아무리 넘겨봐도 빈 페이지만 계속되었다. 계산을 해보았다.

"1년은 365일. 그러니까 10년이면 3650일, 그리고 20년이면… 7,300일."

7,300일을 머릿속에 그려보고 싶었다. 눈을 감고 아주 천천히 큰소리로 말해 보았다.

"해가 뜬다. 낮. 해가 하늘을 가로 지른다. 해가 진다. 밤."

그녀는 일기장을 집어 들었다. 아무것도 쓰지 않은 첫 번째 날을 찾아서 낮이라고 적었다. 그리고 밤이라고 적었다. 그리고 낮, 그리고 밤, 계속해서 낮 밤 낮 밤을 점점 빠르게 휘갈겨 썼다. 그러다가 커다란 글자로 또박또박 적기 시작했다.

낮 밤 낮 밤 낮 밤 낮 밤 낮 밤 낮 밤

낮 밤 낮 밤 낮 밤 낮 밤 낮 밤 낮 밤
낮 밤 낮 밤 낮 밤 낮 밤 낮 밤 낮 밤
낮 밤 낮 밤 낮 밤 낮 밤 낮 밤 낮 밤
낮 밤 낮 밤 낮 밤 낮 밤 낮 밤 낮 밤
낮 밤 낮 밤 낮 밤 낮 밤 낮 밤 낮 밤
낮 밤 낮 밤 낮 밤 낮 밤 낮 밤 낮 밤
낮 밤 낮 밤 낮 밤 낮 밤 낮 밤 낮 밤
낮 밤 낮 밤 낮 밤 낮 밤 낮 밤 낮 밤
낮 밤 낮 밤 낮 밤 낮 밤 낮 밤 낮 밤
낮 밤 낮 밤 낮 밤 낮 밤 낮 밤 낮 밤
낮 밤 낮 밤 낮 밤 낮 밤 낮 밤 낮 밤
낮 밤 낮 밤 낮 밤 낮 밤 낮 밤 낮 밤
낮 밤 낮 밤 낮 밤 낮 밤 낮 밤 낮 밤
낮 밤 낮 밤 낮 밤 낮 밤 낮 밤 낮 밤
낮 밤 낮 밤 낮 밤 낮 밤 낮 밤 낮 밤
낮 밤 낮 밤 낮 밤 낮 밤 낮 밤 낮 밤
낮 밤 낮 밤 낮 밤 낮 밤 낮 밤 낮 밤
낮 밤 낮 밤 낮 밤 낮 밤 낮 밤 낮 밤
낮 밤 낮 밤 낮 밤 낮 밤 낮 밤 낮 밤
낮 밤 낮 밤 낮 밤 낮 밤 낮 밤 낮 밤
낮 밤 낮 밤 낮 밤 낮 밤 낮 밤 낮 밤
낮 밤 낮 밤 낮 밤 낮 밤 낮 밤 낮 밤
낮 밤 낮 밤 낮 밤 낮 밤 낮 밤 낮 밤

낮밤 낮밤 낮밤 낮밤 낮밤 낮밤

낮밤 낮밤 낮밤 낮밤 낮밤 낮밤

낮밤 낮밤 낮밤 낮밤 낮밤 낮밤

낮밤 낮밤 낮밤 낮밤 낮밤 낮밤

낮밤 낮밤 낮밤 낮밤 낮밤 낮밤

낮밤 낮밤 낮밤 낮밤 낮밤 낮밤

낮밤 낮밤 낮밤 낮밤 낮밤 낮밤

낮밤 낮밤 낮밤 낮밤 낮밤 낮밤

낮밤 낮밤 낮밤 낮밤 낮밤 낮밤

낮밤 낮밤 낮밤 낮밤 낮밤 낮밤

낮밤 낮밤 낮밤 낮밤 낮밤 낮밤

낮밤 낮밤 낮밤 낮밤 낮밤 낮밤

낮밤 낮밤 낮밤 낮밤 낮밤 낮밤

낮밤 낮밤 낮밤 낮밤 낮밤 낮밤

낮밤 낮밤 낮밤 낮밤 낮밤 낮밤

낮밤 낮밤 낮밤 낮밤 낮밤 낮밤

낮밤 낮밤 낮밤 낮밤 낮밤 낮밤

낮밤 낮밤 낮밤 낮밤 낮밤 낮밤

낮밤 낮밤 낮밤 낮밤 낮밤 낮밤

낮밤 낮밤 낮밤 낮밤 낮밤 낮밤

낮밤 낮밤 낮밤 낮밤 낮밤 낮밤

낮밤 낮밤 낮밤 낮밤 낮밤 낮밤

낮밤 낮밤 낮밤 낮밤 낮밤 낮밤

낮 밤 낮 밤 낮 밤 낮 밤 낮 밤 낮 밤

낮 밤 낮 밤 낮 밤 낮 밤 낮 밤 낮 밤

낮 밤 낮 밤 낮 밤 낮 밤 낮 밤 낮 밤

낮 밤 낮 밤 낮 밤 낮 밤 낮 밤 낮 밤

낮 밤 낮 밤 낮 밤 낮 밤 낮 밤 낮 밤

낮 밤 낮 밤 낮 밤 낮 밤 낮 밤 낮 밤

낮 밤 낮 밤 낮 밤 낮 밤 낮 밤 낮 밤

낮 밤 낮 밤 낮 밤 낮 밤 낮 밤 낮 밤

낮 밤 낮 밤 낮 밤 낮 밤 낮 밤 낮 밤

낮 밤 낮 밤 낮 밤 낮 밤 낮 밤 낮 밤

낮 밤 낮 밤 낮 밤 낮 밤 낮 밤 낮 밤

낮 밤 낮 밤 낮 밤 낮 밤 낮 밤 낮 밤

낮 밤 낮 밤 낮 밤 낮 밤 낮 밤…

이제는 손목이 아팠다. 그녀는 일기장을 주루룩 넘기면서 페이지를 세어보았다. 365번의 낮. 365번의 밤. 그래, 바로 이게 일 년이야. 그녀는 이런 일 년을 스무 번만큼이나 잃어버린 것이다. 단어 하나하나가, 시간과 분과 순간을 담은 하루였고, 비와 바람, 태양과 구름, 무지개와 천둥이 있는 하루였으며, 나비가 될 애벌레가 사는, 그런 하루였다. 그녀는 한 페이지에 가득 차게 커다란 글씨로 갈겨썼다.

낮

그리고 다음 장에,

밤

그녀는 화가 났다. 어떻게 나한테 이런 짓을 할 수 있지? 그들이 어떻게! 바닥을 황급히 기어가는 바퀴벌레가 눈에 띄었다. 맨발로 밟아 으깨어 버렸다.

피크와 문을 생각했다. 사슴은 얼마나 오래 사는지 궁금했다. 그녀는 문을 열고 복도로 나가 어둠에 싸인 궁전을 내달리기 시작했다. 마침내 정원에 이르러 주위를 둘러보았다. 연못은 흔적만 남긴 채 말라붙어 바닥에 잡초가 무성했다. 커다란 금붕어도, 작은 코뿔소도, 코끼리도 보이지 않았다.

"아, 이럴 수가!" 그녀가 낮게 탄식했다.

바싹 말라버린 작은 숲에는 헐벗은 나무둥치만 군데군데 남아 있었다.

"피크! 문!" 그녀가 한숨 쉬듯 불렀지만 그들은 오지 않았다. 그녀는 눈물을 삼켰다.

"피크! 문! 어디 있니?"

자코의 방문이 열려 있었다. 조심스럽게 안을 들여다보았다. 자코의 낡은 의자는 보이지 않았고 방은 먼지 쌓인 창고처럼 변해 있었다. 벽에는 오래 된 속담이 걸려 있었다.

하루하루는 다듬어지지 않은 다이아몬드이다.

그녀는 목이 메었다. 자코가 죽었나? 옵시디아나는 아버지에게 물어봐야겠다고 생각했다. 손님들은 모두 떠났지만 축제의 향기는 남아 있었다. 홀과 곁방을 모두 뒤지고 다닌 끝에 드디어 집무실에 계신 아버지를 찾아냈다. 문 앞에 서서 안을 들여다보았다. 왕은 새빨개진 얼굴로 집무실을 서성이고 있었다. 엑셀과 콘실료, 그리고 그녀가 모르는 군 장교들의 모습도 보였다. 연회장에서 본 특이한 전통복장의 남자 두 명도 함께 있었다.

"안 된다고? 안 된다는 게 무슨 뜻이냐? 그것은 불법행위다!" 왕이 말했다.

"폐하," 전통복장을 입은 남자 중 하나가 말했다. "백성들이 더 이상 복종하려 하지 않습니다. 당장 먹을 것도 없는 터에 공물을 바치지는 않을 것이옵니다!"

"당장 가자." 디몬 왕이 으르렁거렸다. "호된 맛을 보여주어야겠다."

그의 눈이 분노로 번쩍였다. 주먹을 불끈 쥐어 손마디가 하얗게 드러났다.

"폐하, 자비를 베푸소서. 여자와 아이들이 거기 있습니다."

"여자와 아이 뒤에 숨는 자에게 자비는 없다!"

"아니되옵니다, 폐하." 다른 남자가 말했다.

"경비병, 저 자를 체포하라!" 왕이 고함을 질렀다. "저 자를 사자 먹이로 던져라!"

옵시디아나는 한 쪽으로 기어가서 대리석 기둥 뒤에 몸을 숨겼다. 경비병들이 남자를 붙잡아 복도로 끌고나왔다. 그들이 옆으로 지나갈 동안 옵시디아나는 숨을 참고 있었다. 그러나 그녀를 알아본 남자가 그녀의 발아래 엎드렸다.

"어찌 그리 잔인하십니까? 제가 무엇을 잘못했습니까? 저를 불쌍히 여기소서, 불멸의 공주님!"

경비병은 그녀가 두려운 모양이었다. 감히 말을 걸 생각도 못하고 귀신이라도 본 것처럼 얼어붙은 채 바라만 보았다.

"난 그냥 마실 물을 찾던 중이야." 그녀가 작은 소리로 말했다. "목이 말랐거든."

그녀는 그 자리에서 달아났다. 아빠는 더 나은 세상을 위해 싸운다고 하셨는데, 그런데 왜 저렇게 화가 나신 걸까? 저 남자를 사자에게 던지라는 게 진심이실까?

궁전은 여전히 어둠에 싸여 있었다. 까마귀들은 창턱의 보금자리에 자리를 잡고 앉아 새된 소리로 울어 대며 날개를 푸드덕거렸다. 침실로 거의 돌아왔을 때 쯤 복도에서 소리가 들리길래 멈추어 서서 귀를 기울였다. 건힐드와 얼친이었다.

건힐드가 풀죽은 목소리로 말했다. "공주가 왜 나를 좋아하지 않는 것이냐?"

"불멸의 공주님이 말씀하시기를 더 노력해야 한다고 하십니다. 생각을 더욱 신중히 하라 하십니다."

"좋은 생각을 공주에게 전달하려고 노력했는데."

얼친이 속삭였다. "왕비께서 공주님을 질투한다는 사실을 알고 계십니다. 불멸의 공주님은 아십니다, 왕비께서 공주님을 미워한다는 것을."

"미워하지 않는다. 다만, 나의 어린 딸들을 왜 만나려하지 않는지 이해할 수가 없구나."

"아시다시피, 따님들은 유한한 인간입니다." 얼친이 말했다. "만약 공주님이 유한한 인간들과 깊은 관계를 맺게 되면, 언젠가는 그들과 멀

192

어져야 하고, 공주님의 나날은 슬픔과 고통으로 채워지게 되겠지요. 공주님과 아침 식사를 함께 하셔도 좋습니다. 그러나 신들이 공주님을 기다리고 계십니다. 공주님이 가능한 한 빨리 상자로 돌아가는 것이 무엇보다 중요합니다!"

옵시디아나는 얼어붙었다. 다들 정신이 어떻게 된 건가? 밖에서 마구를 채우는 소리가 들려서 창으로 달려갔다. 궁전 앞마당에 횃불이 타오르고 있었다. 왕과 그의 수행원들은 모두 떠날 차비를 마치고 있었다. *안 돼요!* 그녀는 생각했다. *가시면 안 돼요!* 목청껏 소리쳤지만 취주대의 나팔소리가 그녀의 목소리를 삼켜버렸다.

"잠깐만요, 아빠! 아직 가지 마세요! 말씀 드릴 게……!"

왕이 뒤를 돌아보았다.

"금방 돌아올 것이다!"

그들은 도시를 벗어나 어둠 속으로 달려갔다. 팡파르와 함께 말발굽 소리도 점점 잦아들었다. 순식간에 디몬 왕은 산과 습지를 넘어, 육지와 바다를 건너, 수평선 저 멀리로 사라졌다. 옵시디아나는 침대로 돌아갔다. 잠들기까지 한참이 걸렸다. 마침내 눈을 감았을 때 그녀의 눈에 보이는 것은 공중 분열하듯 끝없이 날아다니는 글자뿐이었다.

밤! 낮!

자매

네 명의 시녀가 옵시디아나를 깨웠다. 한 명은 빗을, 또 한 명은 옷을, 세 번째 시녀는 카디건을, 네 번째 시녀는 에메랄드빛 왕관을 들고 있었다. 시녀들은 한 치의 흐트러짐 없이 나란히 줄을 맞추어 서 있었다. 모든 동작이 너무나 질서정연하고 차가웠다.

"유모는 어디 있어?" 옵시디아나가 물었다. 그러나 시녀들은 대답하지 않았다.

"소디스는 어디 있냐니까?" 그녀가 다시 물었다.

시녀들은 한 걸음 물러서더니 눈을 떨구었다.

"왜 대답을 안 하는 거야?"

시녀들이 시선을 피했다. 발소리가 들리더니 건힐드가 방으로 들어섰다.

"지난밤에 너를 보러 왔었단다." 그녀가 말했다. "엄마를 부르더구나."

"네, 엄마가 꿈에 나타나셨어요."

"네 아버지를 꼭 닮았구나. 네 아버지도 잠을 거의 못 이루시긴 하지만 잠들기만 하면 그분을 부르지."

"제 유모는 어디 있나요?"

"지금은 부엌에서 일하고 있다."

"유모를 만날래요!"

"유감이지만 그럴 시간이 없다. 우리는 너와 함께 아침 식사를 하려
는 참이다."

그들은 식당으로 향했다. 두 소녀가 앉아서 기다리고 있었다. 직원
들은 허리를 숙였지만 그녀와 눈을 맞추는 것은 피했다.

두 소녀는 혀에 바늘이라도 꽂고 있는지 하는 말마다 가시가 돋아 있
었다.

"아빠가 우리에게 그 하얗고 작은 사슴을 주신 거 기억나?" 한 소녀
가 말했다.

"그럼." 다른 소녀가 말했다. "피크랑 문 보고 싶다." 옵시디아나는 배
에 칼이 꽂히는 것 같은 고통을 느꼈다. 저 애들이 피크와 문을 안다고?

"왕께서 우리랑 함께 사냥 가셨던 거 기억나?"

"아빠는 전쟁터에 나가 계시는데?"

"늘 나가 계시는 건 아니야."

"나는 왜 사냥에 같이 안 데려 가신 거야?"

"설마 질투하는 건 아니겠지?" 왕비가 말했다.

"아니에요. 하지만 같이 갔으면 재미있었을 텐데."

"너는 감사할 줄을 모르는구나. 숭배를 받는데다 영생을 얻지 않았
느냐. 그런데도 만족을 모르고 더 원하다니!"

옵시디아나는 왕비의 말을 들으며 그녀의 손을 보았다. 마치 비틀린

나뭇가지 같았다. 건힐드가 옵시디아나의 어깨에 손을 얹고 손가락으로 톡톡 두드렸다. 서두르라는 몸짓 같았다. 옵시디아나는 고개를 돌렸다. 모래시계를 든 채 구석에 창백하게 서 있는 시간기록원을 발견했다. 소스라치게 놀란 그녀가 우유를 엎지르는 바람에 우유가 사방으로 튀었다. 왕비가 소리쳤다.

"하인들은 어디 있는 게냐! 어서 우유 잔을 다시 대령해라! 어슬렁대지 말고! 새 잔이 있어야겠다! 공주는 정오까지는 사원에 가야한다."

옵시디아나가 고개를 저었다.

"싫어요, 사원으로 돌아가지 않을 거예요!"

왕비가 그녀를 쳐다보았다.

"어제 50만 명의 사람들이 광장에 모였다! 그 많은 사람들이 수개월 동안 쉬지도 않고 먼 길을 달려왔다. 왕국이 너를 필요로 한다! 전장의 병사들이 보급품을 기다리고 있다. 네가 사원에서 제자리를 지키지 않으면 병사들이 보급품을 받을 수 없게 된다. 네 한 몸만 생각해서는 안 될 일이다."

"싫어요, 가기 싫어요." 옵시디아나가 말했다. "가기 싫다고요!"

그녀는 주변을 살피며 도망갈 구멍을 찾았다.

"배은망덕한 아이로구나!" 왕비가 말했다. 왕비는 자신의 머리에서 흰머리 한 가닥을 뽑았다. 입을 벌려 자신의 금니도 보여주었다. "나를 봐라. 과연 내가 하녀들처럼 늙어가고 싶을까? 내 딸들에게도 상자를 만들어 주고 싶을 거라는 생각은 안 드니? 왕은 떠나면서 너에게 작별 인사를 하시더구나. 우리한테도 작별인사를 했을까? 아니, 안 했어."

옵시디아나가 왕비를 바라보았다. 그녀는 이 여인이 안 됐다는 생각이 들었다. 그렇게까지 화가 났구나. 그녀는 잠시 헛된 기대를 품고 아주 부드러운 목소리로 말했다.

"동생들이 제 상자를 가지면 되겠네요! 저한테 돌려주지 않아도 되요!"

하지만 화가 누그러지기는커녕 왕비가 격노했다.

"백성들이 그걸 받아들일 거라고 생각해? 내 딸들은 불멸의 공주가 아니야! 내 딸들에게도 기회를 달라고 부탁하지 않은 줄 아니?"

왕비의 말이 옵시디아나의 머릿속에서 윙윙거렸다. 그녀는 눈을 감았다. 눈꺼풀 뒤에서 하얀 별들이 떠다니는 것 같았다.

"상자 개봉일 축전은 재미있었니?" 건힐드가 한층 차분해진 목소리로 물었다.

"네, 재밌었어요."

"너만을 위해 준비한 행사라는 건 알 테지?"

"네."

"너에게 완벽한 하루를 선물하기 위해 2년을 준비한 사람에게 이런 행동을 하는 것이 옳은 일이냐? 네가 원하는 하루가 어떤 것인지 얼친이 아주 꼼꼼하게 전해주더구나."

왕비가 이를 악물고 매몰차게 말했다. 그렇지만 옵시디아나는 왕비에게도 마음 약한 부분이 한 군데쯤은 있을 거라는 희망을 버리지 않았다. 그래서 가능한 가장 애절한 표정을 지으며 부탁했다.

"제발 하루만 더 주세요! 그냥 평범한 하루면 되요. 아무것도 준비하실 필요 없어요."

건힐드의 얼굴이 벌겋게 달아올랐다.

"오, 고맙기도 해라." 그녀가 씁쓸하게 말했다. "그러니까 2년을 준비하든 말든 너한테는 마찬가지라는 소리구나! 하지만 밖에 모여 있는 저 사람들은 어찌 할까? 그저 평범한 하루를 더 갖겠다고 저 많은 사람들을 기다리게 할 셈이냐? 모든 것이 엉망진창이 될 텐데! 난리 통에 사람이 죽을 수도 있어!"

옵시디아나는 상자를 생각했다. 그래, 지금 당장은 상자에 들어가 버리는 게 낫겠다. 이 대화가 허공으로 사라져 버리게. 얼친이 왕비에게 터무니없는 소리를 늘어놓은 게 틀림없어.

"내가 너를 위해 한 일에 대해서 감사한 마음을 가진 적 있니?"

윙윙대는 소리가 옵시디아나의 귓속에서 점점 커졌다.

"네 동생들의 이름이 뭐냐고 물어본 적은 있고?"

"아니오." 옵시디아나가 조용히 말했다. 부끄러운 느낌이 들었다. "잠시도 틈이 나지 않았어요. 행사가 어찌나 바쁘게 진행되던지."

"너는 참으로 이기적이구나. 그 애들의 이름은 실버윌로, 그리고 골드윌로다. 네 아버지는 너를 위해 모든 것을 희생하셨어. 지금도 땅덩어리와 씨름을 하고 계시지. 오로지 너 때문에 둘로 갈라져버린 그 땅 말이다!"

"저 때문이라구요? 무슨 말씀이세요?"

"땅은 너 때문에 갈라진 것이다. 그런데도 너는 평범한 하루를 더 즐기고 싶어서 저 많은 사람들을 묶어두려고 하다니!"

건힐드가 문을 거세게 닫고 뛰쳐나갔다. 일곱 명의 승려가 들어와서 옵시디아나를 상자로 이끌었다. 그녀는 달아나고 싶었다. 하지만 그들이 그녀를 구석으로 몰아세웠다. 그녀는 요지부동으로 버티며 노여움을 가득 담아 으르렁거렸다.

"싫어! 나는 상자에 들어가지 않을 거야!" 그녀가 말했다. 그녀가 그들 중 하나를 할퀴었다. 할퀸 사람이 피를 흘리며 웅얼거렸다. "고맙습니다, 공주님, 고맙습니다." 그는 진심으로 감사하고 있는 것 같았다.

그들이 그녀의 팔과 다리를 잡고 들어 올려서 상자에 집어넣었다. 그녀는 저항했다. 그들이 뚜껑을 닫을 때 그녀의 표정은 흉측하게 일그러져 있었다. 그대로 마녀의 얼굴이었다. 상자가 금방 다시 열리는가 싶었는데, 그녀의 눈에 보인 것은 거의 울 것 같은 표정으로 서 있는 건힐드였다.

"제발 좀 예의바르게 행동해 줄래! 은혜도 모르는 망나니 같으니라고!"

옵시디아나가 일어나 앉으려하자 왕비가 밀어서 눕혔다. 왕비의 손톱이 가슴을 파고들었다. 옵시디아나가 새 왕비를 노려보고 있을 때 상자 뚜껑이 쾅 하고 닫혔다. 그녀의 얼굴이 끔찍하게 찌푸려진 채로 굳어버렸다.

왕비가 그녀를 거만하게 내려다보며 말했다.

"드디어 사람들이 너의 본 모습을 보겠구나. 얼친! 승려들아! 이 마녀를 광장으로 데려 가라!"

아름다웠던 모든 것을 사람들이 파괴했다
이제 그들은 스스로의 어리석음에
갇힌 꼴이 되고 말았다

얼어붙은 시간

　그레이스가 이야기를 멈추고 커피를 내리려고 부엌으로 갔다. 피터는 구석에 조용히 앉아 있었다. 그는 어쩌다 여기 오게 됐을까? 유령의 마을 한 가운데 있는 늙은 여인의 집에?

　여느 토요일과 다름없는 날이었다. 현관의 벨이 울려서 피터가 문을 열었더니 머리를 매끈하게 빗어 넘긴 남자가 계단에 서 있었다. 그는 가는 세로줄무늬의 옷을 입고 선글라스를 쓰고 있었다. 젤을 어찌나 두껍게 발랐던지 허리케인이 불어도 끄떡없을 것 같았다.

　"엄마 안에 계시니?"

　피터가 엄마를 불렀다. 매끈한 머리의 남자가 흑백사진을 한 장 꺼냈다. 짧게 깎은 머리에 좀 멍한 표정을 하고 있는 남자의 사진이었다.

　"이 남자를 전에 보신 적 있습니까?"

　"아니요, 모르겠는데요." 피터의 엄마가 대답했다. 그녀가 문을 닫으려고 하자 남자가 문틈에 발을 끼우며 막아섰다.

　"죄송합니다, 부인. 하지만 제 얘기를 더 들어보세요. 저는 Time Box에서 의뢰한 조사를 진행 중입니다."

그녀가 문을 활짝 열자 그가 다시 사진을 보여주었다.

"무시무시한 이고르라고 불리는 자입니다. 러시아에서 유명한 도둑이자 다중살해범이죠."

"맙소사! 끔찍하네요."

피터는 좀 떨어진 곳에 서서 귀를 기울였다. 스카일러라는 친구가 놀러와 있었다. 그는 휴대폰을 만지작거리며 놀고 있었다.

"이 혐오스러운 남자는 가난한 과부들의 돈을 빼앗고 희생자를 다진 고기와 소시지로 만들어버린 자입니다."

그녀가 사진을 좀 더 자세히 들여다보았다.

"믿기 힘든 얘기네요." 그녀가 말했다. "소시지를 만들 줄 아는 사람으로는 안 보이는데요."

"어쨌든 결과적으로 그는 25년 형을 선고 받았습니다." 남자가 말했다.

대화를 엿듣고 있던 스카일러가 "무시무시한 이고르"와 "소시지"를 구글에서 검색해봤지만 아무것도 나오지 않았다. 그가 피터에게 검색 결과를 보여주었다.

"엄마, 무시무시한 이고르란 사람은 존재하지 않아요." 피터가 작은 소리로 말했다.

남자가 좀 당황한 기색으로 말했다. "음, 그가 꼭 살인자였다는 얘기는 아닙니다. 하지만 은행 일을 하면서 수많은 가족을 파산시켰어요."

"어떻게요?"

"최신 유행하는 양복을 빼입고 이자더닷컴이라는 웹사이트를 만들었지요. 수천 명의 사람이 평생 모은 돈을 그에게 맡겼는데 그만 돈을 들고 튀어 버린 겁니다. 판사가 25년 형을 선고했지요."

"끔찍해라! 이게 사실이니, 피터야?"

스카일러가 휴대폰으로 검색해 보았다.

"네, 사실이긴 한데, 징역형은 받지 않았는데요." 그러자 양복 입은 남자가 몹시 난처해했다. 설득할만하면 두 소년이 끼어들어 일이 틀어지게 하는 것이었다.

"그럼 이제 Time Box를 대신해서 제가 딱 한 가지만 여쭤 보겠습니다." 그가 파일을 하나 꺼내더니 문항에 표시 할 채비를 하면서 펜을 내 저었다. "당신이 은행 강도나 인육을 먹는 사람보다 별반 나을 게 없는 것은 왜일까요?"

"도대체 무슨 말을 하는 거예요?" 피터의 엄마가 경악하면서 말했다.

이 남자는 사람을 놀라게 하는 방법을 제대로 알고 있는 게 틀림없었다. 그는 이제 자신감을 회복한 것 같았다.

"허튼소리 그만 해요!" 그녀는 그의 면전에 대고 문을 쾅 닫으려고 했다.

"요컨대, 당신이 죄수라는 말입니다! 당신은 시간의 포로예요!"

상황은 한바탕 익살극으로 변해가고 있었다.

"여보세요, 미안하지만 저는 바쁜 사람입니다. 설교꾼한테 뺏길 시간이 없어요."

"당신은 시간의 포로입니다! 예를 들어 일주일 내내 날씨가 음산할 거라고 합시다. 남은 여름 동안 내내 비가 온다면 어떻게 하시겠습니까? 아무것도 안하신다고요? 그게 징역살이죠! 비 내리는 여름이 당신의 감옥입니다. 징역살이!"

"됐어요. 더 이상은 못 참아요." 피터의 엄마가 말했다.

"상상을 해보십시오." 그는 목소리를 키워 설교의 강도를 높이면서 말했다. "월요일을 다 합하면 당신 인생의 7분의 1이 되죠. 2월과 11월을 합하면 6분의 1이 되고요. 길고 어두운 겨울은 4분의 1이 되는군요. 죽을 때에 이르러서 당신은 생각하겠죠. 세상에, 그렇게나 우중충하게 30년을 보낸 거야? 아, 세월아! 아, 인생아! 어디로 가버렸느냐?"

바로 그때 경쾌한 금속성 소리가 들리고, 연석에 주차되어 있던 배달용 밴의 문이 열렸다. 두 명의 남자가 날씬한 냉장고 정도 크기의 검은 상자를 들고 차에서 내렸다.

"무엇이든 이 상자에 넣기만 하면 시간으로부터 보호가 됩니다. 월요일 일기예보를 봤는데 날씨가 마음에 들지 않으면, 자명종을 맞추듯이 상자에 시간을 설정해 놓고 이렇게 말하는 겁니다. 아디오스 아미고스 Adios Amigos! 화요일에 만나!"

피터의 아빠가 컴퓨터에서 일어나더니 문으로 왔다. 영업사원이 문 앞에 서서 상자를 빙글빙글 돌리고 있었다. 마법가 따로 없었다. 톱과 망토와 실크해트만 갖추면 영락없는 마법사였다.

"11월이 멀지 않습니다." 추위에 몸을 떠는 시늉을 하며 남자가 말했다. "아직 눈은 안 오지만 가을 단풍은 낙엽이 되어 모두 떨어졌어요. 춥긴 한데 스키를 탈 만큼 춥진 않죠. 이 상자만 있으면 회색 곰팡이 같은 11월을 싹 지워버릴 수 있습니다. 순식간에 지나가 버리는 거죠. 아니면, 요 통통한 꼬마를 맡길만한 베이비시터 걱정 따위 없이 다음 주에 바로 낭만적인 해외여행을 떠나실 수도 있어요." 그가 피터를 가리키며 말했다.

남자는 계약서와 펜을 내밀었다.

피터의 아빠는 아내를 쳐다보았다. 아내는 꿈결인 듯 그를 바라보고 있었다. *낭만적인 해외여행이라*, 그는 생각했다. 그리고 계약서에 사인을 했다.

Time Box는 가족의 일상에 꼭 필요한 존재가 되었다. 금방 3대로 늘어났다. 어쨌든, 피터의 친구 스카일러가 열 번째 생일을 맞기 전까지는 특별히 주목할 만한 사건은 없었다. 피터는 유난히 조바심이 많은 아이였다. 계속해서 묻고 또 물었다. 오늘이 스카일러 생일이에요? 오늘이 스카일러 생일이죠? 그는 파티 복장을 차려입고 레고를 포장했다. 그리고 반복해서 물었다. 이제 생일날 된 거 맞죠? 그의 엄마는 가게에 잠깐 볼 일이 있었기 때문에 성가시게 구는 아이와 씨름할 시간이 없었다. 그래서 외출할 동안만 들어가 있으라고 피터를 상자에 밀어 넣었다. 잠시 후, 혹은 피터가 느끼기에 잠시 지난 후, 상자가 다시 열렸을 때, 그는 뒤도 돌아보지 않고 뛰쳐나갔다. 뒤에서 엄마가 외쳐 부르는 소리가 들렸다.

"피터야! 피터! 잠깐만!"

그러나 그는 엄마가 부르는 소리에도 아랑곳하지 않고 생일 선물을 옆구리에 끼고 내달렸다. 한 여름이어서 나무마다 잎이 무성했다. 스카일러 집에 도착하고 나서야 비로소 뭔가 달라졌다는 느낌이 들었다. 지난번 왔을 때는 집이 흰색이었는데 지금은 빨간색으로 칠해져 있었다. 그는 엉뚱한 집 마당에 들어왔나보다고 생각했다. 그런데 초인종에 스카일러의 이름이 적혀 있는 것을 발견했다.

초인종을 눌렀다. 몸집이 큰 남자가 나왔다. 피터가 올려다보았다.

"스카일러 있어요?"

"응, 내가 스카일러야." 굵은 저음의 남자 목소리가 대답했다. 남자는 180cm가 넘는 큰 키에 수염이 자라기 시작했다.

"아니요, 저는 스카일러 프레더릭스를 찾고 있어요." 피터가 말했다.

"그게 나라니까. 내가 스카일러 프레더릭스라구." 그가 소년을 더 자세히 보려고 허리를 굽혔다. "너, 피터야?"

"응." 피터가 선물을 건네면서 기어들어가는 목소리로 대답했다.

"이런, 고마워. 들어올래?"

피터는 신발을 발길질하듯 벗어던지고는 늘 하던 대로 자신만만하게 성큼성큼 스카일러 방으로 들어갔다. 그러나 침대에 누워 패션 잡지를 읽고 있는 소녀를 보고 흠칫 물러섰다. 그는 부엌으로 뛰어갔다.

"생일잔치에 널 초대한 게 7년 전이야." 스카일러가 말했다.

"뭐라고? 그게 무슨 소리야?"

"게다가 지금은 1월도 아니잖아! 달력을 봤어야지. 오늘은 내 생일이 아니야."

"그래, 너무 늦게 와서 미안해. 엄마가 쇼핑하러 간다고 하셨는데. 뭔가 잘못됐나봐."

"너 오기를 얼마나 기다렸다고." 스카일러가 선물 포장을 풀면서 말했다. "너네 집에도 갔었어. 그런데 네 엄마가 그러시더라. 자아를 찾으러 인도에 다녀오셨다고. 엄마가 돌아와 보니 일에 바쁜 네 아빠가 그만 핀란드로 출장을 가버리셨더래. 네 소식 물어보려고 종종 너네 집에 들렀는데. 보고 싶었어. 그러니까 내 말은, 우리 제일 친한 친구 사이였잖아."

피터는 말문이 막혔다. 서로 얼굴을 마주 보고 앉긴 했지만 할 말이 없었다. 스카일러가 피터에게 우유를 가져다주었다.

스카일러가 선물 받은 멋진 레고 상자를 살펴보았다.

"너 아직도 스타워즈 레고 모으니?" 피터가 물었다. "지금 같이 조립 할까?"

스카일러의 얼굴에 살짝 당황한 기색이 스쳤다.

"피터야, 너 시간 감각을 잃어버린 것 같다. 적응하려면 시간이 좀 걸릴 거야. 그 사이에 나는 숙제를 해야겠다."

"숙제라니?"

"응, 내일 물리 시험이 있어. 내년이면 고등학교 졸업이야."

스카일러가 잠시 생각에 잠긴 것 같았다.

"그 사이에 우리 서로 많이 달라졌네." 그가 덧붙였다.

"그래, 그런 것 같다."

불현 듯 피터에게 좋은 생각이 떠올랐다.

"이번엔 네가 기다리면 어때, 스카이? 이번에 네가 나를 기다려주면 우리 다시 같은 나이로 될 수 있어!"

"글쎄, 모르겠네. 나 이제 여자 친구가 있거든."

피터가 낄낄대며 놀렸다. "하! 하! 스카일러에게 여자 친구가 생겼다! 하! 하!" 하지만 얼마나 유치한 짓인지 금방 깨달았다.

스카일러가 레고 상자를 소리 나게 흔들었다. 여자애가 들어와서 그 모습을 보았다.

"얘는 잉가라고, 내 여자 친구야."

"멋진 복고풍 선물이네." 그녀가 말했다.

"어쨌든 고마워, 피터." 스카일러가 말했다.

"시간이 되면 우리 금요일에 만나자." 피터가 말했다.

스카일러가 잉가를 쳐다보았다.

"우리는 영화 보러 가기로 했어. 근데 청소년 불가 영화라서, 미안해."

"아기랑은 다음에 놀아 줄게." 잉가가 신이 나서 말했다.

"아기랑 놀아 주다니! 그딴 거 필요 없어!"

피터는 상처받고 화가 나서 집으로 달려왔다. 엄마가 마중을 나왔지만 그는 신발을 발길질 하듯 벗어던지고 재킷은 바닥에 팽개쳤다.

"친구들은 생겼다 없어졌다 하는 거란다, 피터야." 엄마가 말했다. "가끔은 친구 사이가 멀어질 때도 있어. 스카일러는 여자 친구랑 노닥거리는 거 말고는 할 일이 없는데, 너는 희망찬 10대로 지낼 시간이 아직 많이 남아 있다는 게 기쁘지 않니? 나가서 놀아. 이 동네엔 네 친구가 되어 줄 애들이 많아."

피터는 아무 말도 하지 않았다. 그는 학교 운동장에서 놀 생각에 밖으로 나섰다. 아이들이 몇 명 있었지만 얼굴을 아는 애는 한 명도 없었다. 지난번에 유치원에서 본 듯한 애가 하나 있기는 했지만 지금은 자기보다 확실히 나이가 들어 보였다. 피터는 곧장 집으로 돌아왔다.

"아빠는 핀란드에 계신 거예요?" 그가 물었다.

"아니, 페인트 사러 가게에 가셨어."

"지금 당장 집으로 오시라고 해요!" 피터가 화가 나서 소리쳤다.

"저녁때나 돼야 오실 텐데."

"아빠랑 할 얘기가 있어요. 지금 당장이요!"

엄마가 피곤하다는 듯 고개를 저었다. 언제까지 저렇게 안달하며 짜증을 부리려나? 그녀는 상자들 중 하나를 열었다.

"좋아, 기다리는 게 싫으면 상자를 이용하도록 하자!"

피터가 상자 속으로 뛰어 들어갔다.

그리고는 바로 다음 순간, 낯선 여자애가 파란 코트를 입고 자기 앞에 서 있는 거였다.

"안녕, 나는 크리스틴이야." 그녀가 말했다. "나랑 같이 가자. 빨리!"

피터는 그녀를 따라 유령의 마을을 지나서 늙은 여인이 사는 집에 이르렀다. 그 집에는 한 무리의 아이들이 함께 살고 있는 것 같았다. 피터는 거실 탁자 위에 놓여 있는 해골을 바라보았다. 어떻게 된 일인지 도통 이해할 수가 없었다.

커피 잔을 들고 서성이던 그레이스가 벽에 설치한 스크린에 비친 Time Box 상표를 가리켰다.

"너희들 대부분은 Time Box의 사업 초창기에 상자 안으로 사라졌던 아이들이야. Time Box는 눈부시게 성장했어. 짧은 기간 동안 그 회사에서 만든 검은 상자가 모든 지역으로 퍼지게 되었지. 광기에 가까운 유행이었어. 점멸 표지판이 여기저기서 번쩍거렸지. 내일은 비! Time Box! 비오는 날이면 거리가 텅 비었다. 사람들은 폭풍우나 진눈깨비, 진창 같은 단어를 머릿속에서 지웠어. 비행기는 문이 닫히자마자 승객들의 시간이 멈추게 디자인을 변경했어. 대서양을 건너는 비행도 승객들에게는 한순간에 불과한 것이 되었지. 그러다가 경제위기가 닥친 거야. 경제학자들이 끔찍한 한 해가 될 거라고 전망했어. *경제위기 때문*

에 당신의 인생을 망치지 마세요! *Time Box!* 부모에게는 자녀를 이 고약한 시기에서 구하라고 충고했지. 그 말은 선생님들이 실업자가 된다는 걸 의미했어. 결국은 선생님들도 상자 속으로 사라지게 되었지. 사람이 줄어드니 상점은 문을 닫고 점원들도 자기 상자를 살 수밖에 없었어. 이 모든 것이 원인이 되어 세수는 줄고, 따라서 공공의료서비스의 예산도 깎이게 되었지. 대기 환자들은 상자에 들어가 기다리게 했어. 결국 의사들도 각자 자기 상자를 사야할 상황이 되고 말았지. 이제, 농부들이 생산한 음식을 먹을 사람이 다 없어져 버린 거야. 그래서 농부들은 가축을 상자에 집어넣고는 정부의 계획을 따져 물었어."

"정부는 무엇을 했나요?"

"그들 역시 상자를 사서 들어가 버렸다."

"그럼, 모든 사람이 사라진 거예요?"

"도시마다 그 광풍에서 비껴난 소수의 괴짜들이 있기는 했어. 하지만 그들의 삶은 외로웠어. 한 명씩 한 명씩 상자 속으로 사라져갔지. 그리고 이렇게 나 혼자 남게 된 거야."

"얼마나 오래 전에 벌어진 일이에요?"

"모르겠구나, 시간을 재보지 않아서."

"끔찍해요."

"그래, 처음에는 끔찍했단다. 하지만 동물들이 등장하고 나서 세상이 조금씩 나아지는 듯 보였어. 해마다 더 많은 철새들이 날아 왔지. 사슴이 거리를 메우고 숲도 점점 울창해졌어. 공기는 깨끗해지고 하늘에 하얀 궤적을 남기곤 하던 비행기도 사라졌지. 나는 감자를 심고 물고기를 잡았어. 강이 더 이상 오염되지 않으니 연어가 펄펄뛰며 돌아오더구나. 사람들이 버리는 쓰레기로 몸살을 앓던 땅도 다시 살아나기 시작했어. 그제야 내게도 평화가 오고, 옵시디아나의 이야기를 조사할 수 있게 된 거란다."

"그런데 세상이 마법에 빠져 있을 때, 왜 무슨 짓이든 해 보지 않은 거예요?"

"세상이 마법에 빠져 있는지, 아니면 풀려난 것인지 분간할 수가 없었다. 사람들은 너무 많은 것을 파괴했어. 모두들 시간에 쫓기면서 뭐든 더 많이 쌓아 올리려고만 했지. 아름다웠던 모든 것을 사람들이 파괴했다. 이제 그들은 스스로의 어리석음에 갇힌 꼴이 되고 말았지."

"하지만 우리는요? 우리가 집으로 돌아갈 수 있게 도와주셔야 해요."

"그건 내 몫이 아니다. 세상이 좋아지려면 너희들이 좋은 세상을 만드는 수밖에 없다. 나는 그저 늙은 여인에 불과해."

"우리가 어떻게 하면 되요?"

"옵시디아나의 이야기를 끝까지 들어라."

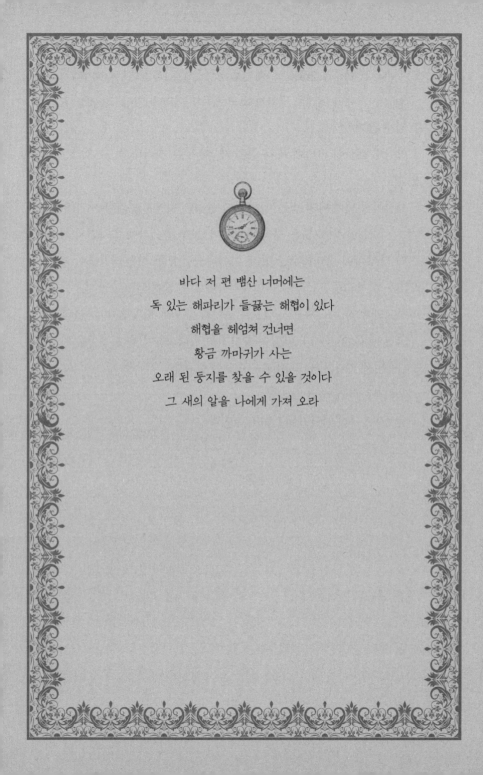

바다 저 편 뱀산 너머에는
독 있는 해파리가 들끓는 해협이 있다
해협을 헤엄쳐 건너면
황금 까마귀가 사는
오래 된 둥지를 찾을 수 있을 것이다
그 새의 알을 나에게 가져 오라

아노리

성대한 축전이 열린 다음 날, 아노리는 도시를 어슬렁거리며 돌아다녔다. 도시 분위기는 활기가 넘쳤고, 길모퉁이마다 음식이 끓었으며, 여러 나라의 언어와 이국적인 악기 소리까지 뒤섞여 거리는 시끌벅적 했다. 사람들은 공주가 광장으로 나오기를 기다리고 있었다. 아노리는 마음이 착잡했다. 일 년 내내 그의 마음은 온통 상자 안의 소녀에게 가 있었다. 처음에는 자신이 한 짓에 대한 후회 때문에 시작한 일이었지만 나중에는 소녀를 친구로 여기게 되었다. 자신의 비밀을 누군가에게 털어놓고 싶은 마음이 굴뚝같았다. 그런데 믿을 만한 사람이 없었다. 결국 비밀은 가슴 속에 고이 묻어두었다. 왕이 궁전에 머무는 동안, 군중의 환호에 답하려고 옵시디아나가 발코니에 모습을 보일 때면, 아노리는 그녀가 얼마나 행복해 하는 지 알 수 있었다. 그는 기둥 꼭대기에 올라가 깃발을 흔들고 있는 자신을 그녀가 보았을 거라고 짐작했다. 조마조마한 심정이었다. 앞으로 어떤 일이 벌어질지 알 수 없었다. 궁전으로 몰래 들어가 다시 그녀를 만날 수 있을까?

그는 승려들이 그녀를 광장으로 데리고 나오는 모습을 지켜보려고 지붕을 기어올랐다. 그런데 그녀가 나타난 순간 마치 엄청난 충격파가 사람들을 훑고 지나가는 것 같았다. 수많은 군중의 외침과 울부짖음. 전선으로 날아든 새처럼 축제 분위기는 순식간에 식어버렸다.

"나쁜 징조다! 나쁜 징조!" 노파가 울부짖었다.

아노리는 가슴이 철렁했다. 더 가까이에서 보려고 서둘러 내려갔다. 사람들이 떼를 지어 사원으로 몰려 들어갔다가 광장으로 다시 나왔다. 들고 나는 인파가 소용돌이를 이루었다. 그리고 광장 중앙에는 공물이 산처럼 쌓였다. 정교하기 그지없는 양탄자며 밀가루, 견과와 대추야자, 금은보화들이.

아노리는 군중을 헤치고 나가 드디어 상자 앞에 도착했다. 눈앞에 옵시디아나가 있었다. 그녀의 얼굴은 찡그린 채로 얼어붙은 듯 끔찍하게 일그러져 있었다. 눈은 악의에 차 있었고 손가락은 성난 고양이 발톱처럼 구부러져 있었다. 악마의 모습이었다.

그는 진저리를 치며 상자에 손을 얹었다. 그리고 다른 사람들이 하듯 기도를 중얼거렸다. 무슨 일이 생겼던 걸까, 이해할 수가 없었다. 얼친이 연단에 올라 과장된 몸짓으로 연설을 했다. "어제 반역자를 적발했다! 동쪽에 있는 구름산의 백성들이 판게아에 바친 맹세를 깨트렸다. 신들이 노하셨다! 왕과 그의 군대가 반역자를 처단하러 떠났다! 옵시디아나님이 복수를 명하셨다! 공물을 바치고 복수를 행하라 명하셨다!"

아노리는 구역질이 났다. 둘이 헤어진 후에 무슨 일이 생긴 게 틀림없었다. 무슨 일인지 알아내야했다. 겨우 24시간 만에 그녀가 마녀로 변할 수는 없는 일이었다. 그는 기회를 노렸다. 하지만 평소와는 달리

승려들이 저녁이 되어도 그녀를 궁으로 데려가지 않았다. 상자는 밤새도록 사원에 머물렀다. 공주 주변에 불을 밝혀, 그녀의 찡그린 얼굴과 짐승처럼 날카로운 손톱 그림자가 사원 벽에 비치도록 했다.

옵시디아나는 일주일 내내 광장에 머물렀다. 그 다음 주에도 마찬가지였다. 그녀의 얼굴에 어린 표정도 내내 변하지 않았다. 아노리는 어찌해야 좋을지 알 수가 없었다. 반드시 그녀와 얘기를 해야 해! 보름달이 떴다가 지고 다시 또 떴다가 졌다. 어떻게든 상자뚜껑을 열고 그녀에게 무슨 일이 있었는지 물어야 했다. 그러나 경비병이 한시도 그녀에게서 눈을 떼지 않고 지키고 있었다.

얼친은 옵시디아나의 새로운 모습이 가진 강력한 효과를 깨달았다. 사람들은 더 귀 기울였고 더 많이 바쳤다. 그리고 그 자신도 그녀의 표정을 보면서 지옥불 같은 연설을 가슴 속에서 끌어올릴 수 있었다. 바람이 왕국을 흔들었다. 동쪽에서는 허리케인이 몰아치고, 남쪽에서는 숲이 불길에 휩싸였으며, 서쪽에서는 화산이 폭발했다. 모든 것이 옵시디아나와 신들의 분노를 증명하는 것이다. 옵시디아나의 일그러진 얼굴에 대한 얘기는 결국 조만간 왕의 귀에도 들어갈 것이다. 얼친은 자신이 먼저 그 소식을 전하기로 결심하고 까마귀 전령을 왕에게 날려 보냈다.

존경하옵는 폐하! 폐하의 전투에는 언제나 옵시디아나님이 함께 하시어 신들의 권능이 왕께 임하도록 돕고 계십니다! 공주님은 적의 간담을 서늘하게 하고 전쟁의 신들을 잠에서 깨울 표정을 취하셨습니다!

엑셀은 찡그린 표정이 과연 공주의 이미지에 맞는 것인지 확신이 서지 않았다. 그러나 계산을 두드려 본 후, 이전과는 비교도 안 될 만큼의 황금이 국고로 흘러들고 있음을 알았다.

얼친은 매일 대중을 향해 설교했다. "불멸의 공주님이 너희들의 사악한 생각에 얼굴을 찌푸리신다! 공주님이 너희의 탐욕에 노여워하신다!"

망토를 걸친 남자들이 도시를 돌아다니며 사람들의 손에서 귀중품을 빼앗았다. 망토의 가슴께에는 감긴 눈이 새겨져 있었다.

"공물을 더 내놓아라!"

그러나 사람들에게는 더 내놓을 것이 없었다.

아노리는 집 안에만 머물렀다. 그의 이모할머니는 한숨을 내쉬고 절뚝거리며 집안을 돌아다녔다. 그녀는 조악하게 만든 소녀상 앞에 향을 피워 올렸다.

"불멸의 공주님, 왜 그렇게 화가 나셨는지 모르겠네요. 밀이 자랄 수 있게 제발 비를 내려 주세요. 꽃들에게 햇살을 주세요. 씨앗에게 생명을 주세요. 아노리에게 먹을 것을 주세요. 화를 푸세요, 친절하신 공주님. 화를 거두세요."

이제 마지막 남은 곡식 자루마저 깨끗이 비어버리고 그녀는 나뭇가지와 줄기로 죽을 끓였다. 시장에서는 어떤 동물이든 고기가 되어 팔려나갔다. 개, 고양이, 원숭이, 비둘기, 심지어 쥐까지도. 인육을 팔고 있다는 소문마저 돌았다.

아노리는 궁전의 식품저장고로 가는 길을 알고 있었다. 결국 거기로 가는 수밖에 다른 도리가 없었다. 그렇게 오랫동안, 보름달이 뜰 때마다 오곤 했던 빈 방을 바라보면서 그는 슬퍼졌다. 식품저장고는 반 이상 비어 있었다. 감자도 없고, 양이나 서역에서 온 코코아도 보이지 않았다. 그는 고기 조금, 치즈 한 조각, 곡물 한 주먹을 집어 들었다. 그 정도면 배불리 먹지는 못해도 굶어죽지는 않을 양이었다. 너무 잘 먹은 사람처럼 보이면 의심을 살 수도 있었다. 서둘러 나오려는데 마룻바닥이 삐걱대는 소리가 들렸다. 위층 알현실 바닥에서 나는 소리였다. 여러 명이 걸어 다니는 모양이었다. 이제 궁전은 그에게 손바닥 들여다보듯이 훤했기 때문에, 몸을 숨기고 상황을 지켜보기에 적절한 장소를 찾을 수 있었다. 옹이구멍으로 들여다보니 왕비가 왕좌에 앉아 있는 것이 보였다. 애처로워 보였다. 그녀의 오른편으로는 엑셀이, 왼편으로는 얼친과 왕비의 딸들이 앉아 있었다. 딸들은 우아하게 차려입었는데도 잔뜩 짜증이 난 것 같았다. 한 젊은이가 다섯 명의 기사를 거느리고 여왕에게 다가갔다. 다들 잘생긴데다 멋진 옷을 입고 무장을 하고 있었다.

"왕비마마, 저는 오리라고 하옵니다. 플레인즈 공작의 아들입니다. 아버지의 선물과 함께 왕께 보내는 편지를 가져왔습니다. 아시다시피, 저의 아버지는 수십 년간 왕의 가장 든든한 동맹이었습니다."

"그래서 나에게 원하는 것이 무엇인가?" 건힐드가 다정하게 물었다.

"불멸의 공주와 결혼하기를 원하옵니다."

"그래." 그녀가 미소를 지으며 말했다. "그녀에게 걸맞은 사람은 백년에 딱 한 명 태어난다는 사실을 알고 있는지?"

"왕비마마, 제 자랑 같지만 전투에서 제가 얼마나 용맹했는지 말씀드리고 싶습니다. 그리고 궁전 도서관에 있는 작품을 거의 다 외우고 있다는 사실도 덧붙이고 싶습니다. 거기에는 판게아 서사시도 포함되어 있습니다. 모두 2천 편에 달하지요. 저는 군대를 이끌면서 디몬 왕의 군인 중 어느 누구보다 많은 전투에서 승리했습니다. 제가 없었더라면 아라난디아 동쪽 지역을 손에 넣지 못했을 것입니다. 이제는 왕의 가장 강력한 근거지 역할을 하고 있는 곳이지요."

"내 딸들의 면전에서 공주에게 청혼하는 것이 적절한 행동이라고 생각하는가?"

두 딸 중, 언니가 희미한 미소를 보이며 속눈썹을 파르르 떨었다.

공작의 아들이 얼굴을 붉혔다.

"왕비마마, 따님들께 무례를 범하려는 것이 아닙니다. 단지, 제가 옵시디아나 공주를 상자 개봉일 축전에서 만나 함께 춤추는 동안, 저의 아버지와 왕께서 이 일에 대해 의논하신 바 있다는 말씀을 드리고 싶습니다. 왕께서는 공주가 좀 더… 그러니까 음… 나이가 든 다음에 제가 청혼한다면 기쁘겠다고 하셨습니다. 저희 결혼으로 제국의 결속이 더욱 단단해질 것이옵니다."

아노리의 가슴이 마구 뛰었다. 활과 화살이 있었으면 하고 바랐다. 저 남자의 심장을 꿰뚫어 버리리라.

건힐드가 오리를 빤히 쳐다보았다.

"공주는 아직 어리다." 그녀가 말했다.

그가 놀라는 것 같았다.

"그럴 리가요? 제 나이가 18세이고 공주님은 저보다도 훨씬 전에 태어나셨는데요."

"그렇다면, 공주가 그대보다 너무 늙은 것이 아니냐?" 건힐드가 웃음을 터뜨렸다.

"공주님이 너무 어리다고 하시면 기다리겠습니다." 오리가 겸손한 태도로 말했다. "3년, 6년 정도는 저에게 아무것도 아닙니다."

"글쎄, 공주가 3살을 먹으려면 백 년이 걸릴 수도 있다." 그녀가 공책을 꺼냈다. "어느 정도의 시간을 원하는가?"

"무슨 말씀이신지?"

"설마 공주의 시간을 모조리 써버리고 그녀와 함께 무덤까지 가겠다는 건 아니겠지?"

"네?"

"그녀와 매일 같이 있을 수 없다는 건 당연히 알 테고, 그렇지? 얼마만큼의 시간을 공주와 함께 보내고 싶은가?"

"무슨 말씀을 하시는 건지 모르겠군요, 왕비님."

"공주는 수천 년을 살 것이다. 백 년마다 다시 결혼하는 것을 공주가 원할 것 같으냐?"

오리가 머리를 긁적였다. 그런 생각은 해 본 적이 없었다.

"진주는 가지고 있겠지?" 건힐드가 물었다.

"제게는 2만 개의 진주가 있습니다, 왕비마마."

"엑셀, 그 정도면 시간으로 따져 얼마만큼의 가치가 되느냐?"

"2년 남짓이 되옵니다, 마마."

"왕자가 공주의 소중한 시간을 2년 가까이 살 수 있다는 말이렷다."

건힐드가 냉담하게 말했다. "그 2년을 평생에 걸쳐 나누어 쓰면 되겠구나."

얼친이 무표정한 얼굴로 건힐드에게 귓속말을 했다. 그녀가 분개하며 그를 보았다.

"공주가 그렇게 말했다고? 참으로 공주답구나."

"그렇습니다." 얼친이 말했다. "옵시디아나께서는 왕자가 스스로 자신의 가치를 증명해야 한다고 하십니다. 왕자에게 전하라는 말씀이 있습니다."

"어떤 시험도 거부하지 않겠습니다." 오리가 희망에 부풀어 미소를 띠며 말했다. 그는 얼굴로 흘러내린 머리칼을 쓸어 넘기고 대답을 기다렸다.

"얼친!" 건힐드가 소리쳤다. "불멸의 공주가 원하는 것이 무엇인지 오리에게 알려 주어라."

얼친은 눈을 감았다. 한참동안 그는 말이 없었다. 다시 눈을 떴을 때는 흰자위만이 가득했다. 그가 주문을 외듯 중얼거렸다.

"바다 저 편 뱀산 너머에는 독 있는 해파리가 들끓는 해협이 있다. 해협을 헤엄쳐 건너면 황금 까마귀가 사는 오래 된 둥지를 찾을 수 있을 것이다. 그 새의 알을 나에게 가져 오라."

오리의 얼굴이 어두워지더니 왕비에게 말했다.

"진심이옵니까, 마마?"

"나에게 무슨 발언권이 있다더냐?" 그녀가 말했다. "너도 듣지 않았느냐. 얼친이 공주가 요구하는 바를 전한 것이다. 내 딸과 결혼하느니 차라리 해파리 해협을 헤엄쳐 건너는 게 낫겠다고 생각한다면, 어디 실컷 헤엄쳐 보아라!"

"저를 모욕하시려는 것입니까?"

"해파리 해협을 헤엄쳐 건널 정도로 무모한 자라면 영원한 생명을 가진 자가 아니겠느냐."

"원하신다면, 그렇게 하지요!" 공작의 아들이 말했다. 그는 기사들과 함께 발소리를 울리며 알현실을 나갔다. 그리고 짙은 밤의 어둠 속으로 사라졌다.

아노리는 그들의 대화를 한마디도 놓치지 않고 듣고 있다가 왕비의 말을 마음속으로 되새겼다. "공주는 수천 년을 살 것이다." "공주와 함께 무덤까지 가려느냐?" 궁전 사람들이 모두 다 완전히 미쳐 날뛰고 있었다. 처음 옵시디아나를 만났을 때는 그녀가 자신보다 훨씬 컸지만, 지금은 서로 엇비슷해져 있었다. 이렇게 계속 가면 자신이 그녀보다 더 크고 더 나이 들게 되는 걸까?

엑셀은 깊은 생각에 잠겨 앉아 있었다. 그가 계산기를 톡톡 두드리다가 말했다.

"마마, 제 계산에 따르면 오리가 살아서 해파리 해협을 건널 확률은 겨우 0.04%에 불과합니다."

"닥치라, 회계사 따위가!" 건힐드가 노기 띤 음성으로 말했다. "감히 신의 뜻을 가지고 왈가왈부하지 말라!"

엑셀은 얼굴이 분필처럼 하얗게 질려서 다시 계산을 시작했다. 그러다가 용수철이 튀듯 벌떡 일어섰다.

"이것은 도가 지나치옵니다! 왕비님은 방금 가장 중요한 우리의 동맹을 명백하게 사지로 몰아 넣으셨습니다. 제 계산에 따르면, 이 일은 전쟁에 치명적인 영향을 끼칠 것입니다. 그리고 공주님은 왜 이런 표정을 하고 계십니까? 공주님의 행복을 지키기 위해 정확한 진단을 내리는 것이 저의 임무입니다. 이 보고서를 보십시오!" 그가 얼친과 건힐드를 향해 보고서를 흔들었다.

"지금, 백성을 설득할 수 있는 것은 공포뿐이다." 얼친이 말했다. "금고를 가득 차게 해주는 것은 공포밖에 없다. 백성들이 복종하고, 떼 지어 거리로 나서지 않으며, 음식을 찾아 궁전에 들이닥치지 않는 것은 공포 때문이다."

"비상회의 소집을 요구합니다!" 엑셀이 말했다. "왕께서 성명서를 발표하여, 이런 방침을 승인하셨노라고 직접 확인해주시기를 원합니다!"

"따라 오라!" 얼친이 말하고 탑에 위치한 방으로 힘겹게 올라갔다. 엑셀이 뒤를 따랐다. 대답을 기다리는 우편물과 상소를 발에 묶은 까마귀들이 창턱마다 자리를 차지하고 있었다.

엑셀은 시끄러운 까마귀 울음소리 때문에 목소리를 높였다.

"공주님을 날마다 광장에 모신다고 해도 아무 소용이 없습니다. 밤이든 낮이든, 백성들은 공물을 가져올 수가 없습니다. 한 푼도 바칠 수가 없어요! 이 차트를 보십시오!"

얼친이 주머니에서 분필을 꺼내 출입문을 가로지르는 선을 그었다. 하나, 또 하나, 계속 그어 나갔다. 선 사이의 간격은 발하나도 들어가지 않을 만큼 좁았다.

"무슨 짓을 하시는 겁니까?" 엑셀이 벌벌 떨며 말했다. 그는 문 쪽으로 갈 수가 없었다. "제발 이 선들을 지워 주십시오!"

그러나 얼친은 엑셀 주위를 선으로 빼곡히 둘러쌌다. 엑셀은 방 한가운데 갇힌 꼴이 되고 말았다.

얼친이 소리 내어 웃자 쇠사슬도 함께 철컹거렸다.

"그곳에서 꼼짝 말고 돌이 되어라!"

엑셀은 소리를 질러보았지만 아무에게도 들리지 않았다. 그의 비명은 까마귀 우짖는 소리에 묻혀버렸다.

얼친은 바둑판무늬 제복을 맞춰 입은 엑셀의 회계 팀을 이끌고 궁전을 한 바퀴 빙 돌았다. 그리고 성문을 열고 말했다.

"자! 떠나라! 너희는 자유다!"

그들은 저마다 자와 돋보기를 들고 줄지어 성을 빠져나갔다. 그들을 기다리고 있는 잔인한 혼돈의 세계를 두려운 눈으로 바라보며, 천천히, 걸음을 옮겼다.

에난티오드로미아

아침의 태양이 왕을 깨웠다. 그는 상황을 낙관하고 있었다. 얼친이 사기를 북돋아 주는 메시지를 보내온 데다 옵시디아나도 싸움에 임할 태세를 갖추고 전쟁의 신과 접속하고 있다고 했다. 신선한 공기를 쐬려고 밖으로 나갔다가 그는 텐트 꼭대기에 앉아 있는 전령 까마귀를 보았다. 다리에 메시지가 묶여 있었다.

옵시디아나께서 신의 말씀을 전해 왔습니다. 신들이 폐하에게 더 많은 병력을 보내실 것입니다. 계곡을 따라 내려가 공작이 보낸 지원병을 찾으십시오. 궁전은 모두 안녕합니다. 저희가 계산해본 바로는, 공주님은 그지없이 행복하십니다.

폐하의 충실한 신하 엑셀

디몬 왕은 군대를 이끌고 풀이 무성한 계곡을 따라 말을 몰았다. 넓은 강물이 계곡을 뱀처럼 구불구불 돌아 흐르고 있었다. 마침내 서역국에 도착해서 보니, 병사들이 계곡을 둘러싼 언덕과 바위산에 줄지어 서서 그들을 기다리고 있었다. 왕에게 걸맞은 환영식을 내심 기대한 터라 병사들이 트럼펫을 꺼내들고 팡파르를 울리기 시작하자 디몬 왕은 살짝 흥분이 되었다. 그는 말에서 내리지 않고 기다렸다. 그러나 환영식은 없었다. 조용하게 시작 된 팡파르는 더 많은 트럼펫이 가세하면서 점점 소리가 커졌다. 급기야 귀청이 터질듯 북소리가 울리자 흥겹던 왕의 기분은 우려로 변했다. 소리가 혼이 나갈 정도로 너무나 압도적이어서 디몬 왕의 병사들은 방패와 무기를 내려놓고 귀를 틀어막았다. 말이 날뛰어 병사들이 떨어졌다. 거추장스러운 갑옷을 입고 땅에 떨어진 병사들은 뒤집어진 거북이 꼴을 하고 버둥거렸다. 코뿔소도 광분하여 마차와 트레일러를 끌고 돌아다니다가 산산이 부스러뜨렸다. 소음 때문에 고막이 찢어지고 항아리와 흙 단지가 터져나갔다. 한바탕 소동이 가라앉았다. 땅바닥에 쓰러져 있는 병사들의 귀에서는 여전히 윙윙거리는 소리가 멈추지 않는데, 무언가 태양 빛을 가리는 것이 있었다. 이동하는 철새 떼처럼 시커먼 형체가 하늘을 덮었다.

"화살이다!" 병사들이 화살을 피하면서 소리쳤다. 하지만 이미 늦었다. 마치 청어 떼를 향해 물에 뛰어드는 부비새처럼 화살은 수직으로 지상에 내리꽂히면서 땅과 투구와 살과 뼈를 꿰뚫었다. 디몬 왕은 죽은 코뿔소 뒤에 몸을 숨겼다. 화살은 텐트 지붕에 비를 퍼붓듯 동물의 시체 위로 쏟아졌지만, 그에게는 청동 방패가 있어 면도날처럼 날카롭게 날아드는 화살로부터 자신을 보호할 수 있었다.

마침내 공격이 잦아들었다. 디몬 왕은 죽은 병사의 시신을 보며 공포에 휩싸였다. 수많은 화살이 등을 뚫고 삐져나와 있는 모습이 마치 성게를 보는 것 같았다. 화살을 하나 집어 들었다. 자신의 문장이 화살대에 새겨져 있었다. 얼음장 위에서 외치던 노파의 목소리가 또다시 그의 귀에 쟁쟁하게 울렸다. "*시간을 지배하지 못하는 자, 세상을 지배하지 못하리라!*"

"이건 배신이다!" 디몬 왕이 외쳤다. 그 소리가 어찌나 큰지 온 산이 떠나갈 듯 했다. "이 화살을 만든 사람이 바로 나다! 화살을 이리로 보낸 사람이 바로 나다! 군대를 훈련시킨 사람이 바로 나다! 이들은 나의 군대다! 감히 내가 만든 무기를 나에게 쓰다니!" 그의 목소리가 언덕에 쩌렁쩌렁 울려 퍼졌다. 메아리는 돌고 돌아 그에게 이렇게 말하는 것 같았다. "*내 어찌 동물로 하여금 감히 인간과 싸우게 했던고?*"

디몬 왕이 고개를 들어 보니 빙 둘러선 언덕들 중 한 곳에서 투석기를 조준하는 모습이 보였다. 이내 어떤 물체가 그를 향해 날아왔다. 그는 한 쪽으로 몸을 피했다. 한 남자가 철퍼덕 소리를 내며 그의 발치에 떨어졌다. 다리에 편지를 묶은 전령이었다.

친애하는 디몬 왕, 긴 세월 변함없는 당신의 우정에 감사하오. 내 아들 오리에게 해파리 해협을 헤엄쳐 건너라고 명령한 자에게 이보다 더 알맞은 환영이 있으리오.

디몬 왕은 크게 놀랐다.

"말도 안 되는 소리! 어디가 됐든 그에게 헤엄쳐 건너라고 말한 적이 없거늘. 지난 번 축전에서 춤추는 그의 모습을 본 것이 마지막인데."

"정렬하고 인원을 보고하라!" 그가 고함을 질렀다. 그러나 부사관은 대답이 없었다. 이미 18개의 화살이 그의 등을 뚫고 나와 있었다.

화살이 얼마나 많이 날아왔는지 그 구역이 밀밭처럼 보일 지경이었다. 디몬 왕은 전장을 헤매고 다녔다. 그의 어깨는 추수할 곡식을 살피는 늙은 농부처럼 구부러져 있었다. 나무 아래에서 콘실료를 발견했다. 그의 허벅지에서 두 개, 그리고 어깨에서 한 개의 화살을 뽑았다. 상처에 붕대를 감고 일어설 수 있게 도와주었다. 둘이 힘을 합해 패잔병을 규합했다. 검과 투구를 수습하고 죽은 병사는 한데 모아 불태웠다.

협로를 통해 퇴각하고 있는데 언덕 꼭대기에서 불붙은 바위가 소나기처럼 쏟아져 내렸다. 병사들은 머리가 깨지고 말은 허리가 부러졌다. 온몸에 불이 붙은 병사들이 비명을 지르며 뛰어다녔다. 자신을 둘러싸고 있던 바위마저 부서지자 디몬 왕은 코끼리 사체 뒤에 몸을 숨겼다. 공격이 절정에 이르렀을 즈음, 그는 구부러진 일각고래 엄니를 들고 껑충껑충 뛰어다니는 노파를 본 것 같은 느낌이 들었다. 어찌나 힘주어 이를 갈았는지 그의 어금니가 산산이 쪼개져버렸다.

그는 집으로 보낼 편지를 써서 까마귀 발에 묶었다.

사랑하는 내 딸아,
우리는 목표를 향해 천천히 나아가고 있다.
곧 승리의 태양이 다시 판게아를 환히 비추게 될 것이다!
사랑을 듬뿍 담아, 아빠가

왕이 이렇게 낙관적인 말을 끄적이는 동안, 궁전에 있는 책임회계사 엑셀은 까마귀 탑에 갇혀 꼼짝도 못하고 있었다. 자신을 에워싼 선들을 바라보며 공황상태에 빠져 있었다. 선은 거미줄처럼 촘촘하고 무시무시했다. 선을 밟아 볼까도 했지만 이내 포기했다. 몸이 뻣뻣해지고 발이 말을 듣지 않았다. 팔을 휘젓고 펄쩍펄쩍 뛰면서 경비병의 주의를 끌어보려고 애를 썼지만 그의 몸이 회색 벽과 구분이 되지 않아 누구의 눈에도 띄지 않았다. 그는 계산기로 숫자를 두드렸다. 만약 거기서 탈출하지 못한다면 배고픔과 갈증으로 죽게 되리라는 결과가 나왔다. 그는 종이를 한 장 꺼내서 왕에게 보낼 메시지를 적었다. 그리고는 까마귀 발에 묶어서 날려 보냈다.

궁전의 체제가 제대로 작동하지 않습니다. 힘은 극히 미약하고, 위협은 수없이 많으며, 기회는 거의 없습니다. 공주님의 입 꼬리가 아래로 처졌습니다. 불행하다는 표시입니다. 얼친과 건힐드는 폐하의 동맹을 적으로 만들고 있습니다. 저의 계산 결과를 보면, 두 사람은 폐하가 돌아가시기를 원하고 있습니다.

엑셀에게는 까마귀에게 보상으로 줄만한 것이 아무것도 없었다. 그래서 그는 자신의 손가락을 찔러 피 한 방울을 떨어뜨려 주었다. 까마귀는 행복한 듯 까아까악 울더니 멀리 날아갔다. 덥고 목마르고 배가 고팠다. 시간을 죽이느라 방의 체적을 계산했다. 천장이 원뿔모양이라서 계산이 조금 복잡했다. 그러고 나서 그는 행복했던 옛 시절을 떠올렸다. 그 시절 바로 이 탑에 앉아서 까마귀가 금을 가져오도록 훈련했었지. 엑셀이 낮은 목소리로 지난 시절 왕국에 엄청난 부를 안겨 주었던 황금까마귀의 노래를 불렀다. 까마귀들이 조용해졌다. 고개를 이리

저리 돌리더니 한 마리씩 슬금슬금 날아갔다. 그날 저녁 수천 마리의 까마귀 떼가 반짝이는 보물을 물고 돌아왔다.

이 일이 있고 난 후 엑셀은 아주 행복해졌다. 그는 수확물을 모조리 세기 시작했다. 저녁 무렵에는 황금이 그의 어깨까지 쌓이더니 순식간에 목까지 차올랐다. 새들에게 이제 그만하라고 명령하고 싶었지만 노래의 마지막 소절이 기억나지 않았다. 게다가 상으로 줄 것도 없었다. 그러자 까마귀들은 그의 머리를 대신 쪼아대기 시작했다.

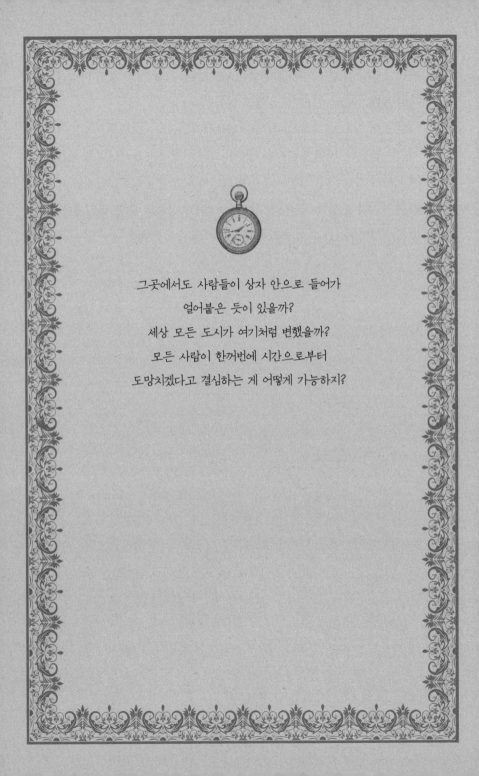

그곳에서도 사람들이 상자 안으로 들어가

얼어붙은 듯이 있을까?

세상 모든 도시가 여기처럼 변했을까?

모든 사람이 한꺼번에 시간으로부터

도망치겠다고 결심하는 게 어떻게 가능하지?

버려진 장난감 가게

그레이스의 이야기를 들으면서 마커스는 슬슬 걱정이 되었다. 바깥에 있는 나무에 모여든 까마귀가 까악까악 울었다. 그는 친구와 형제자매들, 그리고 소녀를 생각했다. 소녀를 좋아하는 마음이 조금 생긴 것 같기도 했다. 북쪽에 살고 계신 할머니와 할아버지 생각도 났다. 그곳에서도 사람들이 상자 안으로 들어가 얼어붙은 듯이 있을까? 세상 모든 도시가 여기처럼 변했을까? 모든 사람이 한꺼번에 시간으로부터 도망치겠다고 결심하는 게 어떻게 가능하지?

"저, 말씀드릴 게 있어요." 그가 공손하게 말했다. "여기서 그냥 이야기만 들으면서 앉아 있을 순 없어요. 당장 뭔가 행동을 해야 해요."

"이미 해 봤단다." 그레이스가 말했다. "내 이야기를 마지막까지 들어보렴."

"상자를 열고 사람들을 나오게 하면 되요. 틀림없이 우리가 할 수 있어요."

그레이스가 한숨을 쉬더니 시계를 보았다.

"좋아, 잠시 휴식시간을 갖도록 하자."

그녀가 가방을 뒤져 육각렌치를 꺼내서 그에게 건넸다.

"이거 받아라. 네가 열고 싶은 상자를 열어 봐."

"육각렌치를 가지고 계셨네요?"

"당연하지."

"열고 싶은 상자 아무거나 열어 봐도 된다고요?"

"그렇다고 할 수 있지."

"끝내준다! 나랑 같이 갈 사람 없어?" 신발을 당겨 신으면서 마커스는 희망에 부풀었다.

"내가 갈게!" 시그룬이 나섰다. 열의가 넘쳐 보였다.

"그럼 두 시간 있다가 다시 이야기를 시작하마." 그레이스가 말했다.

시그룬과 마커스는 달려나갔다. 누가 답을 알고 있을까 궁금했다. 시그룬이 주위를 둘러보니 덩굴과 가시로 뒤덮인 국회 건물이 눈에 들어왔다.

"누구를 꺼내도 상관없다고 그레이스가 그랬어." 시그룬이 말했다. "상원의원이라면 무슨 일이 있었는지 알 거야."

건물 입구의 문이 약간 열려 있었다. 대리석이 깔린 복도를 자세히 들여다보았다. 종잇조각이 가을 낙엽처럼 바람에 날렸다. 복도 한쪽에서는 각료들의 흉상과 그림이 먼지를 뒤집어쓰고 있었다. 반대쪽에는 각료 본인들이 파르스름한 불빛에 잠긴 채 죽 늘어서 있었다. 상자들을 자세히 살펴보던 마커스가 텔레비전 뉴스에 나왔던 사람을 알아보고는 육각렌치를 자물쇠에 밀어 넣고 상자를 열었다.

"왜 나를 귀찮게 하는 거냐?" 그 남자가 언짢아하며 물었다. 쥐색 양복을 입은 그 남자는 피곤해 보였다.

"장관 맞으시죠?" 마커스가 물었다.

"몰라. 지금이 몇 년이지?" 그 남자가 상자에 붙은 계기판을 보더니 안도의 한숨을 내쉬었다.

"아니, 나는 장관 아니야. 나는 아무 책임도 없어."

"장관이 아니라고요?" 마커스가 말했다. "상자에 장관이라고 적혀 있는데요."

"아니야, 임기가 끝났어." 자신의 직함을 상자에서 떼어내면서 그가 말했다. "그럼, 이만 안녕." 그가 덧붙였다. "나는 금융시스템이 회복되기 전에는 나오지 않을 거야."

"그게 언젠데요?"

남자가 어깨를 으쓱했다. "상황이 개선될 때지. 하지만 지금은 진이 다 빠졌어. 임기 내내 무척 힘들었다." 그가 다른 상자를 가리켰다. "야당하고 얘기해 봐라. 언제나 모든 대답을 다 안다는 듯이 구니까."

그가 상자 뚜껑을 콩 소리가 나게 닫았다. 아이들은 정장을 입은 중년의 여성이 들어가 있는 상자 쪽으로 갔다. 여자는 강철 같은 표정을 하고 꼿꼿이 서 있었다. 시그룬이 상자를 열었다.

"뭐야?" 여자가 말했다. "지금이 몇 년이지?" 여자가 시계를 보았다. "옳지. 드디어 임기가 끝났군. 지금 상황은 어떤가?"

"모든 것이 혼란에 빠져 있어요." 마커스가 말했다. "상황이 심각해요."

"당연한 일이야!" 여자가 의기양양하게 말했다. "내가 말한 그대로야. 나를 손가락질 하지 마라. 나는 아무 데도 관여한 바 없으니까. 나는 줄곧 이 안에 있었어. 지난 정부가 어질러 놓은 것들을 내 손으로 치울 생각은 눈곱만큼도 없어!"

"하지만 누가 됐건 뭐라도 해야죠." 시그룬이 말했다.

"그렇지, 하지만 내가 뒤치다꺼리를 하고 나면, 그 다음엔 어떻게 될 거 같니? 모든 게 정상으로 돌아오자마자 예전의 바보들이 다시 선출되는 거야. 내 말 명심해!"

"이런." 마커스가 낮게 중얼거렸다. "헛수고로구나."

여자는 상자를 쾅 하고 닫았다. 마커스와 시그룬은 서둘러 양로원으로 갔다. 양로원 좁은 방에 들어찬 상자 속에서 마커스의 외할머니를 발견했다.

"반갑구나, 마커스 내 새끼." 할머니가 말했다.

"할머니, 저 좀 도와주세요. 사람들이 몽땅 사라져 버렸어요!"

"나도 알고 있단다, 귀염둥이 내 손자야."

"도와주세요. 너무 늦기 전에 사람들을 상자에서 나오게 해야 해요. 저희랑 함께 가요, 할머니! 시간이란 게 옛날에는 어땠는지 할머니는 기억하시잖아요."

"아, 글쎄다." 할머니가 말했다.

"제발요."

창 밖에 희미해져가는 벽보가 보였다.

경제위기 때문에 당신의 자녀가 상처받기를
원하십니까? Time Box
내년에는 일 년 내내 비바람이 예상됩니다! Time Box
당신 생애 최악의 날을 앞두고 있나요? Time Box

"나는 살날이 얼마 남지 않았구나, 마커스야. 나는 경제 대공황 시기에 태어났단다. 여생마저 힘들게 보내고 싶지는 않구나."

"하지만 할머니, 저희가 상자를 더 열거예요. 사람들을 모아서 우선은 작은 공동체부터 만들 거예요. 그러고 나면 더 많은 사람들이 함께하게 될 거구요."

"얼씨구! 어째 점점 히피처럼 되어가는구나!"

방은 난방이 되지 않았다. 할머니가 추위에 몸을 떨면서 펄럭거리는 벽지를 쳐다보았다.

"모퉁이에 카페가 문을 열었니?" 할머니가 말했다.

"아니요." 마커스가 대답했다.

"네 계획대로는 안 될 거다, 마커스야. 어서 집으로 돌아가렴."

시그룬과 마커스는 양로원을 포기하고 친구들 집에 가보기로 했다.

"안녕! 밖으로 나오고 싶지?"

그러나 대답은 언제나 똑같았다. 친구들은 바깥세상을 두려운 눈으로 바라보다가 겁먹은 목소리로 말했다. "싫어. 그러면 안 된다고 하셨어. 바깥은 너무 위험해. 집에서 얌전히 기다리겠다고 엄마랑 약속했어."

제빵사도 만났다.

"안녕하세요, 제발 빵가게를 다시 열어 주세요."

"빵을 구운들 먹을 사람이 아무도 없다."

의사도 만났다.

"환자가 없어. 골프장에는 잡초만 무성하고."

시그룬은 부모님의 상자를 열어야겠다고 생각했다. 부모님의 상자

앞에 육각렌치를 들고 섰다가 그냥 주머니에 다시 집어넣었다.

"엄마 아빠는 틀림없이 나한테 상자로 다시 들어가라고 하실 거야." 그녀가 슬프게 말했다. 목이 메어 그녀는 자리를 떠났다.

두 사람은 폐허가 된 가게를 지나갔다. 창문에 매그니의 장난감 가게라고 쓰여 있고, 가게 옆에는 손으로 쓴 엄청나게 큰 표지판이 있었다.

지금 판매 중 : 2월의 놀이도구!

연! 모래놀이 삽! 비옷!

마커스가 문을 열어 보았다. 잠겨 있지 않았다. 가게 안이 답답한 공기로 가득 차 있어서 숨이 막혔다. 선반에는 인형과 테디 베어, 노란 장난감 상자, 원격조종 모형비행기, 자동차, 인형유모차 등이 먼지를 뒤집어쓴 채 놓여 있었다. 창고에 있는 검은 상자 안에 마네킹처럼 굳은 노인이 서 있었다. 상자 주변에는 먼지투성이의 모형비행기와 직소 퍼즐이 널려 있었다.

페인트 통이며 글씨가 바랜 표지판도 여기저기서 뒹굴고 있었다.

하루하루가 모험이다

상상력이 시간을 지배한다!

뒤에서 목소리가 들렸다. 그레이스가 그들과 함께하려고 와 있었다.

"저 사람이 마지막이었어." 그녀가 말했다. "표지판을 만들어서 온 도시에 내걸려고 했었지."

아이들은 표지판을 한참 들여다보았다.

좋은 시절이 기다리고 있다
엉망진창 골칫거리 = 풍성한 일거리!

"그는 낙관주의자였지만, 도시에 홀로 남아 꼬박 일 년을 보내고 나서는 결국 가게를 닫고 상자를 구매하더구나."

"말도 안 돼요." 시그룬이 말했다. "마커스의 할머니는 카페가 문 열기 전에는 안 나오신다고 하고, 정치인은 이전 정부가 남긴 쓰레기를 치우지 않겠다고 하고, 아이들은 너무 무섭다고 나와 놀지 않으려 하고. 다들 정신이 나갔나 봐요."

"문제는 말이다," 그레이스가 말했다. "상자 덕분에 시간을 미루는 게 아주 쉬워졌다는 거야. 문제 해결을 미루는 게 너무 쉬워졌어. 그건 마치 힘든 건 싫으니 차라리 가두어놓아 달라고 하는 거나 마찬가지야."

"그러니까 사람들 스스로 세상을 이렇게 만들었다는 거예요?"

"어찌 보면 그렇지." 그레이스가 말했다.

"그럼 할 수 있는 일이 아무것도 없어요?"

"음, 있을 거야. 우선 내 이야기부터 마무리하고 보자."

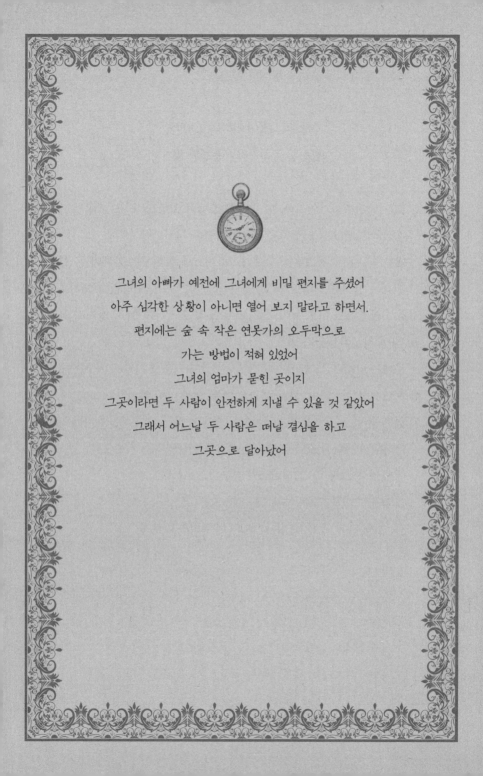

그녀의 아빠가 예전에 그녀에게 비밀 편지를 주셨어
아주 심각한 상황이 아니면 열어 보지 말라고 하면서.
편지에는 숲 속 작은 연못가의 오두막으로
가는 방법이 적혀 있었어
그녀의 엄마가 묻힌 곳이지
그곳이라면 두 사람이 안전하게 지낼 수 있을 것 같았어
그래서 어느날 두 사람은 떠날 결심을 하고
그곳으로 달아났어

달아나라, 얘야!

아노리는 이모할머니를 위해 음식을 조금 챙겨서 살그머니 집으로 돌아왔다. 문 앞에서 그를 맞닥뜨린 보그힐드는 무서운 것이라도 본 사람처럼 굴었다. 서둘러 그를 집안으로 데리고 들어가서 귓속말을 속삭였다.

"달아나야 돼! 사람들이 와서 너를 찾더라. 집안을 샅샅이 뒤졌어. 그 사람들이 누군지는 모르겠어. 이 동네 남자애들은 거의 다 징집됐어. 너보다 어린 애들조차 끌려갔단다. 팔다리 한 짝만 잃고 돌아오는 정도면 행운이겠지. 달아나, 멀리!"

"어디로 달아나요? 어디로요?"

"너는 14살이다, 아노리. 거의 성인이야. 북쪽으로 가 보거라. 디몬 왕을 물리친 나라를 찾아 봐. 그곳에 평화가 있어! 자, 서둘러. 가라!"

"아빠는 어쩌구요?"

"전쟁이 끝나기를 기다리는 건 헛된 일이야. 너는 가야 돼!"

"하지만 내가 가면 이모할머니는 누가 돌보나요?"

"내 걱정은 마라. 나는 괜찮아."

아노리는 급하게 음식과 옷을 챙겼다. 그런데 집안에 있던 예배당이 사라지고 없었다. 불멸의 공주에게 봉헌한 작은 제단이 원래 있던 자리에 보이지 않았다.

"예배당이 없네요?" 그가 말했다. "옵시디아나 그림은 어디 있어요?"

"그 마녀 말이냐?" 보그힐드가 뱉듯이 말했다. "내 집에서 그 여자 이름은 입에 올리지도 마! 이제 가라. 네가 갈 수 있는 가장 먼 곳으로 가! 이 도시는 네 나이의 남자애들이 있을 곳이 못 된다." 그녀는 작은 상자를 열고 고래 뼈를 깎아서 만든 코끼리 상을 꺼냈다. 한쪽 눈알에 파란 보석이 박혀 있었는데 보석 안에는 작고 빨간 핏방울 같은 것이 보였다. 다른 쪽에는 눈알이 빠져 있었다. 그녀가 코끼리를 아노리에게 주었다.

"이 코끼리는 네 할머니이자 내 언니의 것이다. 왕의 호위병이 언니를 잡아갔어. 네 아버지가 갓난아기였을 때지. 그 후로 영영 돌아오지 않았어."

그녀는 그를 숨 막힐 정도로 아주 꽉 안아주었다.

"조심해."

두 사람은 함께 눈물을 쏟았다. 그리고 아노리는 떠났다.

그러나 도시에서 달아나는 대신 그는 궁전을 택했다. 토끼굴로 가서 곧장 상자가 있는 방으로 기어 올라갔다. 상황을 알아야만 했다. 조만간 공주님을 다시 이 방으로 모셔오겠지. 그는 해치 뒤편, 부서진 나선 계단이 있는 밀실에 몸을 숨겼다. 먼지를 쓸어내고 자신만의 은신처를 만들었다.

하루하루가 더디게 흘렀다. 그는 후미진 장소를 발견했고 벽에 난 구멍도 찾아냈다. 거기에 며칠이고 꿈쩍 않고 앉아서 궁전 돌아가는 상황을 훔쳐보곤 했다. 틈틈이 지하실로 내려가 활 쏘는 연습도 했다. 활과 화살은 아주 오래된 무기고에서 찾았다. 그는 자주 감시탑에 누워 머리 위에서 빙빙 도는 별을 바라보았다. 도시의 밤은 고요했다. 횃불은 듬성듬성하고 노래부르는 사람도 없었다. 경비병이 길 잃은 개를 쫓아내는 소리만 간간이 들렸다.

아노리는 곧 성 안에서 일어나는 모든 일을 알게 되었다. 경비병 교대에 관한 것이나 성에 있는 두 자매가 저녁이면 기분이 우울해진다는 사실까지 모두 알게 되었다. 자매 중 한 명은 경비병과의 밀회를 위해 정기적으로 성을 빠져나갔다. 그런가하면 나머지 한 명은 정신이 나간 사람처럼 침대에 앉아 혼잣말을 중얼거렸다. 건힐드는 우리에 갇힌 사자처럼 복도를 서성였다. 얼친이 옵시디아나의 메시지를 전하러 왔다. 아노리는 그들의 대화를 엿들었다.

"공주님이 오늘은 왕비님을 마음에 들어 하지 않으십니다. 머릿속으로 생각할 때에도 조심하셔야 합니다. 그러지 않으면 공주님은 신들에게 왕비님을 비방할 것입니다."

아노리는 어둠 속에서 천장의 반자틀을 따라 움직이는 방법을 터득했다. 그리고 성 안의 모든 구멍이나 텅 빈 공간을 숙지했다. 하루 종일 들키지 않고 숨어 있을 수 있는 틈새도 찾아냈다. 그는 궁정 화가를 구경하는 게 즐거웠다. 그들이 붓을 놀리는 모습이나 캔버스를 팽팽하게 당기고, 선을 그리고, 바탕색을 칠하고, 한 겹 한 겹 색을 입혀가는 모습, 그리고 여러 가지 색깔의 가루를 섞어 물감을 만드는 모습을 보는 것이 좋았다. 산속을 달리는 말이나, 배가 늘어선 웅장한 전투, 그리고 사람들의 얼굴이 그림 속에서 드러나는 순간은 그를 매혹시켰다.

밤이 되면, 그림을 가까이에서 찬찬히 들여다보았다. 가장 화려하던 시절의 왕국을 반쯤 그리다 만 그림 앞에는 비계가 설치되어 있었다. 병사와 동물에 둘러 싸여 있는 디몬 왕을 그린 것도 있었다. 왕국이 둘로 쪼개지기 전에 그려진 것이 분명해 보였다. 쇠사슬을 어깨에 두른 디몬 왕이 **거대한 틈**을 상징하는 바윗덩어리를 힘껏 끌어당기는 그림도 있었다. 왕의 등 뒤에 활과 화살을 들고 서 있는 병사가 자신의 아버지일 거라고 상상하면서 아노리는 스스로를 위로했다. 바둑판무늬 옷을 입은 엑셀 그림도 있었다. 그리고 누군가 유리 상자에 누워 있는 아름다운 옵시디아나를 그리기 시작한 모양이었다. 그녀의 뒤로 보이는 배경에는 윤곽으로만 그린 왕과 왕비, 그리고 두 자매의 모습이 있었다. 옵시디아나의 얼굴은 거의 완성 단계인데도 전혀 그녀를 닮지 않았다. *나라면 훨씬 잘 그렸을 텐데*, 아노리는 생각했다.

그는 붓과 물감을 가방에 가득 채우고 은신처로 돌아왔다. 밤에 촛불을 켜려고 두꺼운 침대보로 창문을 가렸다. 청회색 벽을 바라보면서, 어린 소년이었던 자신이 처음 이 곳에 들어 왔던 그날 이후 흘러간 시간을 곰곰이 되새겼다. 옵시디아나가 자신에게 들려 준 이야기를 생각했다. 그리고 자신의 지저분한 침대를 둘러싸고 있는 벽 위에다 그녀의 이야기를 생생하게 펼쳐나가기 시작했다. 거대한 금붕어를 들고 있는 옵시디아나를 그렸다. 그녀의 발치에는 두 마리의 작은 사슴을 그려 넣었다. 겨울이 다가고 봄이 와도 그는 그리기를 멈추지 않았다. 시간이 흐를수록 그림 솜씨가 점점 좋아졌다. 하얀 새와 맹금류와 탑 위의 까마귀를 그렸다. 그리고 이어지는 벽으로 옮겨 신기한 동물이 가득한 숲과 붉은 판다와 외눈박이 코끼리를 그렸다. 그러고 나서 푸른 하늘과 구름으로 천장을 장식했다. 마지막으로 한쪽 구석에 커다란 망치와 부서진 상자를 그렸다. 세월이 상쾌한 산들바람처럼 옵시디아나를 어루만졌다. 표정을 보니, 그녀는 자유를 얻었다.

여러 날이 흘렀다. 언제나 실내에만 머무른 탓에 아노리는 백지장처럼 창백해졌다. 음식을 가지러 가거나 물감을 더 가져오는 것 말고는 아무 데도 갈 엄두를 내지 못했다. 쥐 한 마리가 그의 유일한 친구였다. 쥐는 그가 남긴 음식을 야금야금 나누어 먹었다. 성 안을 기어서 돌아다닐 때면 극도로 주의를 기울였다. 한 발만 잘못 디뎌도 그것은 그에게 죽음을 의미하는 것이었다. 어느 날 밤 궁정 화가의 작업실에 들러 옵시디아나를 그린 그림을 자세히 들여다보았다. 꼼꼼히 살펴보던 그가 고개를 살래살래 저으며 물감을 집어 들었다. 흰색으로 코에다 가볍게 붓질을 했다. 머리카락에는 광채를 더했다. 그리고 한 쪽 눈꼬리를 수정했다. 그녀의 눈동자를 더욱 반짝이게 하고, 그녀의 입술에 붉은 기를 더하고, 그녀의 이마를 활짝 펴지게 한 다음, 그림 속 태양의 위치에 맞추어 그림자를 그렸다. 다음 날 아침 화가가 돌아와 보니 완벽한 옵시디아나의 얼굴이 화폭에서 빛을 뿜어내고 있었다. 신비한 힘이 작용하고 있는 것이 틀림없었다.

그들이 돌아왔다!

아노리는 그림을 그리는 동안 시간을 잊을 수 있었다. 옵시디아나를 볼 수 없다는 사실도 잊을 수 있었다. 그러던 어느 날 경비병에게 명령을 내리는 고함소리가 들렸다.

"오늘 밤에 적색경보를 발령한다! 상자가 열리고 공주님이 사람들 앞에 모습을 보이실 것이다!"

아노리의 심장이 덜컥 내려앉았다. 광장에 가야 했다. 거리는 안전하지 않았기 때문에, 지붕을 타고 재빠르게 움직여서 사원에 놓인 상자가 보이는 곳까지 갔다. 그는 옵시디아나의 얼굴에 서린 끔찍한 표정을 보고 낙담했다. 어둠의 기운이 뿜어져 나오는 표정이었다. 어떻게든 해봐야 하는데, 하지만 뭘 하지? 그녀가 너무나 그리웠다.

사원의 종이 울리고 궁전 호위병이 사람들을 광장으로 몰았다. 승려들이 상자를 들고 나와서 의식을 치르듯 엄숙하게 발코니로 옮긴 다음 똑바로 세웠다. 사슬을 철렁거리면서 얼친이 상자로 다가갔다. 그리고 과장된 몸짓으로 뚜껑을 열었다. 옵시디아나의 성난 얼굴이 속박에서 풀려나 성난 비명으로 터져 나왔다. 귀청을 찢는 끔찍한 비명이 차가운 전율처럼 온 도시에 고동쳤다.

"한 걸음 앞으로 나오십시오." 얼친이 말했다.

옵시디아나는 눈을 찡그렸다. 사람들은 몸서리를 쳤다. 죽은 사람처럼 하얀 저 얼굴 좀 봐! 피에 굶주린 저 입술 좀 봐! 그녀는 광장을 둘러보았다. 그녀의 눈에는 분노와 증오가 그득했다. 아노리는 꼼짝도 할수 없었다. 심장이 터질 듯 방망이질을 했다. 무슨 일이 있었을까? 저렇게 사악한 옵시디아나의 모습은 본 적이 없었다.

얼친이 두 팔을 높이 들었다.

"공주님의 분노를 원하는 자 있느냐?"

옵시디아나가 그에게 괴성을 질렀다. 한 무리의 전령 까마귀가 하늘을 날며 탑을 중심으로 원을 그렸다. 까악! 까악! 까악! 사람들은 두려움에 사로잡혔다. 빵, 곡물, 옷가지와 보석 따위를 들고 서 있는 군중 사이로 호위병이 지나가자 아이들은 악을 쓰며 울었고 여인들은 목을 놓아 울었다. 옵시디아나는 폭정과 압제, 불의와 탐욕의 상징이 되었다. 승려가 상자의 뚜껑을 닫을 때까지도 외마디 소리를 그치지 않던 옵시디아나는 소리 없는 비명 속에서 얼굴이 굳었다. 광장의 군중이 서로 밀쳐대기 시작하고 금새 싸움으로 번졌다.

지붕에서 내려오려던 아노리는 갑자기 3명의 사내에게 붙들려 오도 가도 못하게 되었다.

"역겨운 마녀 같으니." 제일 나이든 사내가 옵시디아나 쪽으로 침을 뱉으며 말했다.

아노리는 얼어붙었다. 귀에 익은 목소리였다.

"그동안 어디 숨어 있었던 거냐, 꼬맹아? 한참 찾아다녔네."

그들이 아노리를 아래위로 훑어보았다.

"물감 자국인데? 어디서 묻은 거야?"

"화가 집에 침입했었어요." 아노리가 말했다. "그런데 귀중품이 하나도 없더라고요. 대체 저한테 원하는 게 뭐예요?"

"같이 가자."

그들은 아노리를 앞장세우고 걸었다. 지붕을 내려와서 거리를 지나 형편없는 여인숙에 도착할 때까지도 아노리를 놓아주지 않았다. 여인숙은 잠든 주정뱅이 같은 악취를 풍겼다. 무리의 우두머리로 보이는 남자가 파이프 담배를 피우고 있었다. 판게아의 서쪽 반을 잃고 난 후에는 담배를 구할 수 없는 상황이었는데도 말이다.

"많이 자랐네, 꼬맹이."

아노리가 돌아보았다. 자신을 무덤으로 기어들어가게 만들었던 바로 그 남자였다. 지금은 풍성한 수염을 보란 듯이 기르고 있었다.

"그럼요." 아노리가 말했다. "애들은 자라게 마련이죠."

"창백하긴 해도 건강해 보이는구만. 음식이 어디서 생겼을까?" 남자가 아노리의 팔을 꼬집으면서 말했다.

"뭐 어떻게든 구하는 거죠." 아노리가 말했다. 진땀이 났다. *이 사람들 뭔가 알고 있는 걸까?*

남자가 아노리의 반응에 웃음을 터뜨리며 그의 등을 철썩하고 때렸다.

"네 일은 네가 알아서 한다는 거로구나. 꾀 많은 녀석이야. 마음에 들어. 딱 너 같은 놈이 필요하단 말이야."

아노리는 풀이 죽었다.

"뭘 그렇게 불쌍한 얼굴이냐, 꼬맹아." 남자가 거칠게 말했다. "우리가 너한테 그렇게 몹쓸 짓을 했던 것 같진 않은데, 안 그래? 응? 우리가 절대 안 하는 일을 너한테 시켰던 것도 아니고 말이야. 네가 우리한테 도움이 되긴 했어. 이 검 알아보겠냐?" 그가 자신의 검을 칼집에서 뽑아 아노리에게 보여주었다. "네가 이 검을 나한테 갖다 주고 나서 수많은 사람이 이 검에 죽어나갔지. 그 상인 집에 기어들어 갈 때는 마치 작은 원숭이 같더라." 그가 칼날을 쓰다듬으며 말했다.

"그래서 어쩌라고요?" 아노리가 말했다.

남자가 갑자기 심각한 얼굴을 했다.

"여태껏 너를 찾아다녔다. 네 아버지 소식을 들었거든."

아노리가 깜짝 놀랐다.

"네 아버지는 전사했다."

아노리가 창백해졌다. "아니에요! 그럴 리가 없어요!"

"왕이 전사자에 관한 소식을 모두 검열하고 있지만, 우리는 진실을 안다."

남자는 아까보다 한결 부드러워졌다. 거의 동정심을 느끼는 것 같았다. 남자가 아노리의 어깨를 따뜻하게 쥐어주었다.

"목격자도 있어. 너의 아버지가 절벽길 전투에서 사망하실 때 같은 부대에서 싸웠던 사람이다."

"제가 왜 그 말을 믿어야 하죠?"

"그들은 거짓말을 하고 있다. 우리에게 계속 환상을 심어주려는 것이지." 남자 뒤에서 목소리가 들렸다. 어둠속에 서 있던 외팔이 사내의 목소리였다. "그들은 전투에서 패배했다는 걸 알면서도 파병을 계속했다. 내 아들, 그리고 내 형제 세 명이 거기서 죽었다. 네 아버지가 돌아가시는 모습도 봤다. 믿음직한 남자였지, 네 아버지 말이다."

"아니에요!" 아노리가 말했다. "거짓말!"

"여기 사상자 명단이 있다." 우두머리가 말했다. "왕의 야영지에서 우리가 몰래 훔쳐온 거야." 서류를 죽 넘기던 그가 긴 명단에서 이름 하나를 가리켰다.

그 순간 아노리는 정신을 잃었다.

반란

눈을 뜬 아노리는 자신이 편안한 침대에 누워 있다는 걸 알았다. 친절해 보이는 여자가 우유를 권하면서 말했다. "배도 고프고 피곤했을 거야."

그는 일어나 앉아서 주위를 둘러보았다. 벽난로에서 타닥타닥 불이 타고 있는 아늑한 곳이었다. 자신과 비슷한 또래의 남자애가 몇 명 있었고, 나이든 남자들은 낮은 목소리로 얘기를 나누고 있었다. 남자 몇이 더 들어오자 여인이 그들을 따뜻하게 맞이했다.

"무사했구나!"

"네, 어머니." 방금 들어온 남자 중 하나가 말했다. 빨간색 더벅머리에 녹색 눈동자를 가진 남자는 엄마를 닮은 것 같았다. 아노리는 그의 목소리를 알고 있었다. 자신을 상인의 집에 침입하게 만든 패거리 중한 명이었다. 여인이 저녁을 차렸다. 아노리는 벽난로가 타고 있는 식탁에 앉아본 기억이 까마득했다. 그는 밥과 수프를 걸신들린 듯 먹어 치웠다. 비트로 만든 수프에는 질 좋은 고기도 몇 점 들어 있었다.

식탁 끄트머리에 앉은 남자들은 토론에 열중하고 있었다.

"여기서 나눈 얘기가 절대 밖으로 새어나가지 않을 거라고 믿네. 죽은 아버지와 형제의 이름을 걸고 자네가 비밀을 지켜줄 거라고 믿어. 폭군 디몬 왕의 행로가 거의 막바지에 이르렀네. 그의 악행을 끝내야 하네. 그의 악행으로 고통을 겪지 않은 사람이 이 지구상에 한 사람도 남아있지 않을 지경이지. 그가 동물을 조종하여 사람과 싸우게 만든 탓에 수천 명이 목숨을 잃었네."

"쉿!" 여인이 말했다. "그런 소리 말아라. 누가 듣기라도 하면 어쩌려고."

"이젠 아닙니다." 남자가 말했다. "경비병들이 겁에 질려 있어서 우리와 싸우려 들지 않아요. 그들이 어디 사는지 우리가 다 알고 있거든요." 그가 소리를 높이며 말했다. 마치 엿듣는 사람에게 경고라도 하는 것 같았다. 그가 아노리 쪽으로 몸을 돌렸다.

"디몬 왕은 괴물이야. 그의 딸은 더 악독하고."

"밤마다 검은 왕자라고 불리는 악마와 여기저기를 배회한다는 얘기를 들었어." 다른 남자가 말했다.

아노리가 귀를 쫑긋 세웠다.

"에? 검은 뭐라고요?"

"검은 왕자. 몇 년 전 광장에서 둘이 함께 있는 게 처음으로 목격되었지. 그리고 보름달이 떴을 때 함께 궁전을 배회하는 모습을 봤다는 사람들이 있다."

아노리는 식은땀을 흘리며 침을 삼켰다. 궁전에서 누가 두 사람을 봤을까?

"그들에 대해 아주 소름끼치는 얘기를 들은 적이 있어." 여인이 말했다. "한 번은, 어떤 소녀가 농장에 나타나서 농부의 아내에게 자신의 아기를 돌봐달라고 하더란다. 여자가 아기를 받아들고 집으로 들어와서 자기 아이의 침대에 함께 뉘었다는구나. 그런데 그날 밤 어디선가 게 걸스럽게 쩝쩝대는 소리가 들리더라는 거야. 그래서 아기를 살펴보려고 침대로 가봤더니 아기가 아니라 사악한 괴물이 자신의 아기를 마지막 한 입까지 먹어치웠더래. 괴물이 여자를 보고는 쉭쉭 김빠지는 소리를 내더라는군. 여자 말이, 괴물의 표정이 우리가 광장에서 본 그 얼굴과 똑같더라는 거야. 바로 그들 말이야, 옵시디아나와 검은 왕자."

"다 헛소리예요." 아노리가 말했다. 하지만 금세 그 말을 후회했다.

남자들이 말없이 아노리를 쳐다보았다. 여인이 웃었다.

"옳거니! 너 그 여자를 신으로 섬기는 것에 아주 이골이 났구나, 그렇지?"

"우리가 직접 눈으로 목격한 것은 그 이야기보다도 훨씬 끔찍하다." 붉은 머리의 남자가 말했다. "왕에게는 엑셀이라는 사악한 회계사가 있다. 모든 나라를 완전히 쓸어버릴 방법을 계산하는 자이지. 그에게는, 여자나 아이들이 단지 숫자에 불과했다. 동물을 사람과 맞서게 하는 일은 없을 거라던 왕의 약속을 깨게 만든 것이 바로 그 사람이다."

그가 찻주전자에 뜨거운 물을 채우면서 말을 계속 했다.

"내 가족이 직접 겪은 일이 있다. 내 조부 마이클은 광장에 세워진 조각상을 만드신 분이다. 위대한 예술가셨지. 그분은 자신의 능력으로 옵시디아나의 아름다움을 영원히 보존할 수 있다고 생각하셨어. 그러나 좌대에 옵시디아나가 아니라 마이클 호그민이라고 새긴 것을 보고 왕이 격노한 나머지 조부를 사자 먹이로 던져버렸다. 디몬 왕은 수십 년 전에도 미쳐 있었지만, 지금은 그때보다 곱절은 더 미쳤어."

그늘에 숨어 있던 다른 남자가 한 걸음 앞으로 나섰다.

"내가 속한 대대가 골든 시티를 통과한 적이 있다. 우리보다 몇 주 앞서 디몬 왕의 군대가 작전을 펼치고 지나간 곳이었지. 정말 끔찍했다. 그때까지도 하이에나가 어슬렁거리며 남은 시신을 뜯어먹고 있었다. 거기서 아직 숨이 붙어 있는 갓난아기를 보았다. 아기는 강아지처럼 몸을 웅크린 채 굶어 죽어가고 있었다. 우리는 그 모습을 결코 잊지 못할 것이다."

"승리가 패배보다 훨씬 더 고약했다." 다른 남자가 덧붙였다.

잠시 침묵이 흘렀다. 그들이 아노리를 보며 말했다.

"우리에게 네가 필요하다."

"에?"

아노리는 빵 한 조각을 삼키려고 했지만 목이 말랐다. 여인이 그의 잔에 우유를 다시 채워주었다.

"디몬 왕의 공포정치를 끝장낼 때가 되었다. 디몬 왕과 공주가 살아서 다음 보름달을 보게 해서는 안 돼."

아노리는 우유가 목에 걸려 넘어가지 않았다. 우두머리 옆에 조용히 앉아 있던 남자들이 불안해했다.

"목소리가 너무 커." 한 남자가 속삭였다.

"진정해." 그 남자가 말했다.

"우리 얘기가 궁전으로 새어 들어갈 수도 있어."

"고자질할 마음 먹은 사람 여기 있나?" 그 남자가 위협하듯 주위를 둘러보았다. "핀이라는 자를 기억하겠지? 입을 가볍게 놀리면 어떻게 되는지 다들 잘 알 테지!" 그가 아노리를 획 돌아보았다.

"너한테도 해당되는 얘기다. 네가 벽을 잘 타는 모양이니 우리 계획에 함께 해 줘야겠다. 네 아버지가 누구 때문에 죽었는지를 기억해라. 마음의 준비를 하고 있어라. 너를 데리러 우리가 다시 올 것이다."

"언제요?" 아노리가 물었다.

"그건 첩자들이나 하는 질문이다." 남자가 아노리를 험악하게 쳐다보면서 말했다. 그가 낡은 지도 한 장을 꺼내 놓았다. 오래된 궁전 지도였는데 가능한 진입 경로가 표시되어 있었다.

"바다 쪽 성벽을 이용하면 들키지 않고 올라갈 수 있다. 버려진 감시탑이 여기 있다." 그가 지도 위를 가리키며 말했다. "전에는 접근이 불가능했지만 지금은 가시나무로 뒤덮여 있기 때문에 몸무게가 가벼운 사람이라면 기어 넘어서 여기 있는 창문에 도달할 수 있다. 일단 거기까지 가면 다시 이 지점으로 이어지는 통로가 있다. 바로 상자가 있는 곳이다." 남자가 가리키는 곳은 아노리가 아주 잘 알고 있는 방이었다.

아노리는 자제심을 발휘해야 했다. 아노리에게는 궁전 내부가 손바닥 들여다보듯 환했다. 그가 보기에 그 지도는 쓸모없는 옛날 지도였다. 그들이 이용하려는 문은 이미 벽돌로 막혀 있었다. 그는 그들에게 도움을 주고 싶지 않아서 입을 다물었다. 그러나 가시나무로 덮인 경로를 이용하겠다는 생각은 놀라웠고, 그래서 그는 걱정이 되었다. 옵시디아나가 성 안에 있는 것이 안전하지 않다는 점이 명백해졌다.

남자가 말을 계속했다.

"이 일은 두 사람이 맡아야 한다. 서로 도와가며 가시나무를 기어 넘어가야 한다. 그런 다음 통로를 따라 공주의 방으로 들어간다. 거기서는 정말 빠르게 해치워야 해."

"저 말이에요? 저한테 공주님 방까지 기어 올라가라고 하시는 거예요?" 아노리가 물었다.

"너라면 기어 올라갈 수 있어. 무덤도 파고 들어간 적이 있지 않니. 이 일에는 네가 적임자다. 너랑 저 사람 둘이서."

그가 붉은 머리에 녹색 눈동자를 가진 남자를 가리켰다.

"미숙하긴 하지만 칼을 써본 사람이다."

"칼이라고요?" 아노리가 말했다.

두 남자가 서로 눈길을 교환했다. 한 사람이 고개를 끄덕이며 말을 이었다.

"너에게 맡길 아주 중요한 임무가 있다. 너를 믿어도 되겠나?"

아노리가 고개를 끄덕였다.

"네가 상자를 열면 저 사람이 공주의 심장에 칼을 꽂는다. 절대 공주와 눈을 마주치면 안 돼. 너에게 저주를 내릴지도 모르니까."

아노리는 뼛속까지 서늘한 한기를 느끼며 지도를 응시했다.

"공주를 칼로 찌른다고요?"

"디몬 왕을 왕위에서 몰아내는 가장 쉬운 방법은 공주를 없애는 것이다. 공주는 괴물이다. 공주 때문에 세상은 말로 다할 수 없는 고통을 견뎌야 했다. 네 아버지가 목숨을 잃은 것도 공주 때문이다. 두려우냐? 이 일을 할 수 있겠느냐?"

아노리가 천천히 고개를 끄덕였다.

"할 수 있어요."

남자들이 구석으로 가서 소곤거리며 의논했다. 아노리는 사람들을 둘러보았다. 앉아서 음식을 먹고 있거나, 옷을 수선하거나, 칼을 벼리고 있었다. 아노리는 긴장감에 속이 울렁거렸다. 남자가 돌아왔다.

"여기 있을래? 아니면 어디 갈 데라도 있니?"

"괜찮아요. 잘 데는 있어요." 아노리가 말했다.

"이쪽에서 때가 되면 신호를 주마." 남자가 말했다. "손톱이 뽑히는 한이 있어도 절대 발설하면 안 된다. 그리고 광장보다는 성 안이 공주에게 접근하기가 더 쉬울 거야. 광장에서라면 50명이 필요하지만 성에서는 2명만 희생하면 된다."

"희생이라고요?"

"아버지의 복수를 하려면 위험을 감수해야지. 우리가 약속해 줄 수 있는 건 아무것도 없다. 무슨 일이 생길지 알 수 없어. 들키지 않도록 조심해라. 옵시디아나는 오늘 밤 성으로 옮겨질 거다. 그리고 며칠 그곳에서 머물게 될 거다."

아노리는 어두운 밤길로 나섰다. 구름이 끼어 있었다. 별도 달도 없는 캄캄한 어둠 속에서 그는 미행이 따라붙지 않도록 좁은 길을 골라 살금살금 더듬어 갔다. 마침내 토끼굴에 도착했을 때 그는 바닥에 드러누워 흐느껴 울었다. 그의 아버지는 이제 돌아오시지 않을 것이다. 디몬 왕이 아버지를 사지로 몰아넣은 것이다. 옵시디아나는 비명을 지르는 마녀의 형상으로 상자에 갇혀 있고, 반역자들은 그에게 그녀를 죽이라고 한다. 그의 세계가 무너지고 있었다.

아노리가 밀실에 이르렀을 때 옵시디아나의 방에서 사람들의 목소리가 들렸다. 그는 엿듣기 위해 귀를 기울였다.

"공주의 비명이 보이시나요." 얼친의 목소리였다. "저 얼어붙은 격한 비명이요."

건힐드는 아무 말도 하지 않았다.

"말씀이 없으시군요." 얼친이 말했다.

"나는 아무 말도 할 필요가 없다. 공주가 내 생각을 다 읽으니까."

"왕비님이 얼마나 아름다우셨는데. 시간이 왕비님을 이렇게 무자비하게 파괴하는 것을 왕은 왜 보고만 계시는지 이해할 수가 없습니다. 왕비님의 사랑스러운 젊음을 보존해 줄 상자가 있는데도 그 아름다움이 그냥 사라지게 내버려두다니요."

"디몬 왕은 나에게 관심이 없다."

"그렇지요, 왕비님이나 두 따님에게는 신경 쓰지 않으시지요. 오로지 권력만 생각할 뿐. 상자를 소유한 자가 시간을 정복하고 백성을 지배하지요."

건힐드는 답을 하지 않았다.

"말씀이 없으시군요." 얼친이 말했다.

"그래, 내가 무슨 생각을 하고 있는지 너는 알 것이다."

얼친이 왕비에게 다가가려고 움직이자 쇠사슬이 철렁대는 소리를 냈다.

"분명하게 느껴집니다. 왕비님은 공주를 증오하시는군요. 상자를 차지해야겠다고 생각하시는군요."

건힐드는 여전히 대답이 없었다.

"왕비님은 영원한 아름다움을 열망하십니다."

왕비가 발소리를 울리며 방을 나갔다. 뒤에 남겨진 얼친은 상자의 뚜껑을 어루만지며 주문를 외웠다.

"이렇게나 멋지지, 멋지지, 이제 곧 내 차지, 내 차지."

그가 방을 나갔다. 쾅 하고 문이 닫혔다.

아노리는 사방이 완전히 고요해질 때까지 기다렸다가 해치를 열고 기어 올라왔다. 상자로 가서 옵시디아나의 찌푸린 얼굴을 자세히 들여다보았다. 눈은 고양이 눈처럼 찌그러졌고 치아는 맹수의 이빨처럼 번쩍였다. 시간이 멈추는 순간 무슨 생각을 하고 있었던 걸까? 정말 사람 잡아먹는 괴물이 되어 버렸나? 그가 뚜껑을 들어 올리자 공주의 거친 숨소리가 되살아났다.

옵시디아나와 아노리

옵시디아나가 화난 소리로 쉭쉭거렸다. 아노리가 펄쩍 뒤로 물러섰다.

"쉿! 나야!" 그가 속삭였다.

옵시디아나가 재빨리 주변을 훑어보고는 그의 팔에 달려가 안겼다.

"아노리! 왔구나! 시간 세계의 소식을 전해 줘!"

그녀는 묘한 느낌이 가슴에 이는 것을 느꼈다. 모든 것이 멈추어 버리는 상자 속에서도 느낌만은 터질듯 끓어오를 수 있는 것인지 궁금했다. 그녀는 아노리를 그리워하고 있었던 것이다. 그녀가 아노리를 쳐다보았다.

"왜 그래?" 그가 물었다.

그녀가 손을 뻗어 그의 코를 만졌다.

"코가 엄청 커졌네. 목소리도 달라졌어!"

그가 얼굴을 붉히며 손으로 코를 감쌌다. 그녀가 그의 양볼을 꼬집었다.

"여기 상처가 있네." 그의 손을 쓰다듬으며 그녀가 말했다.

"여기도. 들고양이 귀 같아."

"싸움이 있었어." 그가 말했다. "그나저나, 수다 떨고 있을 시간 없어!"

"똑바로 서 봐, 보자, 키 큰 것 좀 봐!"

"쉿! 어서, 시간이 없다니까." 그가 그녀를 힘껏 잡아당겼다.

"우리가 얼굴을 보는 게 얼마만이지?"

"축전이 있던 날 봤으니까, 2년만이야."

"말도 안 돼!" 옵시디아나가 다시 얼굴을 찌푸리며 말했다. "나한테 어떻게 그럴 수가 있어? 올 거라고 약속했잖아!"

"노력했어! 그런데 궁정사제 얼친이 너를 밤낮없이 사원에다 두라고 명령했거든. 그래서 너한테 접근할 수가 없었어. 이제 가자. 서둘러!"

옵시디아나가 잠깐 생각하는 듯 하다가 말했다.

"하지만 아빠는?"

"아직 전쟁터에 계셔."

"전쟁은 어떻게 되어 가고 있어?"

"내 아버지는 끝내 못 돌아오셨어. 돌아가셨다더라."

"아," 그녀가 소리 죽여 말했다. "슬픈 일이네."

"우리 가야 돼, 옵시디아나. 다른 방법이 없어! 반역자들이 너를 죽이려고 해."

"누가?"

"네가 모르는 사람들이야. 그들은 네가 마녀라고 생각해. 얼친과 왕비는 너에게 불행한 일이 생기기를 원해. 그렇게 해서 왕의 세력을 약화시키려는 거야. 가자!"

아노리는 휘장 뒤에 있는 해치 쪽으로 그녀를 끌어당겼다.

"싫어! 그동안 무슨 일이 있었는지 알고 싶어." 그녀가 낮은 목소리로 말했다.

점점 조바심이 난 아노리는 계속 그녀를 잡아당기면서 빠르게 설명했다.

"플레인즈 공작의 아들 오리가 너에게 청혼했어."

"뭐라고?" 그녀가 말했다. "청혼했어?"

"응, 그런데 얼친이 너의 생각을 읽었더니, 그가 해파리 해협을 헤엄쳐 건너지 못한다면 자격이 없다고 네가 그랬대."

옵시디아나는 믿을 수 없다는 듯 그를 보았다.

"그건 거짓말이야!"

"그가 해협에서 익사하자 공작이 복수를 했어. 왕이 거의 죽을 뻔 했지."

옵시디아나는 정신이 멍해졌다.

"아빠는 지금 어디 계셔?"

"소식을 전하는 보도가 있긴 했지만 애매해. 왕이 도시 전역에 공고문을 붙이도록 했대. 판게아에 좋은 시절이 올 것이니 준비하라고. 모든 것이 곧 제자리를 찾을 거라고."

"그래서 그 말은 사실이야?"

"아니, 세상이 무너지고 있어. 네가 사원에 있는 동안 2년의 세월이 흘렀어. 그리고 궁전은 지금 안전한 곳이 아니야. 당장 도망쳐야 돼. 어서!"

"아빠는 너무 늦기 전에 꼭 돌아오실 거야."

아노리는 잠깐 동안 말이 없었다. 그리고 말했다.

"그게 좋은 생각일까?"

"무슨 뜻이야?"

"돌아오시면 모든 게 좋아질까?"

"당연하지! 그분은 왕이잖아."

아노리가 고개를 저으며 말했다.

"그분이 너를 마법의 상자에 가두셨어! 백성은 그를 두려워 해. 그분 때문에 세상이 죽어가고 있는 거야!"

화가 난 옵시디아나가 아노리를 노려보았다.

"왜 그런 말을 해? 아빠가 자애로운 사람이 아니라면, 도대체 그런 사람이 세상에 있기나 할까?"

"아무도 없을 수도 있지. 하지만 우리 아버지가 수천 명의 다른 병사들처럼 돌아가신 게 왕의 책임이라는 것만은 분명해! 그가 가까이 가면 모든 것이 파괴되고 말아. 도시를 불사르는 그에게 자비는 없어. 동물을 사람과 싸우게 만든 사람이 바로 왕이야!" 아노리는 주먹을 움켜 쥐었다. 거의 폭발할 지경이었다. "지금 가야 한다고! 너는 위험에 빠졌어! 알아듣겠어?"

옵시디아나는 눈을 감았다. 그녀는 혼란스러웠다. 바로 얼마 전까지만 해도 그녀는 궁전 정원에 앉아 있었고 모든 것은 완벽했다. 그녀가 부르면 피크와 문이 껑충대며 뛰어왔고, 유모는 그녀에게 우유와 과자를 가져다주었고, 판다는 그녀의 품으로 파고들었다. 그리고 무엇보다 판게아는 세상에서 가장 강력한 국가였다. 번쩍이는 포탑 그림이 들어 있는 아빠의 편지를 애타게 기다리던 때가 바로 얼마 전이었다. 지금쯤은 틀림없이 귀국길에 오르셨을 거야.

그녀는 상자를 바라보았다. 지금 그녀를 둘러싸고 있는 시간은 얼마나 차갑고 무자비한가. 시간을 그냥 사라져버리게 하고 싶은 마음이 굴뚝같았다. 한순간이면 돼. 한순간이면 모든 것이 다시 괜찮아질 거야. 그녀는 상자로 다가갔다.

"하지만 내가 만약, 모든 것이 다시 좋아질 때까지 이 안에서 기다린다면, 그러면 어떨까?"

"그럼 넌 죽는 거야! 얼친에게는 악마같은 계획이 있고, 반역자들은 왕을 축출하려고 해. 네가 만약 다시 상자로 돌아간다면, 그 다음은 너의 마지막 순간이 될 거야."

옵시디아나가 눈을 감았다.

아노리는 고개를 저었다.

"내가 무슨 말을 하는 지 이해하겠어? 지금 도망가지 않으면 다시는 나를 볼 수 없다고." 그는 벽에 있는 구멍을 향해 서둘러 갔다.

"잠깐만!" 그녀가 말했다. "갈 테니까 기다려!"

그녀는 그를 따라서 해치를 열고 방으로 들어갔다. 그가 2년 동안 숨어 지낸 방이었다. 그녀가 멈추어 서서 사로잡힌 듯 벽을 바라보았다. 꽃과 성, 까마귀와 부서진 상자, 커다란 금붕어를 안고 있는 자신의 모습이 매혹적인 그림들 속에 있었다. 그녀는 그림을 옮겨 다니며 손으로 만져보았다.

"네가 그린 거야?" 그녀가 물었다.

그는 대답하지 않았다. 그녀는 벽을 따라 걸음을 옮겼다. 푸른 잔디와 일각수, 마법의 연못을 지나 자신과 아노리 두 사람이 멋진 궁전 앞에 서 있는 그림에 이르렀다. 멀리 배경에는 산봉우리들이 보였다.

"좀 이상한 얘기지만," 그녀가 말했다. "상자가 새는 것 같아. 마치 한 없이 긴 시간이 지나기라도 한 것처럼 네가 그리웠거든."

그녀는 그의 손에 자신의 손바닥을 대 보았다. 그의 손이 자신의 손보다 커져 있었다.

"이제 가야 해." 아노리가 말했다. "서둘러야 한다고."

"앉아 봐, 아노리. 이제 내가 얘기할 차례야."

"아니, 나중에. 시간이 없어."

"아니, 지금." 그녀가 말했다.

시간 상자 속의 소녀

"옛날 옛적에 상자 속에 누워 있는 공주가 있었어. 수많은 세월을 움직이지도 않고 얌전했지. 어느 날 공주가 깨어나 보니 어린 소년이 자신의 목을 조르고 있었어."

"재밌네." 아노리가 한 쪽 입 꼬리를 올리면서 웃었다.

"온 나라가 상자 속의 소녀를 숭배했어. 그녀가 여신이라고 생각한 거지. 더 많은 사람들이 그녀를 볼수록 그녀는 더욱 중요한 사람이 되었고, 그녀가 더 중요해질수록 더 많은 사람이 그녀를 보고 싶어 했어. 그녀가 너무나 중요했기 때문에, 신년 전야제조차도 그녀를 깨울 만큼 의미 있는 행사가 아니라고 생각할 정도였지. 그녀의 시간은 너무나 소중한 것이었거든. 그런데 소년이 우연히 한밤중에 그녀를 상자에서 나오게 했고 그녀는 그에게 마법을 걸었어. 그는 보름달이 뜰 때마다 그녀를 찾아와 바깥세상의 소식을 전해야 했어. 그래서 소년은 한 달에 한 번 그녀를 찾아와서 그녀를 상자에서 꺼내 주게 되었지. 그들은 도시를 탐험하고 성 안의 비밀스런 장소들을 찾아다녔어. 그러나 소년이 성장하는 동안 소녀는 작은 씨앗처럼 마법의 상자에 누워 있어야 했어.

소녀는 친구를 가져본 적이 없었어. 그런데 뜻밖에도 소년이 최고의 친구가 된 거야. 소녀에게는 그런 느낌이 들었어. 왜냐하면 그를 만난 후로 그녀에게는 좋은 일만 생겼거든."

아노리가 얼굴을 붉혔다. 옵시디아나는 손가락을 그의 입술에 가져갔다.

"하지만 소녀는 슬픈 진실을 마주하게 되었지. 그들이 처음 만났을 때 소년은 9살이었어. 그런데 겨우 며칠이 지났을 뿐인데, 어쨌든 그녀에게는 그렇게 느껴졌지, 그는 10살이 되고 그러다 갑자기 14살이 되었어. 그녀가 겨우 며칠을 사는 동안 그는 5살이나 더 먹은 거야. 만약 그렇게 계속된다면, 그녀가 14살에 머무는 동안 그는 18살이 될 거고, 20살, 40살, 50살로 늙어가겠지. 결국은 죽을 거고. 그녀가 아는 사람들 모두가 그렇게 되겠지. 그녀는 자신이 영원히 살고 싶은 게 아니라는 걸 깨닫게 되었어. 그녀는 비와 눈과 바람과 봄과 겨울과 가을을 사는 공주가 되고 싶었어. 흐린 날도 보고 싶었지. 그래야 맑은 날이 어떤 날인지 알 테니까."

"그래서 그녀는 어떻게 했어?"

"그녀의 아빠가 예전에 그녀에게 비밀 편지를 주셨어. 아주 심각한 상황이 아니면 열어 보지 말라고 하면서. 편지에는 숲 속 작은 연못가의 오두막으로 가는 방법이 적혀 있었어. 그녀의 엄마가 묻힌 곳이지. 그곳이라면 두 사람이 안전하게 지낼 수 있을 것 같았어. 그래서 어느 날 두 사람은 떠날 결심을 하고 그곳으로 달아났어."

아노리가 미소를 보였다.

"그래서 공주랑 소년은 어떻게 됐어?"

"5명의 아름다운 자식을 낳았어."

"어?" 아노리가 얼굴을 붉혔다. "그냥 서로 좋은 친구 사이라고 생각했는데."

"좀!" 그녀가 말했다. "이건 동화잖아. 그들은 연못에서 송어를 낚고, 암소 두 마리와 호랑이 한 마리를 키웠어. 다람쥐는 그들에게 견과를 가져다주고 두더지는 감자를 가져다주었어. 그리고 두 사람은 비둘기와 닭고기를 양껏 먹었지."

"우와, 그런데 그게 공주에게 어울리는 생활인가?" 아노리가 웃음을 터뜨렸다.

"그럼." 그녀가 말했다. "그리고 결국 그들은 아주 추한 늙은이가 되었대. 그는 얼굴이 주름진 셔츠처럼 변했고, 그녀는 농부의 아내처럼 엉덩이에 살이 오르고 들창코에다 머리는 민들레 솜털처럼 사방으로 뻗치게 되었대. 그녀가 웃을 때면 이가 다 빠진 잇몸이 드러나서 손주들이 아주 무서워했대."

아노리가 소리 내어 웃었다.

"두 사람의 이마에 어찌나 주름이 많은지 둘이 입을 맞출 때면 이마가 딱 끼어버렸대!"

아노리가 더 크게 웃었다.

"정말 사랑스런 얘기다. 그건 그렇고, 여기서 나가야 돼." 그가 말했다. "우리 목숨이 위험해."

옵시디아나가 그의 손을 꼭 잡았다.

"가보진 않았지만 내가 아는 곳이 한 군데 있어." 그녀가 말했다. "엄마가 잠들어 계신 작은 호수. 누구에게도 허락되지 않은 곳. 그곳으로 가는 길은 오직 왕만이 알고 계시지. 아빠가 여러 해 전에 내게 편지를 주셨어. 이제 그 편지를 열어볼 때가 된 것 같아."

그녀가 낡아 보이는 편지봉투를 꺼냈다. 단단히 봉인된 편지였다.

도망

아노리와 옵시디아나는 눈에 띄는 대로 장비와 식량을 긁어모았다. 삽 한 자루, 낚싯대, 도끼, 깔개, 식탁보, 냄비 두 개, 부엌칼, 버터 한 덩이, 말린 과일, 쌀 등을 배낭에 모두 쑤셔 넣었다. 그리고 몰래 빠져나가기 위해 들킬 위험이 가장 적은 한밤중을 기다렸다.

"다 챙겼어?" 아노리가 물었다. "가자!" 그가 나선계단의 중앙 기둥 쪽으로 나섰다. 그런데 옵시디아나가 뒤를 돌아보며 말했다.

"그럼, 다시는 여기 못 오는 거야?"

"금방 다시 올 일은 없을 거야." 아노리가 대답했다. "다시 못 올 수도 있어."

옵시디아나가 머뭇거렸다.

"한 군데만 들를 데가 있어." 쏜살같이 달려나가면서 그녀가 말했다.

"어디? 시간이 없다니까!"

"유모한테 작별인사를 해야 해!"

아노리가 한숨을 쉬었다.

"그럼 빨리 움직이자."

뛰듯이 그녀를 쫓아가던 아노리가 가까이 있는 병사를 발견하고 그녀를 멈춰 세웠다. 병사는 하인들의 방에 접근하는 자가 없는지 감시하고 있었다. 건장한 체격에 큰 창으로 무장한 병사는 부엉이 눈을 하고서 어둠을 응시하고 있었다.

"그를 통과하는 건 불가능해. 결코 잠드는 법이 없거든." 아노리가 말했다. "내가 지켜본 결과 그랬어."

옵시디아나가 잠시 생각하더니 숨을 깊이 들이쉬었다. 그리고 옷매무새를 가다듬은 다음 흘러내린 머리를 쓸어 넘겼다.

"나를 따라 와." 그녀가 말했다.

"뭘 하려고 그래?"

"횃불을 붙일 수 있지?"

"미쳤어? 그러면 우리가 들키잖아! 돌아 와!"

하지만 그녀는 앞으로 나서며 말했다. "저 병사가 누군지 알아?"

"응, 맨스톤이라는 사람이야."

"어머니 이름은?"

"조세핀."

"결혼은?"

"했어. 프레야라는 아내가 있어."

"자식은?"

"없어."

그녀가 아노리의 머리에 검은 천을 두르고 눈만 보이도록 좁다란 틈을 내었다.

"이건 왜?" 그가 물었다.

"저들이 진정으로 나를 숭배한다면, 혹은 진심으로 나를 두려워한다면, 내 명령에 따를 거야. 따라 와!"

그녀는 불길이 타오르는 횃불을 움켜쥐고 창문도 없는 복도 한가운데를 곧장 걸어 나가기 시작했다. 두 사람의 그림자가 벽에 너울거렸다. 상아색 문 앞에 감시병이 서 있었다.

"멈춰라! 거기 누구냐?"

옵시디아나는 감시병을 향해 거침없이 걸어갔다. 감시병은 창을 겨누며 어둠 속에 서 있는 그녀를 자세히 들여다보았다. 그들이 공주와 검은 왕자라는 사실을 깨닫고 그는 화들짝 놀랐다. 벼락이라도 맞은 사람 같았다. 옵시디아나가 그를 쏘아보며 위협적인 소리를 내자 그는 온몸에 전율을 느끼며 벌벌 떨었다.

"맨스톤! 네가 경비병 맨스톤이렷다?" 그녀가 쉿소리로 말했다.

그가 그녀 앞에 몸을 웅크렸다.

"위대하신 공주님, 제가 어찌하면 되나요?" 그의 발치에 흥건하게 물이 고였다.

"너는 선택받았다. 내가 신들과 함께 있으면서 너를 아이 때부터 지켜보았다. 네 어미 조세핀과 네 아내 프레야의 이름으로, 너에게 중요한 임무를 맡기노라."

"공주님을 위해서라면 무엇이든 하겠습니다! 무엇이든지요!" 그가 흐느꼈다.

"이 문을 열어라. 그리고 누구에게도 이 사실을 알려선 안 된다. 검은 왕자가 나와 함께 있다. 그는 복종하지 않는 자에게 벌을 내린다."

맨스톤은 즉시 몸을 일으키고는 조금 버거워하면서 문을 열었다.

"조용히!" 옵시디아나가 쉿소리를 냈다. "이제 보초를 서라. 감히 우리를 따라올 생각은 말라!"

그녀는 다음 감시병을 향해 성큼성큼 걸어갔다. 그녀의 명령에 그는 고개를 숙이고 엎드렸다. "여기서 기다리라!"

그들은 작은 정원으로 통하는 문에 이르렀다. 정원에는 가장자리를 따라 세 개의 목재 테라스가 놓여 있었고 얇은 종이로 만든 등이 밝혀져 있었다. 백발을 땋아 올린 늙은 여인이 등받이 없는 의자에 앉아 작은 양말을 뜨고 있었다. 그들이 다가가자 여인이 눈을 들었다. 그녀의 눈길은 부드러웠지만 왠지 공허해 보였고, 얼굴에는 깊은 주름이 패어 있었다. 그녀가 옵시디아나를 보고 미소를 지었다. 이가 다 빠져버린 잇몸이 드러났다.

"이런, 이런, 이게 누구야."

"응, 나야, 사랑하는 유모."

"그러니까 이제 돌아온 거예요?"

"응, 돌아왔어."

"이름이 뭐더라?"

"옵시디아나."

"그렇구나," 그녀가 말했다. "내게도 옵시디아나라는 이름의 어린 딸이 있어요. 그 애를 주려고 양말을 뜨고 있답니다. 지금 궁전 정원에서 작은 사슴이랑 놀고 있어요."

"정말 예쁜 양말이네." 유모의 손을 꽉 잡으며 옵시디아나가 말했다.

아노리는 불안했다. 시간이 얼마 남지 않았고, 두 명의 경비병은 그 자리에 그대로 엎드려 있었다. 하지만 이것이 얼마나 위험한 짓인지 아노리는 잘 알고 있었다.

"고마워, 사랑하는 엄마." 옵시디아나가 말했다. "한 번도 이 말을 한 적이 없지만, 당신은 최고의 엄마였어요."

늙은 유모의 눈에 알아듣는 기색이 얼핏 비쳤다. 그녀가 옵시디아나의 손을 꼭 쥐었다. 옵시디아나가 안아주자 작은 눈물방울이 그녀의 뺨을 타고 흘렀다.

"울지 마." 옵시디아나가 말했다. "다 잘 될 거야."

막 움직이려던 아노리가 소디스의 손가락에서 반지를 발견했다. 그는 홀린 듯 그녀에게 다가갔다. 빨간 방울이 속에 맺혀 있는 파란색 보석 반지였다. 그의 이모할머니가 그에게 준 작은 코끼리의 눈알과 같은 것이었다. 틀림없이 똑같은 보석이었다. 그가 소디스의 손을 잡고 말했다.

"보그힐드라는 동생이 있어요?"

"네가 그걸 어떻게 아니?" 그녀가 물었다.

그가 허리를 굽히고 그녀에게 무언가 귓속말을 했다.

"사랑하는 내 아기," 그녀가 말했다. "그 아기는 잘 자랐겠지?"

"네, 할머니." 아노리가 말했다. "아기는 아주 크고 튼튼하게 자랐어요."

늙은 여인은 두 사람에게서 관심이 멀어지는 듯했다. 그리고 조용히 콧노래를 부르며 멈추었던 뜨개질을 계속했다.

"가야 돼." 아노리가 말했다.

그들이 떠나려고 할 때 소디스가 말했다. "나가다가 어린 소녀를 보거든, 와서 우유 한 잔 가져가라고 전해 줘."

그들은 무거운 배낭을 맨 채, 부복하고 있는 초병을 타넘으며 복도를 되돌아 나왔다. 시간이 지체되었다. 수탉이 울기 시작했다.

"시간이 없어!" 아노리가 말했다. "어느 쪽으로 가지?"

옵시디아나가 주머니에서 봉투를 꺼내 겉봉에 쓰인 글씨를 읽었다.

"다른 모든 길이 막혔을 때 열 것."

그녀는 봉인을 뜯고 편지를 열었다.

"내 사랑하는 딸아, 네가 이 편지를 열 때쯤이면 상황이 심각하겠지. 동봉한 지도에는 숲 속의 작은 공터로 가는 길이 나와 있다. 거기 수양버들 아래 네 어머니가 잠들어 있다. 비바람을 막아주는 아늑한 곳에 작은 샘이 있는 오두막이 있다. 오두막에는 견과류와 밀가루가 그득한 통이 있을 것이다. 그리고 연못에는 송어가 살고 있다. 만약 내게 변고가 생기거나 궁전이 적의 공격을 받게 되면, 그곳으로 피신하거라. 성 안의 네 방에 나선계단이 있는 방으로 통하는 해치가 있다. 그 계단을 내려가면 도시의 지하로 이어지는 터널에 이르게 될 것이다. 작은 구멍을 통과해서 비밀 통로를 따라가다 보면 7개의 탑이 나올 것이다. 거기 도착하면…"

아노리의 얼굴이 창백해졌다.

"7개의 탑이라고? 그 탑은 **거대한 틈**의 반대편에 있어! 바다를 건너는 것은 불가능해! 왕께서는 왕국이 갈라지기 전에 이 편지를 쓰신 게 틀림없어."

그는 가방을 등에 매고 서 있었다. 갑자기 세상의 모든 근심이 그의 가방에 들어가 있는 것 같은 기분이 들었다. 온 세상이 그녀를 찾아 나선다면 그들이 숨을 곳은 어디에도 없을 것이다. 그는 다른 계획을 생각해보려고 애를 썼다. 어디로 갈 수 있을까? 그녀의 손을 보았다. 이렇게 섬세하고 하얀 손. 가방에는 몇 주 정도 버틸 수 있는 식량이 있을 뿐이었다. 어떻게 해야 살아남을 수 있을까? 그녀는 할 줄 아는 게 아무것도 없었다. 그는 지난 2년 동안 반쯤 차있는 궁전의 식품저장고에서 음식을 훔쳐 먹으며 버텼다. 그래서 지금같은 상황에 어떻게 대처해야 할지 사실은 그도 알지 못했다.

"어쨌든 가보자. 어딘가 나오겠지." 그가 말했다.

옵시디아나는 어쩔 줄 모르며 굳은 채 서 있었다.

"아빠는 나를 사랑하셔." 그녀가 작은 소리로 말했다.

"가자! 이제 더는 시간이 없어!"

그러나 옵시디아나는 주저했다.

"내가 가면 아빠는 돌아가시는 거야, 그렇지?"

"무슨 소리야?"

"만약 왕국을 하나로 결속시키는 사람이 나라면, 그럼, 내가 떠난다는 건 아빠에겐 죽음을 의미하는 거야. 내 말이 맞지 않아?"

아노리가 발을 굴렀다.

"디몬 왕은 미쳤어! 이 편지를 쓴 건 20년도 더 전이야. 너는 가야 해. 너는 왕을 구할 수 없어."

그러나 그녀는 낮은 목소리로 중얼거렸다.

"내가 떠나면, 공물이 들어오지 않을 거고, 그러면 아빠는 보급품을 못 받으실 거고, 그러면 전쟁에 지는 거야. 왕위에서 쫓겨난 왕을 기다리는 건 잔인한 운명뿐이야."

"빨리 좀 가자!"

"하지만 아빠가 돌아가시게 할 순 없어! 온 세상이 아빠에게 등을 돌린다 해도 나만은 그럴 수 없어."

그녀는 목걸이를 풀어서 아노리에게 건넸다.

"가서 아빠를 찾아! 돌아오시라고 전해. 목걸이가 징표가 되어 줄 거야. 기다리고 있을게."

"안 돼! 불가능한 일이야! 나는 왕이 어디 계신지도 몰라. 나 혼자는 못 가. 세상이 얼마나 넓은지 너는 전혀 모른다고! 네가 위험해! 우리 함께 떠나야 돼. 당장! 함께!"

옵시디아나가 그를 마주보고 서서 자신의 붉은 스카프를 그의 목에 둘러 주었다. 그는 이제 그녀보다 키가 컸다. 바로 얼마 전까지만 해도 꾀죄죄한 어린 아이였는데. 그녀는 그의 머리를 매만졌다. 그리고 그에게 가볍게 입을 맞추었다. 일초도 안 되는 입맞춤이었지만 아노리에게는 수십만 년은 되는 것처럼 느껴졌다.

그녀는 서둘러 자신의 방으로 돌아가 상자 속으로 사라졌다. 아노리는 혼자 남겨졌다. 욕지거리가 터져 나왔다. 망할 왕! 망할 미친 살인자 왕! 이제 그는 말을 훔쳐 타고 왕을 찾으러 떠나야 했다. 황야를 가로지르고, 어두운 숲을 지나고, 강도와 식인종을 피해가며 산을 넘고 사막을 건너야 했다. 이 모든 일이 성공한다 해도 그 다음엔 미친 왕을 설득하는 일이 남았다. 반역자들이 궁전에 침입해 자신의 딸, 공주를 죽이려는 음모를 실행에 옮기기 전에 궁으로 함께 돌아가자고 설득해야 했다. 자신의 아버지를 장기판의 졸처럼 희생시킨 사람을 위해 그는 자신의 생명을 걸어야 하는 것이다.

그는 토끼굴을 기어 나오면서도 연신 욕설을 내뱉고 있었다. 굴을 나서자 커다란 검은 그림자가 그를 덮쳤다. 누군가 그의 목덜미를 잡아챘다.

충돌

　판게아 제국은 쪼그라들었다. 한 나라씩, 한 지역씩, 한 도시씩. 디몬 왕과 그의 군대는 그나마 남아 있는 제국의 여기저기로 정처 없이 떠돌아다니는 유령 같았다. 괴혈병으로 치아는 다 빠지고, 구루병 때문에 뼈가 뒤틀렸다. 전투, 감염, 질병, 그리고 야수가 그들의 팔다리를 집어삼켰다.

　비웃음과 조롱 속에서 발을 질질 끌며 느린 걸음을 옮기는 그들의 모습은 기괴했다. 절뚝거리는 코뿔소 3마리, 상태가 안 좋아 보이는 벌 18마리, 광분한 궁수 14명, 눈 먼 마부 2명, 웃음을 멈추지 못하는 하이에나 한 마리, 흩어져 섞여 있는 보병, 말 한 마리, 그리고 당나귀 한 마리에 함께 올라 탄 4명의 용감한 기사가 대오를 이루고 있었다. 군인들은 모두 자신들의 군주에 대해 변함없는 신념을 품고 있었다. 그들의 주군, 위대한 왕. 디몬 왕을 배신할 일은 결단코 없었다. 대열 뒤쪽의 콘실료는 굽어진 허리로 절뚝이며 걸었고, 그를 따르는 천상의 매는 이제 늙고 깃털이 빠져서 털 뽑힌 닭 꼴이었다. 디몬 왕은 최선을 다해 위엄을 유지하며 존경을 받았다.

　습지를 지나 그들이 도착한 곳은 늪이었다.

"제군들, 여기를 통과하자." 디몬 왕이 말했다.

그러나 그가 오른 쪽을 보니 병사 한 명이 악어에게 끌려가고 있었다.

"속삭임의 노래를 부르는 자들아, 이제는 동물을 전혀 통제하지 못하는 것이냐?"

왼편을 보니 하얗게 질린 병사가 나무 등치를 붙잡고 매달려 있었다. 피라니아가 이미 허리까지 먹어치운 뒤였다.

디몬 왕은 무언가 격려의 말이 필요한 상황임을 느꼈다.

"전진! 전진하라! 판게아 제국은 다시 일어 설 것이다."

일주일이 지나 그들은 성문 앞에 도착했다. 문은 잠겨 있었다. 병사들은 목이 쉬어서 사람들에게 들릴 만큼 크게 소리를 지를 수도 없었다. 하염없이 기다리다보니 한 여인이 문 앞에 나타났다. 콘실료가 서류를 흔들었다.

"이 협정에 따르면 여기 세워진 도시는 현재 판게아 제국에 속한다. 문을 열고 너희들의 왕을 영접하라!"

아이들이 성가퀴 위에 올라 개똥을 그들에게 던졌다.

디몬 왕이 외쳤다. "포기하라! 저항해도 소용없다!"

성문이 활짝 열리고 그들은 연회장으로 안내되었다. 살찐 왕자가 자신의 가족과 더불어 잔치를 벌이고 있었다. 왕자의 아내가 왕에게 오만한 눈길을 던지며 인사를 거부했다. 디몬 왕이 서류가방을 열고 협정에 조인하라고 명령했다.

"불멸의 공주가 내리는 축복을 내 너희에게 줄 것이다."

왕자가 답했다.

"공주가 신들과 함께 거하는 게 아니라 밤마다 검은 왕자와 함께 돌아다닌다는 소문을 들었습니다. 실종과 아동납치가 모두 그들의 소행이라고 하더군요."

"그것은 사실이 아니다." 디몬 왕이 말했다. "공주는 왕위를 물려받으려고 기다리고 있다."

"게다가, 불멸의 공주가 대중 앞에 모습을 드러내면서부터 판게아의 불행이 시작되었다고 들었습니다. 이곳에도 밤중에 배회하는 공주를 본 사람들이 있습니다."

"네가 뒷간에 앉아 볼 일을 보는 동안 쥐새끼들이 네 귀에 대고 무슨 말을 속살거리든 내 알 바 아니다." 디몬 왕이 대답했다. "그러나 분명히 말하노니, 옵시디아나가 판게아를 영원히 통치하게 될 것이다."

왕자가 칼자루를 움켜쥐었다가 놓으면서 말했다.

"굳이 당신을 죽이고 싶지 않군요. 하루하루가 당신 스스로에게 패배와 좌절의 나날일 테니."

병사들이 디몬 왕과 그의 군대를 포위해 붙잡아서 온몸에 타르를 칠한 다음 깃털을 묻혔다. 그리고는 돼지 떼와 함께 한길로 내쫓았다. 그들 뒤에서 성문이 쾅 소리를 내며 닫혔다. 디몬 왕이 협정서를 흔들며 소리쳤다.

"너는 아직 협정서에 조인하지 않았다!"

왕이 생명을 구한 것은 자비심이나 동정심 덕분이 아니었다. 사람들의 마음 깊숙한 곳에 공주가 복수할지도 모른다는 두려움이 있었기 때문이었다. 세상에 불행을 가져온 것이 공주라는 이야기를 사람들은 마음 깊이 믿고 있었다.

"우리는 단호히 전진한다!" 디몬 왕이 외쳤다.

"그게 좋은 생각일까요?" 콘실료가 물었다.

"우리는 여름 궁전에 머물 것이다! 거기서 기력을 회복하고 다시 전투에 임할 것이다."

오합지졸의 행렬이 힘겨우나마 걸음을 재촉한 덕에 어둠이 내리기 전에 간신히 다 허물어져가는 여름 궁전에 도착했다. 왕의 궁전은 완전히 황폐해져 있었다. 중앙 홀에 들어가려고 병사들은 덤불과 사투를 벌여야 했다. 등불을 밝혀 어둠을 몰아내고 디몬 왕은 눈앞에 펼쳐진 광경을 둘러보았다. 여러 해 전에 이 궁전을 지었지만 지금까지 한 번도 머문 적이 없었다. 시간을 낼 수가 없었다.

두터운 붉은색 휘장이 그나마 깨지지 않고 남아 있는 창문을 가리고 있었다. 뜨거운 여름 공기는 습기를 머금고 가라앉아 있었다. 위대한 화가의 손으로 그린 벽화는 조각조각 부서져 한때 눈부시게 윤기가 흐르던 대리석 바닥을 어지럽히고 있었다. 색깔이란 색깔은 모두 먼지처럼 창백한 잿빛으로 변했고 그림은 뒤틀어져 있었다. 콘실료가 뒤틀린 그림을 펴려고 하자 디몬 왕이 중얼거리며 욕지거리를 했다.

"바로 잡으려고 애쓸 필요 없다." 그가 투덜거렸다. "시간은 결국 모든 것을 파괴한다."

그가 오래된 책을 집어 들었다. 책은 그의 손에서 가루가 되어버렸다. 그는 가장 오래되고 가장 귀한 포도주를 저장고에서 꺼내오라고 명령했다. 하지만 병에서는 붉은 모래만 흘러내렸다. 그가 높이 세우고 쟁취한 모든 것들이 바스러지고, 곰팡이가 피고, 썩고, 녹슬고, 산산

조각이 났다. 아무도, 백만의 무장한 군사들조차도, 그를 시간으로부터 보호해줄 수는 없었다.

그는 은밀한 시선으로 주변을 두리번거렸다. 이마에 흘러내리는 땀을 닦으며 구석을 뚫어져라 응시하기도 하고 휘장 뒤를 꼼꼼히 들여다보다가는 천장을 올려다보기도 했다. 자신을 공격하려는 사람이 뒤에서 몰래 다가오기라도 하는 것처럼 휙 돌아보기도 했다. "여기 있나?" 그가 속삭였다. "어? 시간의 신, 거기 있나?"

시간이 물처럼 느껴졌다. 차갑고 깊은 물이 그의 모든 감각을 채워서 그는 숨을 쉴 수가 없었다. 고막이 터지고 눈알이 빠질 것만 같았다. 시간이 자신을 향해 포효하는 사자처럼 느껴졌다. 귀 옆에서 윙윙대는 각다귀처럼 시간은 그를 짜증스럽게 했다. 시간벌레가 관절마다 들러붙어서 뜯어먹기라도 하는 것처럼 그는 온몸을 긁었다. 벌레가 뼈를 파먹고, 이를 뽑고, 시야를 빨아들이는 것 같았다. 시간은 또한 그의 머릿속에서 윙윙거리는 파리 떼였다. 기억의 실타래를 풀어서 한 가닥씩 붙들고 날아가 버리는 파리 떼였다.

시간벌레가 생애의 한순간, 한 장면을 들고 날아가 버릴 때마다 사랑스런 왕비와의 추억은 점점 희미해졌다. 처음 손잡던 순간, 첫 입맞춤, 반짝이던 눈동자가 지워져 갔다.

디몬 왕이 끝까지 붙들고 놓지 않은 단 한 가지는 옵시디아나였다. 그녀를 떠올리면, 무슨 일이 닥친다 해도, 최소한 시간만은 정복했다는 생각이 들었다. 성에는 거미줄로 만든 상자가 있고 그 안에 자신의 가장 소중한 보물이 누워 있다. 디몬 왕은 기력이 돌아오는 것 같은 기분을 느꼈다. 종이에 몇 자 휘갈겨서 전령 까마귀의 다리에 묶어 날려 보냈다.

판게아의 백성들아! 승리가 눈앞에 있다!

도둑의 목을 매달아라

아노리에게 목걸이를 건네고 작별의 입맞춤을 하면서, 옵시디아나는 진심을 다해 기원했었다. 자신이 상자로 돌아감으로써 모든 불행을 뒤로 하고 시간의 파도를 넘을 수 있기를, 그리하여 마침내 안전한 항구에 도착하기를. 그리고 상자가 다시 열렸을 때 아노리와 아빠의 웃음 띤 얼굴을 보게 되기를. 그들은 웃으며 말하겠지, 이제는 다 괜찮아. 하지만 그런 일은 벌어지지 않았다. 상자가 열리고 그녀를 맞이한 것은 분필처럼 새하얀 얼굴의 건힐드였다. 그녀의 손에는 반짝이는 목걸이가 들려 있었다.

"이걸 잃어버렸니?" 건힐드가 차갑게 말하며 목걸이를 상자 안으로 던졌다.

"이걸 어떻게 당신이 가지고 있죠?" 옵시디아나가 말했다. "목걸이를 왜 당신이 가지고 있냐고요!"

얼음처럼 차가운 목소리로 왕비가 대답했다.

"도둑이 궁전에 침입했다. 믿어지느냐? 충격적인 일이지. 하지만 이 왕국에 더 이상 성스러움은 남아 있지 않으니. 도둑이 너에게서 목걸이를 훔친 모양이구나."

옵시디아나는 무엇이든 시간을 가리키는 실마리를 찾아보려고 애를 썼다.

"그는 어디 있어요?" 경멸이 담긴 눈초리로 쳐다보면서 그녀가 말했다. "그에게 무슨 짓을 한 거죠?"

"그에게 무슨 짓이라니? 도둑에 관해서라면 내 알 바가 아니다. 당연히 교수형에 처하겠지."

"아빠는 어디 계세요? 만나야겠어요."

"왜 그분이 여기 계실 거라고 생각하는 거지? 그분은 네가 필요할 때 곁에 계신 적이 없는데 말이다."

"엑셀과 얘기하고 싶어요!"

"당치않은 소리를 하는구나, 어리광쟁이처럼. 교수형을 앞둔 도둑이 기다리고 있다. 왕국을 다스리는 법에 대해 네 아버지가 너에게 가르친 것이 아무것도 없구나! 법과 질서를 지켜야지. 사형을 집행하고 진정한 지도자의 모습을 보여주기에 지금보다 적당한 때가 있을까. 좋은 연습이 될 것이다. 그러고 나면 너 스스로 작은 전쟁을 수행할 만한 능력을 갖추게 될 지도 모르지."

그녀는 옵시디아나를 떠밀어 발코니로 나가게 했다. 발코니 아래 광장에는 교수대가 세워져 있었다. 두건을 쓴 7명의 남자가 교수대로 끌려가고 있었다. 목에 올가미를 걸기 위해 사형집행자가 두건을 약간 들어올렸다. 붉은 스카프가 옵시디아나의 눈에 들어왔다. 신발도 알아볼 수 있었다. 아노리였다. 그녀는 고개를 돌렸다. 구역질이 나고 어지러웠다.

"하지만 저들을 목매달아선 안 돼요." 그녀는 말을 더듬었다. "그럴 순 없어요!"

"자 그럼, 착하신 공주님." 건힐드가 흥겨운 듯 말했다. "농부가 양의 새끼를 치기만 할 순 없지. 결국 도살해야 하는 날이 오는 법이다. 연습해야 한다. 네 아버지가 백성을 처형하지 않고도 왕이 된 줄 아느냐. 자, 신호를 보내라!"

"안 돼! 멈춰! 처형을 멈추어라!"

그녀는 기적이 일어나길 바랐다. 아노리는 죽으면 안 돼. 하늘을 올려다보았다. 신이 존재한다면 그를 구해야 한다는 듯이.

"신호를 해라!" 건힐드가 명령했다.

"싫어, 이 마귀할멈!"

"내가 대신해 주길 바라니? 평소의 모습 그대로 더할 나위 없이 순진한 사람 노릇을 하고 싶은 거야? 신호를 보내!"

"싫어!!"

"잘했다." 건힐드가 말했다. "그게 신호였어."

낙하문이 열리고 사형수들이 떨어졌다. 밧줄이 팽팽히 당겨지고 교수대에 매달린 사형수들이 경련하듯 앞뒤로 흔들렸다. 그들 중 한 명이 계속해서 흔들리자 병사가 다가가서 창으로 찔렀다.

옵시디아나의 눈에 눈물이 가득 고여 아무것도 보이지 않았다. 그가 죽었을 리가 없어. 위험한 여정이 될 거라고 그가 말했을 때에도 정말 죽을 수도 있을 거라고는 생각하지 않았다. 그가 더 이상 산 사람이 아닌 순간이 올 수도 있을 거라고는. 시간을 거꾸로 돌려주는 상자가 있었으면 하고 소망했다. 그러면, 음식이 가득 든 가방을 매고 그와 함께 길을 떠났을 텐데, 쫓기고 배를 주릴지라도 함께 있었을 테고 그는 살아있었을 텐데.

붉은 스카프를 두른 소년은 교수대에 매달린 채 움직임이 없었다.

"훌륭해." 건힐드가 말했다. "수고했다. 정의를 실행했어."

옵시디아나가 그녀를 보았다. 분노로 얼굴을 일그러뜨리며 눈을 크게 뜨고 목젖을 긁는 소리로 외쳤다.

"결코 다시는 당신을 보고 싶지 않아! 너희들 모두 죽어버릴 때까지 누구도 상자를 열어선 안 돼! 절대로 안 볼 거야!"

그녀는 상자 안으로 뛰어 들어간 뒤 뚜껑을 꽝 하고 닫았다. 그러나 잠시 후 뚜껑이 다시 열렸을 때, 그녀는 자신이 차갑고 독을 품은 안개에 둘러싸여 있음을 깨달았다.

붉은 스카프

아노리가 서둘러 구멍을 기어 나오는데 누군가 목덜미를 움켜쥐었다. 무방비 상태에서 당한 공격이었다.

"거기 있었구나, 요 못된 꼬맹이! 뭔가 우리한테 감추는 게 있다고 생각했어! 거기서 뭘 챙겼지?"

아노리는 소중한 징표를 들키지 않으려고 감싸 쥐었다. 그러나 남자가 그의 손목을 밟는 통에 주먹을 펼 수밖에 없었다.

"목걸이로군!" 남자가 소리를 질렀다. "이보게들! 공주의 목걸이야!"

그가 주위를 몰래 살피는 것처럼 뒤를 돌아보았다.

"이걸 어떻게 손에 넣었지?"

빨간 머리에 녹색 눈의 사내가 아노리의 가방을 뒤졌다.

"며칠은 거뜬히 먹을 수 있는 식량이 들어있다! 곡물, 빵, 아몬드, 말린 과일!"

그가 말린 생선이 가득 든 가방을 아노리의 얼굴에 들이밀었다. "이정도면 가격이 얼만지나 알아? 어디서 난 거야? 세월 좋던 시절에나 봤지, 그 후로는 이렇게 많은 음식을 구경도 못해 봤어."

아노리는 아무 말도 하지 않았다.

"지난번에 바로 이 구멍에서 너를 놓쳤지! 우리한텐 아무것도 건진 게 없다고 하더니." 첫 번째 남자가 말했다.

"어이, 저것 좀 보게!" 빨간 머리 사내가 말했다. "스카프에 공주의 문장이 새겨져 있어!" 그가 아노리의 목에서 스카프를 낚아챘다. "이 놈 신발 봐! 지체 높은 양반들도 못 신을 고급스러운 신발이네."

"네 놈을 믿었다." 그가 아노리의 눈을 똑바로 쳐다보며 말했다. "그런데 같이 가기로 해놓고, 네 놈이 나를 배신했어."

아노리가 눈길을 피했다.

빨간 머리 사내가 자신의 목에 스카프를 두르더니 아노리의 신발마저 벗겨갔다. 다른 패거리는 아노리를 심문했다.

"이 물건들이 어디서 난 거냐?" 남자가 아노리에게 발길질을 했다. "무슨 짓을 꾸미고 있었던 거냐? 저 안에 뭐가 있지?"

"이보게들!" 한 남자가 외쳤다. "더 깊숙한 곳에 구멍이 하나 더 있어! 저 놈을 단단히 묶어!"

그들이 아노리의 팔과 다리를 묶고 앉혔다.

"그 찡그린 얼굴의 마녀가 저 안에 있는 거지?"

아노리는 대답하지 않았다.

"궁전 사람들과 작당이라도 했나? 네 아버지를 죽인 자에게서 뇌물이라도 받은 거야?"

남자가 아노리의 손가락을 비틀었다. 아노리는 고통스러워 울부짖었다.

"저 안에는 아무것도 없어요!"

하지만 거짓말 해봐야 아무 소용이 없다는 걸 아노리는 알고 있었다.

그들은 금방 탑으로 올라가는 길을 찾을 것이고 해치를 통과해 무방비 상태의 옵시디아나가 누워 있는 방으로 가는 길을 찾고야 말 것이다.

사내들이 아노리에게 재갈을 물렸다. 아노리는 결박을 풀어보려고 꿈틀거렸다. 하지만 패거리가 한 명씩 구멍으로 사라지는 것을 바라만 볼 수밖에 없었다. 그들이 그녀를 찾아내서 죽일 것이다. 갑자기 누군가 그의 머리 위로 몽둥이를 쳐들더니 힘껏 내리쳤다. 눈앞이 캄캄해지고 아노리는 의식을 잃었다.

디몬 왕이 제정신으로 돌아오다

디몬 왕이 여름 궁전의 바깥에서 병든 코뿔소에게 응급처치를 하고 있을 때 후줄그레하게 젖은 까마귀가 근처에 내려앉더니 그에게로 다가와 절을 하고 발을 내밀었다. 왕이 쪽지를 풀었다.

궁전의 체계가 망가졌습니다. 힘은 미약해지고 위협은 커졌으며 기회는 거의 없습니다. 공주님의 한 쪽 입 꼬리가 아래로 쳐졌습니다. 불행하다는 지표입니다. 얼친과 건힐드가 폐하의 동맹을 적으로 만들고 있습니다. 저의 계산 결과를 보면, 그들은 폐하의 죽음을 원하고 있습니다.

엑셀이 기록하고 공인함

왕이 머리를 긁적였다. 콘실료가 고기 한 점을 가져와서 까마귀에게 먹였다. 잠시 후, 또 한 마리의 까마귀가 당도했다. 이번에는 다리에 캡슐을 매달고 있었다.

협로로 돌아가십시오. 저의 계산에 따르면, 다른 모든 통로가 차단

되었습니다. 캡슐에 폐하를 천하무적으로 만들어 줄 물질이 들어 있습니다.

엑셀 올림

"협로로 돌아가라고?" 왕이 콧방귀를 뀌었다. "화살과 불타는 타르가 쏟아지던 그곳으로 돌아가라고?" 그는 쪽지를 햇빛에 비춰보았다. 종이에 줄이 쳐진 것이 보였다. 엑셀은 결코 줄친 종이에 글을 적지 않는다. 디몬 왕은 손가락 두 개로 마법의 캡슐을 집어 들고 그 안에 담긴 회색 빛을 띤 녹색가루를 자세히 들여다보았다. 가까운 곳에서 나무를 타는 다람쥐가 있어, 디몬 왕은 바위 위에다 가루를 쏟아놓았다. 다람쥐가 와서 가루를 핥았다. 그리고 즉시 이상한 행동을 하기 시작했다. 눈빛이 날카로워지면서 이빨을 드러내더니 제일 높은 나무 위로 달아났다. 잘난 척 뽐내며 나무 위에 앉은 다람쥐는 소리 없이 날아오는 부엉이를 알아채지 못했다. 부엉이는 발톱으로 다람쥐를 움켜쥐고 날아가 버렸다.

독이군, 디몬 왕은 생각했다. 그가 죽기를 원하는 사람이 있는 것이다.

"콘실료," 그가 말했다. "오늘이 무슨 요일인가?"

"진짜 대답을 원하시나요, 아니면 마음 편한 대답을 원하시나요?"

"진짜를 원한다."

"수요일이옵니다."

"몇 월이냐?"

"봄이옵니다."

"몇 년이냐?"

"어느 달력으로 답을 드릴까요?"

"새 달력으로 말하라."

"새 달력은 아직 시작도 안 했습니다."

"그럼 옛 달력으로 말하라!"

"고갯마루 전투가 있은 지 40년이옵니다."

"불가능한 얘기다." 디몬 왕이 말했다. "그렇다면 내가 70세라는 얘기인데."

그는 방패를 번쩍번쩍 윤이 나게 닦았다. 방패에 늙은이의 모습이 비쳤다. 꿰매 붙인 것 같은 코를 달고, 이가 다 빠져버린 외눈박이 노인이 거기 있었다. 그는 손가락 세 개와 발가락 두 개, 귀 반쪽과 콩팥을 잃었다. 머리카락도 거의 남아 있지 않았다.

"세상을 정복하였으나, 지켜내지 못했다. 그러나 시간을 정복하는 데는 진정 성공하였다." 그가 말했다. "만약 옵시디아나에게 무슨 일이 생긴다면 나는 모든 것을 잃는 것이다!"

디몬 왕은 비참하기 짝이 없는 자신의 군대를 점검했다. 남아 있는 한 마리 말에 올라타면서 그가 외쳤다. "궁으로 돌아간다!"

말이 콧김을 내뿜으며 앞다리를 높이 쳐들었다가 전속력으로 달려나갔다. 왕은 필사적으로 말을 잡고 매달렸다. 그렇게 하여 왕은 그나마 남은 군대마저 저버렸다. 디몬 왕은 외쳤다.

"이랴! 이랴, 나의 애마여! 궁으로 가자!"

붉은 판다

아노리가 의식을 회복하고 보니 몸은 묶이고 입에는 재갈이 물려 있었다. 손이 등 뒤로 묶여 있어 움직일 수가 없었다. 작은 구멍이 보였다. 패거리가 그리로 들어간 건 보았지만 그들이 다시 나왔는지는 아직 확실하지 않았다. 옵시디아나가 그에게 입 맞춘 것이 바로 얼마 전이었다. 눈앞이 캄캄해지면서 정신을 잃기 직전에 벌어진 일이었다. 패거리는 지금 저 안에서 그녀와 함께 있을 것이다. 그들이 하려는 일이 무엇인지 그는 알고 있었다.

그는 몸을 움직여도 보고 재갈을 물어뜯기도 했다. 그들이 그의 목을 베어버리지 않고 참은 것이 동정심 때문이 아니었음을 깨달았다. 여기 바깥에서 더위와 갈증으로 죽어 가는 것이 훨씬 고통스러운 일이었다. 몸을 비틀어 돌아보니 피가 돌지 않아 한 쪽 손이 퍼렇게 변하고 있었다. 개미가 귀와 눈꼬리로 기어들어왔다. 개미가 깨무는 바람에 그는 움찔하고 놀랐다. 그를 갈가리 조각내서 개미집으로 끌고가려는 모양이었다.

그런데 바로 그때 짐승 한 마리가 나타났다. 궁전에 있는 그림에서 본 적이 있는 짐승이었다. 골목의 쓰레기 더미를 쿵쿵대며 돌아다니는 붉은색 늙은 판다였다. 판다가 그의 몸 위에 올라와 개미를 잡아먹기 시작했다. 입 속에 넣고 으스러뜨리니 딱하고 부서지는 소리가 이빨 사이에서 희미하게 들렸다. 아노리는 알아듣지 못할 소리를 웅얼대며 몸을 옆으로 돌리고 판다에게 밧줄이 보이도록 했다. 하지만 판다는 뒤로 물러나더니 이내 사라져 버렸다.

"가지 마!" 아노리가 재갈 사이로 웅얼거렸다.

판다가 다시 나타났다. 이번에는 쥐 한 마리를 발톱으로 움켜쥐고 있었다. 외눈박이 녀석은 지저분한 잿빛에 꼬리가 길었다. 판다가 쥐를 놓아주자 허둥지둥 아노리에게 다가왔다. 코에 붙어서 킁킁대거나 얼굴을 가로질러 다니다가 셔츠 목으로 기어들어가서는 소매로 다시 빠져나왔다. 공포에 질린 아노리의 동공이 커졌다. 판다가 쥐를 다시 잡아서 밧줄에 대고 지그시 눌렀다. 쥐가 밧줄을 쏠기 시작했다. 피부에 스치듯 쏠아대는 통에 거북했지만, 밧줄을 끊어야 하기에 안간힘을 쓰며 버텼다. 밧줄에서 풀려난 그는 피가 다시 돌게 하려고 두 손을 비볐다. 그 사이 판다는 그의 주변을 깡충깡충 뛰어다녔다. 그는 벽에 난 구멍을 보면서 패거리가 지금쯤은 작전을 완수했을지도 모른다는 생각에 견딜 수가 없었다. 그는 활과 화살을 챙겨 구멍으로 기어들어갔다. 하지만 얼마 가지 못해 경비병의 목소리가 들렸다.

"여기 더 있어?"

"그놈들이 들어온 입구를 찾았다!"

아노리는 일렁이는 횃불을 보았다. 거리로 도망가야겠다는 생각에 서둘러 뒤로 기어 나왔다. 그런데 지붕에 올라가 있는 판다가 눈에 띄었다. 간신히 창턱에 몸을 올리고 판다를 따라가니 작은 은신처가 나왔다. 침입자를 수색하느라 경비병들이 뛰어다니는 동안 잠시 그곳에서 기다렸다. 판다가 절벽위로 높이 솟아 있는 성의 외벽으로 몸을 던졌다. 그리고는 외벽을 덮은 가시나무의 가지를 타고 요령 있게 기어올랐다. 아노리가 뒤를 따랐다. 가시가 손바닥에 깊이 박혔지만 상관하지 않았다. 까마득한 절벽 아래 자갈밭 위로 파도가 부서지는 모습을 내려다보았다. 그러나 결의에 찬 그의 눈길은 곧장 위를 향했다. 그리고 더욱 높이 기어올랐다. 그는 갈라진 틈을 따라 조금씩 움직였다. 가끔은 가시나무의 가지가 벽에서 떨어지는 바람에 한 손을 놓치기도 했다. 그럴 때면 잡을 데를 찾으려고 몸을 흔들어야 했다. 판다는 지붕에 난 창문 옆에서 그를 기다렸다. 아노리는 궁수들이 이용하는 좁은 통로에 간신히 올라섰다. 통로는 총안이 있는 흉벽을 따라 끝까지 이어져 있었다. 아래층 방에 놓여 있는 상자를 보고 아노리는 안도의 한숨을 쉬었다. 상자에 접근해도 괜찮을 지는 아직 알 수 없었다. 그는 판다 곁에 쪼그리고 앉아서 끈기 있게 기다렸다. 총안을 통해 광장이 내려다 보였다. 7명의 사형수가 교수대에 매달려 있었다. 두건을 쓰고 있는데도 그는 그들을 금방 알아볼 수 있었다. 옵시디아나의 붉은 스카프가 바람에 날리고 있었다. 저 사람들이 죽었으면 하고 바란 적도 있었다. 하지만 지금은 상황이 달랐다. 여인숙에서 만난 여인과 고기가 든 수프, 그리고 벽난로 가에 앉아 있던 남자들을 생각했다. 속이 뒤틀렸다. 저 남자들이 디몬 왕을 축출하고 더 좋은 세상을 만들겠다던 바로 그들이었다. 아노리는 그들에게 아버지의 죽음에 대해 복수를 하겠다고 약속했었다. 하지만 그는 그들을 배신했다.

도시 저 끝에서 말을 타고 다가오는 사람이 있었다. 그가 탄 말은 땀에 흠뻑 젖어 있었다. 디몬 왕이 집으로 돌아오고 있었다.

서까래 밑의 아노리

아노리가 옵시디아나의 방으로 기어 내려가고 있는데 얼친이 쇠 사슬을 철컹거리며 방으로 들어왔다. 건힐드도 함께였다. 아노리는 들 키지 않게 몸을 숨긴 다음 활시위를 당기고 차분하게 기다렸다. 옵시 디아나를 해치려는 자는 매운 화살을 맛보게 될 것이다.

상자로 다가간 얼친이 뚜껑을 손톱으로 긁었다.

"보십시오, 얼마나 아름다운지." 그가 말했다. "슬픔에 잠겨 있을 때 조차 이렇게 아름답습니다."

"무슨 꿍꿍이냐, 얼친? 나를 여기로 데려온 이유가 무엇이냐?"

"디몬 왕이 알아챘습니다. 왕이 귀국길에 올랐다는 소식을 들었습니 다. 적들이 그를 짓밟아 줄 것입니다. 그럴 의사만 있다면 말입니다."

"무슨 짓을 하고 싶은 게냐?"

얼친은 상자를, 그리고 그 안에 누워 있는 아름다운 소녀를 응시했 다. 날카로운 칼을 뽑아들면서 그의 눈이 번뜩였다.

"그녀의 심장에 칼을 꽂으십시오." 그가 말했다. "그러면 따님들이 왕국을 물려받게 되지요."

건힐드가 한걸음 물러서서 얼음같이 차가운 눈길로 그를 보았다.

"그것이 왕비님이 원하시는 바가 아니던가요?" 얼친이 말을 이었다. "아주 오랫동안 공주를 없애고 싶어 하셨죠. 왕비님은 공주를 증오하십니다. 공주는 왕비님을 기꺼워한 적이 없었을 뿐 아니라 신들에게 왕비님을 비방했습니다."

그가 왕비에게 칼을 건넸다. 건힐드는 황금 사슬에 묶인데다 우스꽝스러운 예복까지 차려입은 멀대같은 사내를 바라보았다.

"그래서 네가 얻는 것은 무엇이냐?" 그녀가 물었다. "내 딸들이 너의 자식도 아닌 터에."

"함께 왕국을 통치하면 되지요." 얼친이 간살을 부리며 말했다.

"그렇게는 안 된다."

"됩니다. 확신합니다."

"아니, 네가 무슨 생각을 하고 있는지 알고 있다. 너는 디몬 왕과 함께 나도 없애려는 것이다. 불멸의 공주를 네가 차지하고 싶은 것이지."

얼친이 증오에 찬 눈으로 왕비를 쏘아보며 사슬을 철컹거렸다.

그가 느닷없이 건힐드의 손에 억지로 칼을 쥐어주었다. 그리고 돌아서더니 상자의 뚜껑을 열어젖히며 외쳤다.

"조심하십시오, 옵시디아나! 건힐드가 공주님을 죽이려 합니다! 경비병! 건힐드가 공주님을 찌르려 한다!"

시간이, 잔인하고 무자비한 시간이 스며들어, 독을 품은 차가운 안개처럼 옵시디아나를 집어삼켰다. 건힐드가 자신의 하나뿐인 친구를 처형하게 만들었다. 공주는 교수대에 매달려 흔들리는 아노리를 지켜보았고, 이제 다시는 그 무엇도 눈에 담고 싶지 않았다. 결코. 그런데 지금 얼친이 상자를 내려다보며 흉포한 모습으로 서서 어느 때보다 큰소리로 고함을 지르고 있는 것이 아닌가.

"경비병! 건힐드가 공주를 찌르려 한다!"

건힐드는 손에 칼을 쥔 채 말문이 막혀 서 있었다. 문이 벌컥 열리더니 디몬 왕의 포효가 들려왔다.

"누가 상자를 열었느냐? 누가 내 딸의 소중한 시간을 헛되이 쓰는 것이냐?" 그가 활시위를 당겨 얼친을 똑바로 겨냥하더니 화살을 날렸다.

서까래 사이에는 아노리가 있었다. 그의 손에 들린 한 개의 화살로 틀림없이 목표물을 명중시켜야 했다. 아노리는 얼친의 움직임을 좋으면서 그에게 활을 겨누고 있었다. 얼친이 상자로 뛰어가서 뚜껑을 열어젖힐 때도 그는 얼친을 겨냥하고 있었다. 하지만 얼친이 내뱉은 경고의 외침을 듣고 아노리의 시선은 건힐드에게로 옮겨갔다. 건힐드가 칼을 들고 상자 옆에 서 있었다. "조심하십시오, 옵시디아나!" 라고 외치는 소리. 아노리는 재빨리 왕비를 겨냥하고 화살을 날렸다.

두 개의 화살이 방안에서 열십자를 그리며 교차했다. 하나는 얼친에게, 다른 하나는 건힐드를 향하고 있었다. 눈을 감고 누워 있던 옵시디아나에게 익숙한 목소리가 들렸다.

"아빠? 아노리?" 놀란 그녀가 속삭였다. 그녀는 눈을 번쩍 뜨고 벌떡 일어나 앉았다.

옵시디아나가 돌아보는 순간, 건힐드가 번개처럼 몸을 돌려 얼친의 가슴에 칼을 꽂았다. 그녀는 고개를 들어 아노리의 목소리가 들려온 쪽을 올려다보았다. 그와 눈이 마주쳤다. 거기 그가 있었다. 덥수룩한 머리에 다정한 눈빛 그대로, 그가 서까래 밑에 앉아 있었다. 심장이 멎었다. 화살에 심장이 찔린 것만 같았다. 사실 그것은, 단지 느낌이 아니라 실제로 벌어진 일이었다. 한 개의 화살이 그녀의 심장을 뚫은 바로 그 순간에 다른 화살 하나가 건힐드를 꿰뚫고 창밖으로 쌩하고 날아갔다. 건힐드가 얼친 위로 쓰러졌다. 옵시디아나는 상자 속으로 다시 쓰러지고 동시에 쾅 하는 소리와 함께 뚜껑이 닫혔다. 모든 것이 너무나 순식간에 벌어진 일이었다. 그녀의 눈 속에 한줄기 빛이 채 사라지지 않고 있었다. 그 순간 그녀는 더없이 행복한 생각에 빠져 있었다. 아노리가 살아있어!

화살이 공기를 가르며 날았다. 아노리는 옵시디아나가 일어나 않는 것을 보았다. 그녀와 똑바로 눈이 마주쳤다. 그녀가 움찔했다. 화살이 그녀의 가슴 깊숙이 박혔다. 제 무게를 이기지 못하고 무너져 블랙홀로 변하는 별처럼 아노리의 가슴이 쪼그라들었다.

왕은 건힐드가 쓰러지는 것을 보았다. 얼친이 무너져 내리고 자신의 딸이 상자 속으로 사라지는 것을 보았다. 그가 당황하여 뛰어 들어갔다. 왕비가 쓰러진 자리에 피가 흥건했다. 가슴에 칼이 꽂힌 얼친이 왕비 옆에 쓰러져 있었다. 그리고 아름다운 공주, 그의 소중한 보물은 마법의 상자 안에 누워 있었다. 그는 안도의 한숨을 쉬면서 뚜껑을 열려고 했다. 공주를 안고 싶었다. 얼마나 오랜만인가. 그러나 그 순간 옵시디아나의 가슴에 꽂힌 화살을 발견한 그는 공포에 사로잡혔다. 상자에는 단 세 방울의 피만 떨어져 있었다. 옵시디아나는 죽지 않았어. 하지만 그는 알았다. 만약 그가 상자를 연다면, 그녀의 생명은 피처럼 조금씩 배어나와 한순간에 사라져버릴 것이다. 알비노 꽃이 그랬듯.

검은 왕자

아노리가 천천히 정신을 차려보니, 하인과 궁전 경비병들이 당황하여 갈팡질팡 뛰어다니고 있었고, 자신은 그 혼돈 속을 헤매고 있었다. 그들이 자신을 붙잡아 목매단다 한들 이젠 아무 상관없었다. 공주의 방에서는 디몬 왕의 포효가 들려왔다.

"왕이 공주를 쏘았다!" 하인들이 울부짖었다.

"왕이 공주를 쏘았다!" 경비병들이 소리 질렀다. "얼친과 건힐드가 공주를 죽이려고 했다. 끔찍한 일이다!"

내가 공주를 쏜 게 아니었나? 아노리는 생각했다. 그는 얼이 빠진 상태로 이리저리 휩쓸려 다녔다. 눈물을 흘리며 바삐 움직이는 경비병과 시녀들이 그에게 와서 부딪혔다. 그들은 외쳤다.

"길을 비켜라! 길을 비켜! 뭔가 해야 해!"

하지만 뭘 해야 할지 아는 사람이 아무도 없었다. 그를 체포하려는 사람도 없었다. 아노리는 목이 메었다. 화살을 쏜 사람이 누구든, 지금 그 화살은 공주의 가슴 깊숙이 박혀 있다. 그녀의 마지막 순간이 영원토록 상자 안에서 보존되겠지. 그녀는 죽지 않았다. 그렇다고 살아 있는 것도 아니다. 그가 할 수 있는 일이 무언가 있을 텐데.

순간 따뜻한 손이 자신의 손을 잡는 것을 느꼈다.

"불쌍하기도 해라, 내 아기. 슬픈 일이라도 있었니? 무슨 일이야?"

아노리가 돌아보았다. 소디스였다. 그녀가 아노리의 손을 잡고 복도를 걸었다. 당황한 경비병과 흐느끼는 시녀들을 지나치며 걸어 나갔다. 성문이 열려 있고 말발굽 소리가 들렸다. 골드윌로와 실버윌로가 공포에 질려 성에서 달아나고 있었다.

도시로 나온 아노리와 소디스는 천천히 걸음을 옮겼다. 햇살이 눈부셨다. 소디스가 그를 이끌고 거리를 누볐다. 길을 훤히 알고 있는 것 같았다.

"아이구, 이럴 수가! 모퉁이 가게가 문을 닫은 거야?" 폐가를 지나가면서 그녀가 놀라 소리쳤다. 그녀가 곧장 아노리의 이모할머니 집으로 향했다.

"사랑하는 보그힐드," 그녀가 말했다. "너무 늦어서 미안해. 빵을 사온다는 게 그만 깜빡했다."

보그힐드는 믿기지 않는다는 듯 잠시 언니를 바라보았다. 그리고 두 사람은 서로의 팔에 안겼다.

그들이 포옹하고 있는 동안, 아노리는 천장을 올려다보았다. 구석에 거미 한 마리가 있었다. 그는 거미를 잡아서 작은 병에 넣었다. 그리고는 거미줄을 막대에 감아 동그랗게 뭉쳤다.

성 안의 디몬 왕은 죽음처럼 창백한 얼굴로 서 있었다. 콘실료가 말을 타고 도착했다. 패잔병들도 그와 함께 돌아왔다.

"콘실료! 공주를 구할 수 있는 자가 반드시 있을 것이다." 디몬 왕이 말했다.

콘실료가 뚜껑너머로 상자 안을 들여다보았다. 심장에 화살이 꽂힌 사랑스러운 소녀를 바라보았다. 마치 그의 벌들이 한꺼번에 그를 쏘기라도 한 듯 그의 눈빛이 고통으로 물들었다.

"심장에 입은 상처가 치명적이라는 사실을 누구보다 잘 아시지 않습니까."

"안 돼!" 왕이 말했다. "우리에겐 시간이 있다. 공주를 구할 수 있는 사람이 세상 어딘가에는 반드시 있을 것이다."

콘실료가 고개를 저었다.

"'죽은 자식 불알 만지기'라는 속담을 들어보셨을 테지요. 상자를 여는 순간 공주님은 피를 흘리며 죽어갈 것입니다. 공주님을 살릴 수 있을 정도로 손이 빠른 의사는 없습니다. 상자를 열고 공주님에게 사랑한다고 말하는 것, 그것이 폐하께서 하실 수 있는 유일한 일입니다."

디몬 왕이 천둥처럼 고함을 질렀다.

"누구든 옵시디아나의 생명을 구하는 자에게는 왕국의 절반을 줄 것이다!"

"무슨 왕국 말씀입니까?" 콘실료가 말했다. "왕국은 이제 남아 있지 않습니다."

"나의 왕국을 회복하는 즉시 반을 떼어 줄 것이다. 최고의 명의와 가장 숙련된 장인에게 명령을 전달하라! 난쟁이를 찾아라!"

"하오나 폐하께서 이미 그들의 목을 치신 것을." 콘실료가 고개를 흔들며 말했다.

성문이 닫히고 모든 문에 빗장이 걸렸다. 밤이면 궁전은 칠흑 같은 어둠에 묻히고, 오로지 꼭대기의 작은 탑에서만 희미한 불빛이 새어나올 뿐이었다. 치료할 수 없는 상처를 고쳐 줄 사람을 기다리며 디몬 왕이 거기 있었다. 해가 바뀌어도 왕은 기다렸다. 그러나 아무도 오지 않았다.

산속에서 수수께끼의 인물이 돌아다닌다는 소문이 퍼졌다. 검은 옷을 입은 남자가 말을 타고 마차를 끌며 다닌다고 했다. 그가 다가가면 다른 여행자들은 달아나면서 이렇게 소곤거렸다.

"검은 왕자다!"

거미로 채운 병을 가득 실은 마차가 덜컹대며 지나가면 마을 사람들은 덧문을 닫아걸었다. 백발의 노파 두 명이 마차에 앉아 물레를 자았다. 아노리는 한 번씩 멈추어 서서 주변의 숲을 눈으로 훑었다. 커다란 거미줄을 발견하면 솜사탕을 만들듯이 기다란 막대기에 빙빙 돌려 감아 마차의 노파에게 건넸다. 그러면 노파는 거미줄을 떼어내서 물레에 돌리고 실을 뽑았다. 두 노파는 즐거워 보였고 솜씨도 아주 좋았다.

"사랑하는 언니, 드디어 우리가 함께 여행을 하네!"

"여행이라고?" 물레를 돌리면서 소디스가 말했다. "우리가 지금 여행 중인가?"

아노리가 동굴 입구에서 마차를 멈추고 실타래와 거미가 든 병을 내렸다. 그는 동굴 안에 주거공간을 만들고 베틀을 설치해 두었다. 그가 베틀에 앉아 노파들이 뽑은 실로 베를 짰다. 북을 넣고 바디로 치고, 북을 넣고 바디로 치고, 북을 넣고 바디로 치고, 가을이 지나고 겨울이 다가도록 길쌈은 계속되었다. 동굴 입구에 봄볕이 들자, 노력의 결과물을 살펴보려고 작업을 멈추었다. 거미줄로 만든 비단을 빛을 향해 들어올렸다. 한없이 얇은 고드름 같았다. 천을 바라보던 그가 눈물을 떨구었다. 두 노파는 침대에 누워 코를 골고 있었다.

동굴 깊숙한 곳의 어둠 속에서 작은 물체가 희미한 등불을 들고 나타났다. 길고 가는 빛이 아노리를 비추었다

"너를 지켜보고 있었다." 어둠 속의 목소리가 말했다. "일하는 방식이 엉망이야. 그렇게 해서 상자를 다 짜려면 만 년은 걸리겠다."

목소리의 주인이 가까이 다가왔다. 늙은 난쟁이 여인이었다.

"그래도 계속할 수밖에 없어요."

"심장에 박힌 화살을 뽑을 수 있는 사람은 없어."

"알아요." 아노리가 말했다. "상자를 짜서 나를 미래로 보낼 거예요. 공주를 다시 만나려면 그 방법밖에 없어요."

"불멸의 공주를 뒤쫓으려고 하면 안 돼. 그녀의 운명은 모든 사람에게 보내는 경고야."

"그녀는 아무 잘못이 없어요. 단지 존재하고 싶었던 것뿐이에요."

난쟁이 여인이 그의 말을 생각해보았다.

"복수는 언제나 이런 결과를 가져오지." 그녀가 커다란 눈으로 아노리를 보면서 웅얼거렸다.

"저는 복수하려는 생각 없었어요."

"복수는 언제나 가장 죄 없는 사람을 다치게 하는구나. 마법의 상자는 내 형제들이 보낸 복수의 선물이었다."

"저 일 좀 하게 내버려 두세요." 아노리가 말했다. "일 분이 아쉽다고

요."

"그렇게 엉망으로 일하는데 그저 보고만 있을 수는 없구나. 너는 길
쌈 꾼이 되기는 틀렸어. 거미가 무용지물이 되었어. 너는 거미를 제대
로 다룰 줄 몰라."

그녀가 아노리를 동굴 더 깊은 곳으로 데려갔다. 눈이 어둠에 익숙해
지자 5명의 난쟁이 여인이 보였다. 커다란 털북숭이 거미를 무릎에 올
려놓고 앉아 있었다. 여인들은 마치 고양이를 만지듯 부드럽게 거미를
쓰다듬으며 거미에게서 은빛 실을 뽑아냈다.

늙은 여인이 생각에 잠겼다.

"혹시 모르지, 우리가 너에게 작은 도움이 될지도."

성난 군중

아침이었다. 성난 군중이 왕궁 앞에 모여들었다. 기운 없이 홀 안을 어슬렁거리던 디몬 왕이 창밖을 내다보았다. 군중이 사원을 무너뜨리고 궁전 정원까지 쳐들어와 조각상을 박살내기 시작했다. 그는 그 광경을 무기력하게 바라보고만 있었다. 경비병들이 군중에게 제압당하고 무기를 빼앗긴 마당이었다. 군중이 왕궁을 에워쌌고 일부는 도개교를 끌어내리고 있었다.

"시간! 저주스런 시간!" 디몬 왕이 고개를 흔들며 투덜거렸다. 악을 쓰며 달려드는 그들 무리가 그에게는 시간과 다를 바 없었다. 지난 세월동안 시간은 조금씩 궁전을 허물었다. 사람은 시간벌레보다 몸집이 클 뿐.

콘실료가 다가왔다. 자신의 벌들을 작은 상자에 모두 집어넣은 후였다.

"폐하, 다 끝났습니다." 그가 말했다. "군중이 곧 이곳에 들이닥칠 것입니다. 비밀통로로 피신하셔야 합니다."

왕은 그의 말을 무시했다.

"디몬 왕, 공주에게 작별을 고하십시오."

그가 상자를 가리켰다. 옵시디아나가 시간을 초월한 아름다운 모습 그대로 누워 있었다. 하얀 드레스, 기쁨으로 빛나는 얼굴, 그리고 가슴에 꽂힌 사랑의 화살.

"금방이라도 군중이 들이닥칠 것입니다. 두 팔로 공주를 안고 작별 인사를 하십시오. 어쨌든 폐하의 딸이 아닙니까."

"싫다." 왕이 말했다. "공주는 죽지 않았다. 상자가 있으니 죽을 일은 영원히 없다."

"공주의 마지막 순간을 영원히 보존한들 무슨 소용이겠습니까. 부질없습니다." 콘실료가 단호하게 말했다. "제가 왕이라면, 상자를 열고 공주에게 작별을 고하라 명령하겠습니다."

"아니, 어떤 상황에도 희망은 있는 법이다."

바윗덩이가 쏟아져 창문이 산산조각 났다. 바위가 발밑에 떨어지는데도 왕은 미동도 하지 않았다. 바깥의 소요는 점점 사나워지고 있었다. 군중이 홀에 들어오려고 육중한 오크 문을 밀었다. 문이 부서졌다. 콘실료가 가장 선두에 선 침입자를 칼로 찔렀지만, 곧바로 홍수처럼 밀려드는 사람들 발길에 그만 밟혀 죽고 말았다. 부랑자, 군인, 탈주병, 노파, 젊은이, 농부들. 지휘자도 없이 광기에 사로잡힌 군중이었다. 한순간 정적이 흐르면서 사람들이 멈추어 선 채로 홀을 둘러보았다. 백성들에게 한 번도 허락된 적이 없는 공간이었다. 사람들은 믿기지 않는다는 눈빛으로 수염을 덥수룩하게 기르고 왕좌에 앉아 있는 남자를 바라보았다. 디몬 왕은 말없이, 움직임도 없이, 앉아 있었다. 군중이 그를 향해 밀려들고, 맨 앞에 선 남자가 도끼를 쳐들며 그를 내리치려고 할 때는 디몬 왕도 조금 놀란 것 같았다. 왕은 아치형 천장을 올려다보았다. 세상을 손에 넣은 그가 득의만만한 모습으로 그림 속에 서 있었다. 그 순간 무언가가 바람 가르는 소리를 내며 그에게 떨어졌다. 그가 바닥에 쓰러졌다. 그의 머릿속에서 한 세계가 폭발했다. 쓰러진 그의 눈 한 옆으로 상자가 보였다. 이내 그의 시야는 백색광으로, 그리고 조용하고 영원한 어둠으로 채워졌다.

한 여인이 두터운 휘장을 뜯어 내렸다. 아침 태양이 쏟아져 들어와 홀을 밝은 빛으로 채웠다. 빛기둥이 상자 속에 가만히 누워 있는 소녀를 비추었다. 신비한 아름다움, 환한 얼굴이 눈부셨다. 방금 도끼로 왕을 내리찍고서 이번에는 공주를 치려던 남자가 얼어붙은 듯 멈추어 섰다. 그리고 도끼를 천천히 바닥에 내려놓았다. 감히 입을 여는 사람이 없었다. 상자에 다가 설 엄두를 내는 사람도 없었다. 태양이 검은 머리카락과 핏빛 입술과 창백한 뺨, 그리고 가슴에 꽂힌 화살을 비추었다. 누군가가 뒤돌아서 달아났다. 그러자 나머지 사람들이 그 뒤를 따라 순록 떼처럼 우르르 몰려나갔다. 이 무시무시한 소녀 곁에 언제나 함께 하는 치명적인 저주가 두려웠던 것이다.

옵시디아나는 자신이 알거나 사랑하는 사람들이 모두 사라져 버렸다는 사실을 꿈에도 몰랐다. 검은 옷의 남자가 아주 잠깐 상자를 열 때까지도 그녀의 표정에는 변함이 없었다. 남자는 그녀의 손에 쪽지를 쥐어주며 속삭였다.

"우리 다시 만나게 될 거야!"

옵시디아나가 헉 하고 숨을 들이마셨다. 그녀의 가슴이 선홍빛으로 물들었다. 죽음에 한 발짝 다가선 것이다.

날이 가고, 계절이 바뀌고, 세월이 흘렀다. 시간은 성을 파괴했다. 틈새마다, 구멍마다, 수십만 송이의 꽃이 뿌리를 내리고 활짝 피어났다. 시간의 힘이었다. 지구를 지배한 어떤 왕보다도 강력한 힘이었다. 씨앗은 왕의 몸에 자리를 잡고 양분을 빨아들이며 배와 가슴으로 뿌리를 뻗었다. 그의 눈구멍에서 두 개의 싹눈이 파릇하게 돋았다. 새싹은 태양을 향해 뻗어나가며 일각고래의 엄니 모양으로 서로 휘감기고 비틀렸다. 그렇게 두 개의 줄기가 꼬이며 지붕까지 닿는 나무로 자랐다. 나무는 공주 위에 녹색의 덮개를 드리우고 뿌리로는 상자를 단단히 에워쌌다. 헤아릴 수도 없을 만큼 오랜 세월이 흐르면서 상자는 점점 퇴적층 속으로 자취를 감추었다.

여기 공주가 누워 있다. 끝을 모르는 영원 속에, 살지도 죽지도 않은 채, 천년을 살았지만 여전히 열네 살인 공주가.

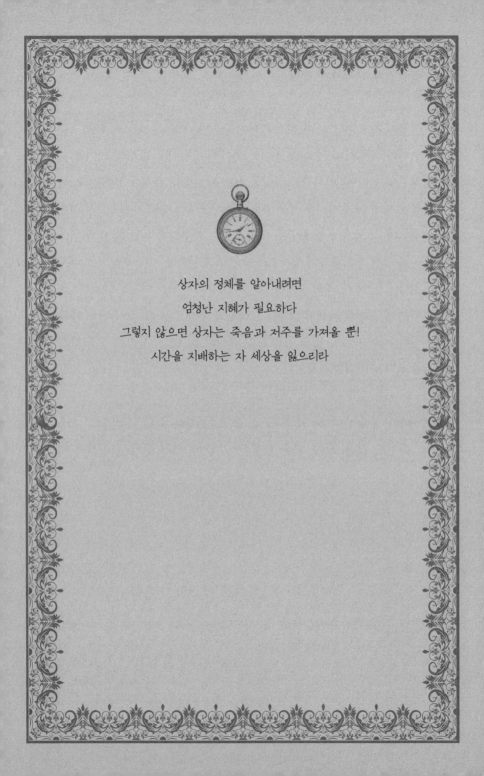

상자의 정체를 알아내려면
엄청난 지혜가 필요하다
그렇지 않으면 상자는 죽음과 저주를 가져올 뿐!
시간을 지배하는 자 세상을 잃으리라

이야기의 끝

그레이스가 이야기를 마쳤다.

"그래서 어떻게 되었어요?"

"판게아의 이야기는 그렇게 끝이 난다." 그녀가 말했다.

"아니요, 그렇게 끝날 리가 없어요." 마커스가 말했다.

그레이스의 얼굴이 심각해 보였다.

"미안하구나. 문제는, 아무 행동도 하지 않는다면 너희 모두가 옵시 디아나 하고 똑같은 운명을 겪게 될 거라는 거야."

"무슨 말이에요?"

"수년 동안 엉겅퀴와 찔레가 세상을 뒤덮는 모습을 지켜보았다. 머지않아 집들이 무너지고 도시는 퇴적층 속으로 사라질 거야. 그렇게 되면, 시간 상자에서 세상으로 다시 나오려 해봐야 이미 늦은 일이지."

그녀의 말을 듣고 아이들은 꼼짝도 할 수 없었다. 인간이 고대의 맘모스처럼 땅 밑에 얼어붙어 있는 동안, 온 세상이 숲으로 덮이고 새와 사슴이 뛰노는 모습을 시그룬은 상상해 보았다. 강력한 지진이 일어나면 상자가 부서질지도 모르지. 그러면 사람들은 땅 속 깊은 곳, 이끼로 덮인 방에서 깨어나게 되겠지. 겨우겨우 땅위로 올라온 사람들은 갈

곳 몰라 배회하며, 두렵고 혼란스런 마음에 다시 상자로 들어갈 수 있기만을 바라겠지.

"우리가 뭘 할 수 있나요?" 마커스가 물었다.

"판게아 공주의 저주가 온 세상에 퍼져 있다. 그녀의 상자를 발견한 누군가가 대량 생산의 길을 열었기 때문이다. 저주의 근원을 아는 사람만이 세상을 지금보다 좋은 상태로 되돌려 놓을 수 있다. 너희들에게 속편을 들려줘야겠구나."

그녀가 또 다른 종이뭉치를 가지고 왔다.

숨겨진 보물

바위투성이 해안을 따라 차를 몬 지 몇 시간, 마침내 작은 마을이 모습을 드러냈다. 숲이 우거진 언덕 아래의 계곡에 숨어 있는 보잘 것 없는 마을이었다. 오래되고 초라한 집들이 모여 있는 마을은 세상에서 잊혀진 장소 같았다. 고고학자 제임스 크롬웰과 빅터 롤랜드는 다 허물어져가는 카페 앞에 멈추어 섰다. 흙길을 달려오느라 두 사람은 먼지 투성이였다. 땀과 먼지가 범벅이 되어 몰골이 엉망이었다. 노인이 절뚝거리며 나와서 그들에게 말을 걸었지만 알아들을 수가 없었다. 가이드가 통역을 해 주었다.

"여기는 무슨 일로 오셨소?"

"그냥 둘러보고 있습니다." 크롬웰이 대답했다.

"여기 볼 게 뭐가 있다고." 남자가 잘라 말했다.

"그럼, 뭐 산책이나 하지요." 나무가 울창한 언덕을 가리키며 크롬웰이 말했다.

"금단의 언덕 근처에는 얼씬도 하지 마시오! 저주가 내린 곳이라 수천 년 동안 사람의 발길이 닿은 적이 없소!"

롤랜드는 뒷목에 털이 곤두서는 느낌이었다. 그러나 크롬웰은 매우 관심을 보였다. 중요한 유적을 조사할 때 민간설화가 도움을 준 경험이 있기 때문이었다.

다음 날 아침 일찍 검은색 헬리콥터가 언덕 너머 숲속 공터에 착륙했다. 조종사는 날개를 세우면서 못내 불안해하는 모습이었다.

"기다리긴 하겠지만, 약속은 못해요. 뭔가 이상한 일이 생기면 바로 떠날 겁니다!"

아래쪽의 마을은 안개에 싸여 있었다. 크롬웰과 롤랜드가 땅으로 내려서자 아침이슬이 발을 적셨다. 마치 지뢰를 탐사하듯 조심스럽게 걷고 있는데, 근처에 있는 나무에서 까마귀가 날아오르는 바람에 두 사람은 펄쩍 뛰었다. 까마귀들이 독수리처럼 그들 주위로 원을 그리며 날았다. 아까 들은 얘기가 있어서 두 사람은 잔뜩 긴장했다.

그 지역에 사람이 산 지가 아주 오래되었다는 것은 확실해 보였다. 풀 더미를 헤치고 보니 단단한 석벽의 윤곽이 드러났다.

"놀라워." 롤랜드가 말했다. 그는 금속탐지기를 지면에 가까이 대고 천천히 움직이면서 걸음을 옮길 때마다 탐지기가 내는 소리에 주의를 기울였다.

그 옆에서 크롬웰은 흥분을 감추지 못했다. 이렇게 오래된 지역에서 깡통하나라도 건진다면 백만장자가 되겠지.

"사람들이 공포에 사로잡혀 정신없이 달아난 것 같군."

크롬웰이 도구를 가져와서 뗏장을 걷어낸 다음 흙을 긁어냈다. 얼마 파들어 가지도 않았는데 황금대접과 동전이 나왔다. 물통에 담긴 물로 동전의 흙을 씻어내자 왕의 옆얼굴과 낯선 문자가 드러났다.

"이런 건 본 적이 없어." 그가 말했다. "이거 진짜 보물이로군! 수천 년 동안 아무도 여길 와 보지 않은 거야. 저 바보 같은 마을 사람들은 저주가 두려워서 부자가 될 기회를 놓쳤군."

금화를 주머니에 넣는데, 묘하게 비틀려 있는 오크나무가 눈에 들어왔다. 두 개의 줄기가 거대한 일각고래의 엄니 모양으로 꼬여 있었다. 아주 오래된 나무인 듯, 껍질이 늙은 거북이의 잿빛 피부를 닮아 있었다. 바람이 잎사귀를 흔들며 으스스한 소리를 냈다. 마치 살고 싶으면 도망가라고 속삭이는 것 같았다. 하지만 좀 더 가느다란 가지에서 나는 부드러운 속삭임에 끌려 그들은 나무에 다가갔다.

금속탐지기를 들고 나무 주위를 조심스럽게 돌면서 롤랜드는 이마에 땀방울이 맺히는 걸 느꼈다. 나무둥치에 가까워질수록 탐지기 소리가 점점 커졌다. 그러다가 갑자기 삑 하고 찢어질 듯한 소리가 나더니 화면이 꺼졌다. 그가 나무를 올려다보았다. 껍질 속에 얼굴이 파묻힌 것 같은 형상이었다.

"이런 쓸모없는 쓰레기 같으니라고!" 그의 목소리가 떨렸다.

롤랜드가 탐지기를 고치려고 낑낑대는 동안 크롬웰은 멀찌감치 떨어져 있었다. 탐지기에서 다시 삑 하는 소리가 들리자 롤랜드는 귀를 틀어막고 그 자리에서 작업을 멈추었다.

"여기 뭔가 묻혀 있어." 롤랜드가 말했다. "탐지기에 과부하가 걸리게 만드는 뭔가가 이 안에 있는 거야."

크롬웰이 정신없이 땅을 파기 시작했다.

"훌륭한 고고학자의 자세는 아니로군." 롤랜드가 말했다. "그렇게 파다가는 소중한 유물을 망치겠네."

"자네의 그 차 숟가락 같은 도구로는 발굴이고 뭐고 절대 못하지." 크롬웰이 말했다. "게다가 서두르지 않으면 여기서 나가지도 못할 거야."

3미터쯤 파내려 갔을 때 삽이 부러졌다.

"여기 뭔가 있다!" 롤랜드가 소매로 이마의 땀을 훔치면서 흥분하여 말했다. "그나저나 서둘러야겠어. 불이 꺼지려고 해."

크롬웰도 구덩이로 내려왔다.

"상자 같은데." 롤랜드가 말했다.

그것은 이끼에 덮여 있었다. 오크나무의 두터운 뿌리가 손가락인양 그것을 탐욕스럽게 움켜쥐고 있었다. 그들은 나무에 톱질을 하기 시작했다. 하지만 나무는 자신의 소중한 재산을 내놓을 생각이 없는 것 같았다. 뿌리 하나가 부러지면 다른 뿌리가 뱀처럼 몸을 비틀어 상자를 에워싸는 듯 했다. 그들은 뿌리를 계속 잘라나갔다. 뿌리를 다 태워버릴 생각에 토치까지 사용했다. 그러다 갑자기 손아귀의 힘을 풀듯 나무가 스르르 상자를 놓아주었다. 상자에 밧줄을 두르고 구덩이에서 끌어올리자 천장을 덮은 가지가 슬픈 듯 삐걱거렸다.

마을에서는 횃불이 타올랐다. 마을사람들이 횃불을 들고 한 줄로 언덕을 오르는 모습이 보였다.

헬리콥터에 시동을 거는 소리가 멀리서 들렸다.

"서둘러, 우리를 버려두고 가기 전에!"

그들은 최대한 빠르게 나무 사이를 비집고 상자를 끌어냈다. 상자를 헬리콥터에 실었을 때는 날개가 최고 속력에 도달해 있었다. 잠시 후 그들은 숲 위를 날았다.

"죽다가 살았네." 롤랜드가 말했다. 아래를 보니, 헬리콥터가 대기하던 장소로 횃불이 모여들고 있었다.

긴 암초 해안을 따라 날면서 수평선 너머 사라지는 태양을 바라보았다. 크롬웰과 롤랜드는 이제야 숨쉬기가 한결 수월했다. 그들의 신경질적인 웃음소리는 헬리콥터의 소음에 묻혔다. 두 시간의 비행 끝에 그들은 도시 외곽의 넓은 목장에 착륙했다. 그리고 상자를 근처에 있는 별채로 운반했다. 이끼와 흙을 긁어내고 여전히 상자를 붙들고 있는 남은 뿌리를 잘랐다. 상자 안에서 희미한 사람의 형상을 발견하고 그들은 심장이 멎는 것 같았다. 크롬웰이 뚜껑을 더듬어 손잡이를 찾았다.

"조심해서 열어." 롤랜드가 말했다.

빨아들이는 소리가 들리면서 상자가 열렸다. 침몰하는 배에 물이 차듯 시간이 상자로 흘러들었다. 그리고 깊은 신음소리가 들렸다.

"세상에!" 크롬웰이 말했다. 그가 뚜껑을 활짝 열어젖혔다.

상자 안에는 소녀가 누워 있었고 화살이 소녀의 심장을 관통하고 있었다. 그녀가 눈을 떴다. 옷이 순식간에 피로 물들었다. 그녀가 숨을 헐떡이며 기침을 했다. 입 가장자리로 피가 흘러내렸다.

"상처를 입었군!"

크롬웰이 그녀를 안고 헬리콥터로 뛰어갔다.

"어서! 어서! 비행기에 타! 심장에 화살이 꽂혔다고! 서둘러!"

마당에 앉아 있던 조종사가 커피를 마시다 말고 헬리콥터로 달려왔다. 롤랜드가 먼저 타고 곧이어 크롬웰이 올라타자 날개가 돌기 시작했다. 소녀를 안은 크롬웰이 소리 질렀다.

"출발해! 어서!"

어둠을 뚫고 이륙한 헬리콥터는 도시의 불빛 위로 속도를 높이며 날았다. 피를 멈추려고 상처를 손으로 꾹 눌렀다. 소녀는 천창을 올려다

보면서 기침을 하다가 끝내 의식을 잃었다. 그녀의 얼굴은 눈처럼 하얗고, 머리카락은 까마귀 날개처럼 까맸으며, 옷은 피처럼 붉었다.

"더 빨리!" 롤랜드가 소리쳤다. "병원에 전화해서 우리가 가고 있다고 해!"

얼마 지나지 않아 환하게 불을 밝힌 병원이 보였다. 교외지역에 20층 높이로 우뚝 솟아 있는 건물이었다. 헬리콥터가 육중한 소리를 내며 헬기착륙장에 내려앉았다. 하얀색 작업복을 입은 병원잡역부들이 거칠게 문을 열고 소녀를 바퀴달린 들것에 옮겼다. 그들은 반회전문을 통과해 건물 안으로 황급히 사라졌다.

뒤에 남겨진 크롬웰과 롤랜드는 피와 먼지를 뒤집어쓴 채 말을 잃었다. 롤랜드는 울고 있었다. 저 아래에서 차량이 움직이는 소리와 도시의 부산함이 만들어내는 소음이 들려왔다. 공기가 탁하고 후텁지근하게 느껴졌다.

"마을 사람들은 미쳤어." 크롬웰이 말했다. "소녀를 산 채로 묻었나봐."

"하지만 어떻게? 그게 가능해? 뿌리를 다 잘라내고서야 겨우 상자에 접근할 수 있었잖아."

크롬웰은 생각했다. "이해가 안 돼. 우리보다 먼저 파 본 사람은 없는 것 같았는데. 마을 사람들이 뭔가 숨기고 있는 거야. 그 언덕에서 인간을 제물로 바친 게 틀림없어. 이런 일은 본 적이 없어! 소녀를 산 채로 묻다니!"

그들은 밤새 병원에서 기다렸다. 경찰이 와서 그들에게 몇 가지 질문을 했다.

크롬웰이 흥분했다. "미친 마을 사람들이 그녀에게 화살을 쏜 겁니다!"

"어디서요?"

"금단의 언덕에서요."

경찰이 머리를 절레절레 흔들었다.

"거기를 가셨다고요? 제 정신이 아니군요! 작년에 그곳에서 과학자 한 팀이 몽땅 사라졌어요. 그런데도 마을 사람들은 한 마디도 안 해 주더군요."

오전에 의사가 그들을 만나러 왔다.

"위독한 상태입니다. 여기 도착했을 때 이미 심장이 멈춰 있었습니다. 기다려 봅시다."

의사가 크롬웰에게 상자 하나를 건넸다.

"그녀의 소지품을 담았어요. 옷이랑 목걸이, 그리고 쪽지를 손에 꼭 쥐고 있더군요."

크롬웰은 상자를 들고 어찌할 줄 몰라 하며 서 있었다. 쪽지를 읽어 보았지만 무슨 글자인지, 어느 나라 말인지조차 알 수 없었다.

그레이스가 종이 더미를 한 옆으로 밀었다. 아이들은 그녀를 쳐다보았다.

"더 알고 싶으면 크롬웰을 찾아야 해." 그녀가 말했다. "바로 그가 어느 날 텔레비전에 나와서 온 세상에다 시간 상자를 판 사람이니까. 그는 이 이야기의 끝을 분명히 알고 있을 거야."

크롬웰을 찾아서

2월은 이제 안녕!이라는 표지판이 잊을 만하면 한 번씩 깜박거렸다. 그레이스가 커피테이블 위에다 거리지도를 펼치더니 부유한 동네에 위치한 어느 집에 붉은 원을 그렸다.

마커스가 지도를 들여다보았다.

"그 사람이 이 도시에 산다는 거예요? 왜 진작 말하지 않았어요?"

"그를 찾으러 가자!"

"그래, 너희들 모두 창문 깨는 법 정도는 알 테니까, 안 그래?" 그레이스가 말했다.

마커스가 얼굴을 붉혔다.

"위험한 사람인가요?" 피터가 물었다.

그레이스는 그 질문에는 대답하지 않았다. 대신 이렇게 말했다.

"조심해라. 무슨 짓을 할지 알 수 없는 사람이다. 그를 만나면 세 가지에 대해서 답을 들어야 한다. 공주에 대해 물어보고, 아노리에 대해 물어보고, 그리고 공장으로 들어가는 열쇠를 달라고 해."

"공장으로 들어가는 열쇠요?"

"그래, 그 열쇠가 세상의 마법을 풀어줄 거라고 나는 믿는다."

마커스는 고개를 저었다. 그러다가 부모님과 어린 동생에게 생각이 미쳤다. 그들이 땅 속으로 사라져버리기 전에 구해야 한다. 그레이스의 말대로 하는 수밖에 다른 선택의 여지가 없었다. 아이들은 지도를 들고 집을 나섰다. 이끼가 덮인 고속도로를 따라 걸었다. 쇼핑몰을 지나고, 회전관람차가 잠겨 있는 호수를 지났다. 국회의사당도 지났다. 그 건물 복도에 늘어선 상자에는 각료들이 들어가 있을 것이다. 시그룬은 자신이 살던 동네를 바라보며 가슴 깊은 곳에서 슬픔이 차오르는 것을 느꼈다. 집에 가고 싶었다. 그리운 집으로.

마침내 그들은 목적지에 도착했다. 그 구역에 지어진 집들은 모두 대지가 축구장만 했다. 피곤해 보이는 돌사자가 진입로를 감시하듯 굽어보고 있었다. 부자들이 모여 살던 동네가 틀림없었다.

"이런 구역에서 우편배달부 하려면 힘들겠다." 피터가 말했다.

크롬웰의 집은 높은 담장과 가시나무 울타리로 둘러싸여 있었다. 입구 근처에 분수가 있고 분수 옆에는 녹슨 롤스로이스 한 대가 주차되어 있었다. 타이어는 바람이 빠져 납작해지고 지붕은 새똥으로 뒤덮여 있었다. 현관문이 잠겨 있었다. 피터가 손잡이를 돌리려고 하자 그대로 빠져버렸다. 아이들은 뒷마당으로 돌아갔다. 수영장에는 낙엽이 가득하고 테니스장은 정글로 변해 있었다. 깨진 창문을 발견한 아이들이 유리조각을 치우고 기어들어갔다. 집안에는 생명의 흔적이 전혀 없었다.

"그레이스를 믿니?" 시그룬이 소곤거렸다.

마커스가 어깨를 으쓱했다. "모르겠어."

방은 천장이 높았다. 여기저기 기웃대는 아이들의 발소리가 대리석 바닥에 메아리처럼 울렸다. 할미새가 펄럭이며 복도를 날아다녔다. 크리스털 샹들리에가 바닥에 떨어져 산산이 부서져 있었다. 욕실에서는 개미가 너구리의 시체를 뜯어 나르느라 부산했다. 계단을 타고 위층에 올라가 보았다. 문아래 틈으로 푸르스름한 빛이 새어나오는 것을 보고 아이들은 그 자리에 딱 멈추어 섰다.

"들어가 보고 싶은 사람?" 마커스가 물었다.

"난 아냐." 시그룬이 말했다.

"너 먼저 들어가면." 피터가 말했다.

"다 같이 들어가자." 크리스틴이 말했다.

아이들은 아주 천천히, 조심스럽게 문을 열었다. 그곳은 먼지가 풀풀 날리는 도서관이었다. 어둠속에서 박제된 동물 머리가 그들을 노려보고 있었고, 나선형으로 꼬인 일각고래의 엄니가 천장에 대롱대롱 매달려 있었다. 파란 불빛은 구석에 세워진 검은 상자에서 나오는 것이었다. 입을 벌린 채 허공을 응시하고 있는 창백하고 메마른 남자가 상자 안에 있었다. 상자 안의 남자를 보고 아이들은 펄쩍 뛸 듯이 놀랐다.

"이 사람인가?" 핼쑥한 잿빛 얼굴을 들여다보면서 마커스가 말했다.

"직접 물어봐." 시그룬이 말했다. 육각렌치를 꺼내 상자를 여는 마커스의 손이 땀에 젖어 있었다. 시그룬은 피터 뒤에 숨어서 그 모습을 지켜보았다.

"거기 누구요? 어? 누구냐고?" 남자가 어스름한 방 안 여기저기를 뚫어지게 보았다.

"크롬웰 씨를 찾고 있어요."

"내가 크롬웰인데. 너희들 여기서 뭐하는 거냐? 남의 상자를 열면 안 되지! 밖에 누구 없나? 불량배들이 침입했다!"

"남아 있는 직원은 한 명도 없어요." 마커스가 말했다.

"빌어먹을!"

"아저씨가 검은 상자를 만들었어요?"

"암, 내가 만들었지."

"그렇다면 세상이 망가진 것도 아저씨 덕분이네요."

"내 덕분이라고? 난 상자를 사라고 강요한 적 없어."

"하지만 '2월은 이제 안녕.'이라는 구호를 생각해 낸 사람이 아저씨잖아요?"

"왜, 그럼 안 돼? 2월이 얼마나 지겨운 달인데."

"사실은, 제 생일이 2월이라고요." 시그룬이 화가 많이 나서 말했다.

"그런 출생의 결함을 내 잘못이라고 할 수는 없지." 크롬웰이 코웃음을 쳤다. 창밖을 내다보던 그가 밖에 펼쳐진 풍경에 겁이 나는지 움찔하는 것 같았다. 그는 곰팡이 냄새 때문에 얼굴을 찌푸리면서 공기를 들이마셨다. 황량한 풍경이 주는 으스스한 기분을 털어내고 싶은 모양이었다.

"으으, 상황이 아주 끔찍하군. 그럼, 잘 가라. 일 초도 낭비할 시간이 없다. 이자가 쌓이고 있거든. 그만 나가라!"

"안 돼요. 우리를 도와주셔야 해요."

"도와 달라고?"

"사람들을 풀어줘야 해요." 시그룬이 말했다. "너무 늦기 전에 말이에요."

"다들 나름대로 나올 시간을 설정했겠지. 난 나오려는 사람 안 막아!"

"하지만 나올 수가 없어요. 모두들 좋은 시절이 올 때까지 기다리고만 있거든요. 앞장서려는 사람이 아무도 없어요."

"그게 내 잘못이냐? 남들이 어질러 놓은 것을 치우느라 내 시간을 써야겠어? 그렇게는 못 해! 내가 여기서 너랑 노닥거리는 동안 버리는 이자가 얼만지 알기나 하니?" 그가 시계를 보았다. "최소한 40만 포인트야!"

"이자를 줄 사람이 이제 아무도 없어요." 마커스가 말했다.

크롬웰이 상자로 들어가 버렸다.

마커스가 상자를 다시 열었다. 크롬웰이 그를 쏘아보았다.

"아직 안 간 거야?" 크롬웰이 물었다.

"네." 마커스가 대답했다.

"그럼 꺼지라고!" 뚜껑을 닫으면서 크롬웰이 말했다.

마커스가 또 상자를 열었다.

"열쇠가 필요해요."

"열쇠?"

"네."

"무슨 열쇠?"

"공장으로 들어가는 열쇠요."

크롬웰이 얼굴을 찡그렸다.

"공장으로 들어가는 열쇠를 찾는걸 보니 너 아주 상태가 심각하구나! 너를 보낸 사람이 누구냐?"

"그레이스라는 숙녀분이에요."

크롬웰이 충격을 받은 것 같았다. 두려워하는 듯 했다.

"그레이스라고? 여기 너랑 함께 왔어?"

"아니요."

크롬웰이 조금 마음을 놓는 것 같았다.

"그 여자가 하는 말은 한 마디도 믿지 마라."

"왜요?"

"그 여자는 미쳤어. 머릿속에 온통 시간 상자 생각뿐이지. 시간 상자를 엄청 반대했었다. 게다가 내가 시간을 마음대로 설정할 수 있게 하는 바람에 세상이 엉망이 될 거라고 했어. 그 여자를 멀리 해라! 배신과 비극과 죽음만을 부르는 여자야."

그가 상자를 쾅 닫았다.

시그룬과 마커스가 눈빛을 주고받았다. 그리고 또다시 상자를 열었다.

"무슨 짓이야?"

"그녀가 우리를 상자에서 나오게 했어요. 우리에게 이야기를 들려주려고요."

"그 이야기가 어떻게 끝나는지 아저씨한테 들으라고 했어요."

"이야기 따위 나는 몰라!"

"어떤 공주에 대한 이야기예요. 심장에 화살이 꽂힌 채 깊은 땅속 마법의 상자에 갇혀서 세월의 무게를 견디고 있어요."

크롬웰은 잠시 고민하다가 상자에서 나왔다. 그는 테니스화를 신고 분홍색 폴로셔츠에 흰색 반바지를 입고 있었다. 지저분한 창문으로 곧장 걸어가더니 진입로에 있는 망가진 롤스로이스를 보고 씁쓸한 표정을 지었다.

"이렇게 오래 걸릴 줄 알았으면 안에다 넣어 놓을 걸."

다시 자신이 있던 상자로 돌아가 시간을 확인하더니 못 믿겠다는 듯 스위치를 가볍게 두드렸다.

"우와, 놀라워! 두 번도 아니고 눈 한번 깜짝할 시간밖에 안 지난걸."

그가 말했다. "그래, 상황이 조금도 나아지질 않았나?"

"네." 아이들이 대답했다.

"상자는 아주 세심하게 설계되었어. 위기가 끝나면 그 즉시 자동으로 열리게 되어 있지. 이렇게 오래 끌게 되리라곤 생각도 못했다."

크롬웰은 뒤틀린 바닥과 썩어버린 벽을 둘러보고는 투덜거렸다.

"손볼 데가 한두 군데가 아니구먼."

그가 망원경을 집어 들고 멀리 보이는 공장에 초점을 맞추었다. 붉은색과 하얀색으로 칠한 공장의 탑이 하늘을 배경으로 윤곽을 드러내고 있었다.

"열쇠를 가져오라고 너희를 보낸 사람이 그레이스라고 했지?"

"네."

"내가 하는 일을 망치려고 하는 걸 보니 딱 그 여자 짓이구나."

"아저씨에게 세 가지 답을 들으라고 했어요."

"오 그래? 시작해 봐!"

"옵시디아나가 어떻게 됐는지 아세요?" 시그룬이 물었다.

"아니, 나하고는 아무 상관도 없는 이름인데."

"옵시디아나는 마법의 상자를 가진 공주였어요."

"마법의 상자라니, 설마. 나는 사업가야. 동화는 내 영역이 아니다. 다음 질문?"

"아노리는 어떻게 되었어요?"

이번 질문은 좀 의외인 모양이었다. "아노리라는 사람 나는 몰라. 누군데?"

"아노리는 공주를 사랑한 소년이에요. 자신을 미래로 데려가려고 상자를 직접 짰대요. 그래야 두 사람이 만날 수 있으니까요."

크롬웰의 눈이 커졌다.

"상자가 또 있어?"

그는 하지 않아야 할 말을 했다는 생각에 얼굴이 벌겋게 상기됐다.

"그러니까, 최소한 하나는 있다는 걸 아시는 거네요." 시그룬이 말했다.

크롬웰은 대답하지 않았다.

"그 소녀가 어떻게 됐는지 말해주세요."

상자를 찾다

크롬웰이 초조한 듯 도서관 안을 서성거렸다. 그가 어떤 기분인지 가늠하기는 힘들었지만, 무언가 고민이 있는 건 분명해 보였다.

"앉거라." 그가 말했다.

아이들이 고급스런 소파에 털썩 앉았다. 먼지가 풀풀 날렸다. 박제된 영양의 머리가 파란 눈으로 아이들을 쏘아보았다. 여전히 생각에 잠겨 왔다 갔다 하던 크롬웰이 한숨을 내쉬며 이야기를 시작했다.

"소녀는 40일 동안 혼수상태였다. 매일 면회를 갔었지. 잠든 것처럼 누워 있는 소녀는 너무나 아름답고 평화로워 보였어. 하지만 그녀가 어디서 왔는지, 이름은 무엇인지 아무도 몰랐다. 소녀가 깨어났을 때 말을 걸어 보았지. 우리가 하는 말을 알아듣지 못하더구나. 그때 이상한 글씨가 적혀 있던 쪽지가 생각났어. 우리가 소녀를 발견했을 때 손에 꼭 쥐고 있던 그 쪽지 말이다. 쪽지를 소녀에게 주었는데, 소녀가 갑자기 울음을 터뜨리더구나. 그리고 다음 날 소녀는 사라져버렸어. 결국 소녀에게 무슨 일이 있었던 건지는 풀리지 않은 수수께끼로 남았지. 하루도 소녀를 생각하지 않은 날이 없어.

몇 년이 지난 어느 날 나는 연구실에서 작업 중이었다. 그런데 소녀가 갑자기 내 앞에 나타난 거야. 머리카락은 밤처럼 까맣고, 얼굴은 눈처럼 하얀 것이 마치 유령 같더구나. 내 모국어로 쓰인 쪽지를 내게 건네고 소녀는 다시 사라졌어.

'금단의 언덕에서 이틀을 더 걸어가면 원뿔 모양의 산이 나올 것이다. 산 아래 계곡으로는 강이 굽이쳐 흐르고 있다. 협로에서 가까운 그곳 평지에서 전투가 있었다. 그곳을 뒤지면 무언가 찾을 수 있을 것이다.'

나는 롤랜드를 불러들여 당장 그곳으로 떠났어. 마치 자석이 우리를 끌어당기는 것 같았어. 소녀가 일러준 대로 찾아 갔다가 엄청난 양의 무기, 투구, 귀중품들이 은닉되어 있는 곳을 발견하게 된 거야. 사람의 뼈와 코끼리, 말, 코뿔소의 뼈도 묻혀 있더구나. 한참을 파고 있는데 소녀가 다시 나타났어. 내가 소녀에게 인사하면서 소리쳤지. '금이 엄청나게 묻혀 있어!' 소녀는 우리가 발굴한 것들을 자세히 들여다보았어. 하지만 황금에는 도통 관심이 없는 것 같더군. 소녀는 아무하고도 어울리지 않고 혼자 지냈기 때문에 이름이 뭔지, 어디서 왔는지 아는 사람이 없었어. 우리를 도와주는 조수들은 그녀를 두려워하더군. 소녀는 해골을 조심스럽게 살펴보고 우리가 발굴한 물건에 새겨진 글씨를 모조리 읽었어. 발굴을 마무리하자 소녀는 몹시 실망하는 눈치였어. 해변에 앉아서 바다 저편을 하염없이 바라보더구나. 내가 조심스럽게 옆에 가서 앉았어.

'뭔가를 찾고 있는 것 같은데.'

'그렇습니다.' 소녀가 말했어. 말투가 아주 이상했어.

'황금보다 귀중한 것인가 보구나.'

'그렇습니다.' 소녀가 말했어. '멈추지 말고 계속 찾아야 합니다. **거대한 틈**도 건너야 합니다.'

'**거대한 틈**이라니?'

'곧장 앞으로 가면 일곱 개의 탑이 나타납니다.' 수평선을 가리키면서 소녀가 말했어.

'앞으로 곧장 가라고? 아프리카는 여기서 4천 킬로미터도 더 떨어져 있는데! 하지만 네가 누군지 알려준다면 가 볼게.'

'나는 그레이스입니다.'

그녀가 시키는 대로 했더니 정말 일곱 개의 탑이 나오더구나. 이 번에도 우리가 한참 발굴을 하고 있는데 그녀가 나타났어. 가격을 매길 수 없을 만큼 귀중한 가면이며, 조각상, 유물들을 찾아냈지만 그녀는 고개를 저으며 말하더군. '여기도 아닙니다. 다른 곳에 있나 봅니다.'"

"아저씨가 상자를 가지고 있다는 걸 소녀도 알고 있었어요?"

"상자를 바다에 던져버려야 한다고 그러더군. 그러겠다고 약속은 했지만, 그 물건이 나를 사로잡고 놓아주지 않았어. 상자의 재료가 무엇인지 알고 싶어서 내가 사는 집 지하실에 최고 수준의 연구실을 만들었어."

박제된 영양의 머리가 귀를 쫑긋 세우는 것 같았다.

크롬웰이 이야기를 계속했다.

"하루는 시끄러운 소리가 나서 잠을 깼지. 누군가 지하실에 침입해서 난장판을 치고 있는 것 같더라고. 지하실로 달려 내려갔어. 그랬더니 소녀가 눈에 불을 뿜으면서 시험관이며 현미경을 박살을 내고 있는 거야. 상자를 주먹으로 내리치고 난리도 아니었어. 일각고래의 엄니를 쥐고 뾰족한 끝으로 내 가슴을 겨누며 씩씩거렸어.

'이런 식으로 상자의 정체를 알아내려면 엄청난 지혜가 필요하다. 그렇지 않으면 상자는 죽음과 저주를 가져올 뿐! 시간을 지배하는 자 세상을 잃으리라.'

그 말을 마치고 소녀가 내 머리를 쳤어. 정신이 돌아왔을 때는 이미 소녀는 가고 없었어. 그 후로 다시는 소녀를 보지 못했다. 하지만 소녀의 말이 머리에서 떠나지 않더구나. 시간을 지배한다? 그런 생각은 해본 적이 없었어. 그제야 상자가 가진 마법의 힘을 깨달았지. 인류에게 얼마나 환상적인 발견이 될 것인가 말이야. 기술을 개발하는 데는 꽤 시간이 걸렸어. 5년 후에는 상자 하나를 제대로 완성하는 데 성공했어. 누구라도 구매할 수 있는 상품으로 개발하는 데는 그렇게 오래 걸리지 않았어. 내가 사람들을 시간의 굴레에서 해방한 거야. 인류 역사에서 가장 위대한 혁명이었지. 가난한 사람들도 상자 안에 들어가서 수확철이 오기를 기다릴 수 있게 되었어. 세상이 원하고 필요로 한 게 바로 이거였어. 2월은 이제 안녕!"

크롬웰은 영업사원처럼 광적인 흥분에 싸여 말을 늘어놓았다. 이런 얘기를 아마 천 번도 넘게 했을 것이다. 그가 창문으로 가더니 놀란 눈으로 길 건너 집을 바라보았다.

"저 건물은 금방 무너질 것 같은데, 안에 아무도 없나?"

"파란 불빛이 보이실 텐데요." 시그룬이 말했다.

그가 집을 빤히 들여다보았다. 하지만 커튼 봉에 매달려 잠든 박쥐가 머리 위에서 대롱거리는 바람에 집중할 수 없었다. 그가 시선을 거두더니 생각에 잠긴 것 같았다.

"아마도 그레이스라면 뭔가 해낼 수 있었을 지도 모르지." 잠시 시간이 흐른 후 그가 말했다.

"이런 물건을 다루려면 엄청난 지혜가 필요한 게 사실이야."

"우리한테 열쇠를 주세요." 시그룬이 말했다. "너무 늦기 전에요."

"나랑 같이 가자." 크롬웰이 말했다. "너희들한테 보여줄 게 있다."

그가 아이들을 데리고 어두운 복도를 따라 내려갔다. 그가 기계적인 동작으로 전등의 스위치를 올렸다. 하지만 전기가 없었다. 그래서 그는 불 밝힐 양초를 몇 개 구했다. 복도 끝에 육중한 금속 문이 자리 잡고 있었다. 크롬웰이 자물쇠의 비밀번호를 돌려 문을 열었다. 어두운 방이 나타났다. 흔들리는 촛불이 바닥 한가운데에 놓인 오래된 상자를 비추었다. 크롬웰이 상자로 다가가 뚜껑을 가볍게 두드렸다.

"아름답지 않니?"

"네, 정말 아름답네요." 시그룬이 말했다. "하지만 저는 집에 가고 싶어요. 친구랑 창가에 앉아서 내리는 비를 바라보고 싶어요. 이제 열쇠를 주세요."

크롬웰이 아이들을 보았다. 주머니에 손을 넣고 짤막한 시를 읊는 그의 눈빛이 슬퍼보였다.

아무도 모르는 그곳에
시간과 은총(그레이스)을 담는
작은 공간이 있었다네

그의 목소리에서 자포자기의 심정을 느낄 수 있었다. 그가 황금으로
만든 신용카드같이 생긴 물건을 아이들에게 건넸다.

"이게 열쇠다. 너희들한테 무슨 일이 생겨도 나는 책임 못 진다."

"고맙습니다." 시그룬이 열쇠를 받으면서 말했다. 아이들은 있는 힘
을 다해 달려서 그레이스에게 돌아왔다.

"열쇠를 받았니?"

"네." 마커스가 대답했다. "짧은 시도 알려줬어요."

"잘 됐다." 그레이스가 말했다.

"이제 세상을 깨우러 가자."

공장

네 명의 아이들은 해안을 따라 걸었다. 주변 건물들을 굽어보며 높이 솟아 있는 공장이 눈 앞에 다가왔다. 공장은 도시의 외곽에 자리 잡고 있었다. 붉은 색과 흰 색을 번갈아가며 칠한 탑 위에 큰 글씨로 구호가 적혀 있었다.

Time Box! 더 좋은 시절을 위하여!

그들은 야생화 헤더가 우거진 주차장을 가로질렀다. 건물은 이미 덩굴식물이 점령하고 있었다. 사무동에는 버려진 책상과 누렇게 바랜 종이가 가득했다. 규모가 큰 공장건물 쪽으로 발걸음을 옮겼다. 입구에 금속 재질의 셔터 문이 내려져 있었다. 낡아빠진 표지판이 못에 걸려 덜렁거렸다.

접근 절대 금지

마커스가 문 옆에 있는 스크린의 스위치를 켰다. 먼지 낀 스피커에서 잡음이 들리는가 싶더니 기계로 녹음한 목소리가 흘러나왔다.

열쇠를 넣으시오.

심호흡을 한 번 하고서 마커스가 카드열쇠를 구멍에 밀어 넣었다. 그리고 크롬웰이 들려준 시를 낭송했다.

아무도 모르는 그곳에
시간과 은총을 담는
작은 공간이 있었다네.

문을 열까요?

마커스가 스크린에서 '네'를 선택했다.

시간을 들어오게 할까요?

그가 어깨를 으쓱하고는 다시 '네'를 선택했다.

적절한 보호 장비를 갖추었습니까?

마커스가 아이들을 돌아보았다.

"'네, 아니오', 어느 쪽을 선택하지?"

"그냥 네라고 해." 크리스틴이 말했다.

사료통을 채웠습니까?

마커스가 어깨너머로 돌아보았다.

"채웠을 거야. 사실은, 나도 모르겠어."

피터는 확신이 없었다.

"그레이스가 우리를 속이고 있는 건지도 몰라. 크롬웰이 그녀를 조심하라고 했잖아. 이건 함정일 수도 있어."

"사료통을 어디에 쓴다는 거지?" 시그룬이 물었다.

"전혀 모르겠어." 마커스가 대답했다.

그가 '네'를 눌렀다.

셔터문이 천천히 올라가고 경기장보다도 훨씬 큰 공간이 나타났다. 하얀 기둥이 끝이 보이지 않을 정도로 이어지고 있었다. 느슨하게 늘어진 흰색 천 같은 것이 천장을 뒤덮고 있었다.

"우와!" 시그룬이 피터의 손을 와락 잡으면서 말했다. "비단 천이야."

"그런데 이제 어떡해? 뭘 해야 하는 거지?"

"나도 몰라." 마커스가 말했다.

"안으로 들어가 볼까?"

그들은 성당처럼 생긴 넓은 공간으로 들어섰다. 마법 같은 빛이 천창으로 쏟아져 들어와 끝없이 늘어선 흑백의 기둥을 비추었다. 기둥들 사이에는 둥글게 말아놓은 비단이 쌓여 있었다.

검정파리 떼가 스쳐 날아가자 크리스틴이 비명을 질렀다.

그녀는 쏜살같이 가장 가까운 기둥으로 달려갔다. 달려가서 보니, 기둥처럼 생긴 파이프에서 살찐 파리 떼가 쏟아져 나오고 있었다.

"우웩! 여기 구더기가 득실대는 통이 있는 게 틀림없어! 확실해!"

녹색 페인트를 칠한 로봇 팔이 아이들 머리 바로 위로 지나갔다.

"비단이 아니야." 마커스가 말했다. "이건 거미줄이야!"

어스름한 어둠에 눈이 익숙해지자, 기둥을 기어오르는 거미 떼가 보였다. 원래 까만색인줄로만 알았는데 거미가 기둥을 새까맣게 뒤덮고 있었던 것이다. 흰색 기둥에서 검정파리 떼가 날아오르다가 거미줄에 걸리면, 그 즉시 검은 기둥이 꿈틀 살아나면서 거미의 공격이 시작되었다. 거미 대군은 위에서도 내려왔다. 홀 안 여기저기가 다 굼실굼실 움직이는 것처럼 보였다. 벽이 흔들리고, 기둥이 펄떡대고, 천장이 살아 움직이는 것 같았다.

아이들은 거미줄을 보고 놀라움을 감추지 못했다. 커다란 살찐 거미가 미친 듯이 빙빙 돌면서 날쌔게 파리를 잡고, 거미줄로 감고, 고치를 만든 다음 쪽쪽 빨아먹었다.

"나가자." 피터가 시그룬을 잡아당기면서 말했다. "열쇠를 꽂는 바람에 공장이 다시 가동되기 시작했나 봐. 이 장소 자체가 하나의 거대한 시간 상자였던 거야."

마커스가 옴짝달싹 못하고 서 있었다.

"거미는 정말 싫어!"

또 하나의 녹색 로봇 팔이 천장을 따라 움직이면서 거미줄을 감아 두꺼운 실타래를 만들어서는 정방기에 떨어뜨렸다. 로봇이 베틀의 북처럼 앞뒤로 왔다 갔다 하며 널따랗고 검은 판자를 뽑아냈다. 거미 한 마리가 아이들 발치에 떨어졌다. 크리스틴이 비명을 지르며 거미를 밟았다. 그 거미는 털북숭이에다 크기가 크리스틴의 발꿈치만 했다. 거미는 철퍼덕 소리를 내며 바닥에 녹색 얼룩을 남겼다.

"나가자." 마커스가 말했다. "함정이야!"

돌연 한바탕 바람이 홀을 훑고 지나가는 것 같았다. 거미줄 실타래가 바닥으로 떨어지면서 출구를 막았다. 거미가 일제히 회전을 멈추었다. 모든 거미가 동시에 신선한 공기를 감지한 것 같았다. 비상이 걸리고 입구 위에 붉은 경고등이 깜박거렸다.

출입구 봉쇄! 출입구 봉쇄! 출입구 봉쇄!

밧줄을 타고 내려오는 특수 부대원처럼 거미가 천장에서 줄을 뽑으며 내려왔다. 다 내려와서는 줄을 잘랐다. 거미가 바닥을 덮었다. 마치 털이 긴 카펫을 깐 것 같았다. 두터운 층을 이룬 거미 떼가 바다 물결인 듯 굽이쳤다. 거미가 포말처럼 아이들의 몸에 튀어 올랐다. 아이들은 거미를 피하려고 얼굴을 감쌌다.

"망할 마녀!" 마커스가 거미 다리와 더듬이를 털어내면서 소리쳤다.

"그레이스가 우릴 속였어!"

다시 세상으로

공장이 완전히 고요해졌다. 아이들은 바닥에 웅크리고 있었다. 마커스는 감히 올려다 볼 생각도 못하고 한쪽 눈만 살짝 떴다. 더듬이와 죽은 거미의 시체가 여기저기 널브러져 있는 것 말고는 아무 문제도 없어 보였다. 로봇 팔은 낮게 기계음을 내면서 거미줄을 계속 긁어모으고 있었다. 하지만 어디에도 거미는 보이지 않았다. 검정파리는 여전히 머리 위를 맴돌고 있는데, 거미가 더듬이와 다리를 긁는 소리가 들리지 않았다. 아이들은 주차장으로 뛰쳐나왔다. 거미 떼가 잔물결을 이루며 땅 위를 지나가고 있었다. 도시를 향해 다가가는 검은 그림자 같았다.

"세상에! 우리가 무슨 짓을 한 거야! 거미가 도시를 공격하겠다!" 마커스가 거미 떼를 쫓아가다가 작대기를 집어 들고는 몇 마리 후려쳤다. 하지만 거미가 너무 빨라서 따라잡을 수가 없었다.

"얘들아!" 그가 소리쳤다. "나 좀 도와줘!"

아이들도 작대기를 들었다. 하지만 그건 물바가지로 산불을 잡겠다는 거나 마찬가지였다. 땅을 뒤덮은 검은 그림자가 도시에 점점 가까워지고 있었다. 그런데 또 하나의 그림자가 등장했다. 사방에서 떼를 지어 몰려오는 까마귀 때문에 하늘이 어두워졌다. 까마귀는 급강하하더니 거미를 부리로 낚아채서 마을로 날아갔다. 마을에 이른 까마귀는 거미를 지붕마다 떨어뜨리고 다녔다. 지붕에 떨어진 거미는 굴뚝이나 깨진 창문을 타고 집안으로 기어들어갔다.

아이들은 꼼짝 않고 그 모습을 지켜보았다.

"짐승이 사람과 싸우려는 모양이야." 크리스틴이 울상을 지으며 말했다. "그레이스가 우리를 배신했어."

아이들은 죽을힘을 다해 달렸다. 마을 첫 집에 도착했을 때는 모두가 숨을 헐떡였다. 까마귀가 지붕에 앉아 깍깍대고 있었다. 아이들이 깨진 거실 창문으로 안을 들여다보았다. 바닥에 민들레가 빼곡했다. 거미 네 마리가 시간 상자에 붙어 있었다. 상자 속 여인은 딱딱하게 굳은 미소를 짓고 있었다. 아무것도 모르는 천진한 미소였다.

피터가 작대기를 꽉 움켜쥐었다.

"자, 우리가 저 여인을 구해주자. 거미를 죽이자!"

그러나 시그룬이 피터를 붙잡으면서 말했다.

"잠깐만…"

거미가 상자에 조용히 붙어서 뭔가를 갉아먹고 있는 것 같았다. 갑자기 전자레인지에서 나는 소리처럼 삐 하는 날카로운 소리가 들렸다. 그리고 중년의 여인이 멍한 얼굴로 상자에서 걸어 나왔다.

여인이 거미를 보고 비명을 지르자 아이들이 낄낄거렸다. 하지만 여인은 바닥에 깔린 민들레를 보고 금새 입을 다물었다. 무슨 영문인지 궁금한 모양이었다.

"안녕하세요." 마커스가 말했다.

"안녕." 여인이 말했다.

여인이 전화기를 집어 들려고 보니 온통 새똥이 묻어 있었다.

"이런 상황은 싫은데." 여인이 주위를 둘러보면서 말했다. 그녀가 텔레비전을 켜려고 리모컨을 자꾸 눌렀다.

"뭐 하세요?" 시그룬이 물었다.

"정부가 전혀 일을 안 하고 있는 게 틀림없어. 경제학자들이 뭐라고 하는지 들어보고 싶은데, 상황이 조금이라도 나아진 건지 어떤지."

"저기 찌르레기가 둥지를 튼 게 안 보이세요?" 마커스가 말했다.

갑자기 까마귀 네 마리가 쌩하고 방 안으로 날아들더니 거미를 물고 멀리 날아갔다. 아이들은 놀라서 가만히 보고 있었다.

"거미가 검은 상자를 갉아서 구멍을 냈어." 피터가 말했다.

"거미는 원래 그래." 크리스틴이 말했다. "자기가 친 거미줄을 먹는대. 학교에서 배웠어."

"우리 집에는 늘 거미가 득실거렸는데." 피터가 말했다.

"그럼 벌써 오래 전에 우리 집에 있는 상자를 먹어치웠어야 하는 거 아니야?" 피터가 물었다.

"이건 종이 다른 거미야. 자기 종의 거미줄만 먹거든."

"누군가 까마귀를 훈련시킨 것 같아." 크리스틴이 말했다. "누구 까마귀 노래 아는 사람 있어?"

아이들이 다음 집으로 우르르 몰려가서 들여다보았다. 물방울무늬의 사각팬티를 입은 남자가 어리둥절한 표정으로 상자에서 나오고, 앞서와 똑같은 일이 반복되었다. 귀여운 아기도 기어나왔다. 목욕 가운을 걸친 여자가 나와서 남자에게 짜증을 부렸다.

"내가 상자에 들어가 있는 동안 거실을 다시 칠해 놓기로 했잖아?"

그녀가 거미를 보고 비명을 지르며 의자로 펄쩍 뛰어 올랐다. 남자가 거미를 으깨놓을 새도 없이 까마귀가 거미를 물고 날아갔다.

아이들은 그 집에서 뛰어나갔다.

"거미가 아주 작은 구멍만 내면 되나 봐." 상황을 지켜보고 있던 시그룬이 말했다. 아이들은 사방으로 뛰어다니며 이집 저집 들여다보았다. 상자에서 나온 사람들은 무너져가는 세상을 두려운 눈으로 바라보았다.

"괜찮아요! 두려워할 거 없어요. 세상이 궤도를 벗어난 것뿐이에요. 서로 도와서 다시 제자리로 돌려놓으면 돼요. 자, 힘내요!"

점점 더 많은 사람들이 거리로 나왔다.

"아이들한테 조심하라고 하세요!" 마커스가 소리쳤다. "쇼핑몰에 갈색 곰이 있어요."

한 가지 생각이 퍼뜩 떠오른 피터가 스카일러의 집으로 갔다. 이제는 현관문도 사라지고 없었다. 피터는 곧장 집안으로 들어가서 기다렸다. 거미가 스카일러의 상자에 구멍을 내고 시간을 들여보냈다.

"안녕, 또 왔어?" 스카일러가 물었다.

"응, 나랑 같이 나가자."

"이제 난 놀 나이가 지났다니까." 스카일러가 굵은 목소리로 말했다. 그가 주위를 둘러보았다. 방 안에 비둘기가 가득했다.

"말도 안 돼." 피터가 스카일러를 잡아끌면서 말했다. "네가 얼마나 잘 노는데 그래."

큰길은 거의 서커스 판이었다. 꼬마들, 사슴, 갈매기, 회사원, 다람쥐,
십대 소년소녀들이 뒤섞여 아수라장이 되어 있었다. 방향감각을 잃은
농부는 소떼를 몰고 풀이 무성한 고가도로를 달리고 있었다.

"와, 난장판이 따로 없네. 무슨 일이야?" 스카일러가 물었다.

"나중에 얘기해 줄게." 피터가 씩 웃으며 말했다.

"싹 다 새로 지어야겠군!"

"그래." 피터가 말했다. "한 번 지어 봤으니 당연히 두 번도 할 수 있
지."

스카일러가 머리를 긁적이며 생각했다. 피터가 어리긴 해도 그렇게
멍청한 건 아니네.

"하지만 절대 존재해선 안 되는 것도 있어." 피터가 은행 건물을 가리
키며 말했다. 은행은 이끼에 덮인 거대한 비석처럼 보였다.

두 사람은 함께 수다를 떨며 거리를 휘젓고 다녔다. 사람들은 놀라울
정도로 침착했다. 보고도 못 믿겠다는 듯 정처 없이 헤매는 사람이 있
는가 하면, 고장 난 물건을 벌써 손보기 시작한 사람도 있었다. 스카일
러는 사다리를 타고 내려오는 할머니를 도와주었다. 피터는 아이 아빠
가 아이 옷에 묻은 이끼를 씻어내는 동안 곁에서 아이를 돌봐주었다.
처음엔 스카일러가 어마어마하게 크게 느껴졌지만 얼마 지나지 않아
익숙해졌다. 몸집은 비록 거대해졌어도, 피터가 알던 스카일러는 여전
히 그 몸속에 살고 있었다.

"스카일러!" 피터가 문득 그를 불렀다.

"응?"

"네가 나보다 일곱 살 많긴 하지만, 그래도 우린 변함없는 친구야, 그렇지?"

"그래, 뭐 그렇다고 봐야겠지."

"내가 일흔 살일 때 너는 일흔 일곱 살이야. 그때쯤이면 나이 차이를 아무도 눈치채지 못할 거야."

"말 된다." 스카일러가 말했다.

장난감 가게 주인이 나무 사이에 현수막을 펼치고 있었다.

세상으로 나오신 것을 환영합니다.

그가 표지판을 몇 개 더 세우려고 했다. 피터가 도와주러 달려갔다.

행복한 날들을 누리세요.

마커스는 자신을 부르는 귀에 익은 음성을 들었다. 아빠가 멀리서 달려오고 있었다. 걱정이 가득한 얼굴이었다. 마커스가 아빠 품에 뛰어가 안겼다.

"마커스야, 얼마나 네 걱정을 했는지."

"제가 오히려 아빠 걱정을 한 걸요." 마커스가 말했다. "이제 다 좋아질 거예요. 시간은 얼마든지 있어요."

"앞으로 어떻게 될까?"

"몰라요. 아무것도. 그냥 이렇게 사는 거죠. 저기 표지판을 보세요."

아빠가 가게 주인이 내건 표지판을 보았다.

매일 매일 좋은 하루!

"그렇게 간단한 일이 아닌데." 아빠가 이마를 찡그리며 말했다.

"저도 알아요." 마커스가 말했다. "하지만 사는 게 언제 그렇게 간단한 적이 있었나요?"

아빠는 아무 말 없이 마커스의 어깨에 팔을 둘렀다.

시그룬은 집으로 갔다. 거실 바닥에 앉아서 커피테이블에 올라가 있는 개구리를 쳐다보았다. 그리고 기다렸다. 까마귀가 날아와 이웃집을 돌며 거미를 떨어뜨리고 있었다. 아직 시그룬의 집까지는 오지 않았다. 바깥에서는 마을 사람들의 흥분과 소란이 점점 커지고 있었다. 아이들이 뛰어다니는 소리가 들리고 길 아래쪽에서 누군가 기타를 연주하는 소리도 들려오기 시작했다.

크리스틴이 찾아왔다.

"이리 나와! 그레이스를 찾으러 가자!"

"안 돼, 엄마 아빠가 나오시기를 기다리고 있어." 시그룬이 말했다.

"눈치 못 채실 거야! 어차피 순식간인걸 뭐."

시그룬은 부모님의 상자를 톡톡 두들기고는 혹시라도 자신이 나가 있는 동안 상자에서 나오실 경우를 대비해서 쪽지를 남겼다.

잠시 외출해요! 걱정하지 마세요.

그들이 그레이스의 집을 찾아 노크를 했다. 그런데 문을 열고 나온 부부는 그레이스라는 사람을 모른다고 했다.

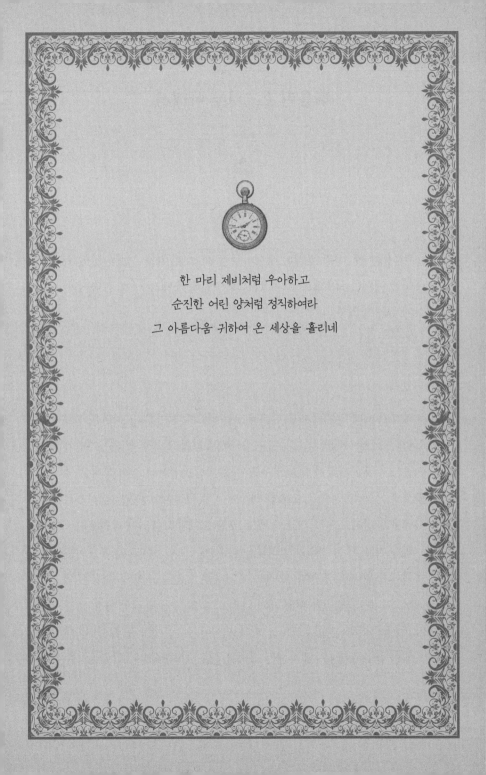

한 마리 제비처럼 우아하고
순진한 어린 양처럼 정직하여라
그 아름다움 귀하여 온 세상을 홀리네

뒤틀린 오크나무 아래서

머나먼 곳, 아주 오래된 오크나무 아래 늙은 여인이 앉아 있었다. 나무는 기이한 모양으로 꼬여 있었고, 여인의 손에는 다 헤진 쪽지 한 장이 들려 있었다.

우리 다시 만나게 될 거야!

까마귀 노래 덕분에 새들이 세상 모든 곳으로 날아갔다. 여인은 알고 있었다. 이제 사람들의 상자마다 시간이 흘러들고 그들의 삶은 기쁨과 슬픔으로 채워지겠지. 자비로우면서 동시에 잔인한 시간이 상쾌한 바람으로, 성난 폭풍으로, 고요한 하루로 사람들 곁에 머물겠지. 시간은 사람을 단련하고, 높이 오르게 하고, 혹은 모래알처럼 날려 버리겠지.

해가 지고, 별이 가없는 밤하늘을 밝힐 때, 그녀는 이끼 낀 부드러운 둔덕에 누워 잠이 들었다. 웅장한 오크나무가 잎을 드리워 주었다. 꿈에서 그녀는 난쟁이와 여덟 개의 다리, 그리고 슬픔에 잠긴 왕을 보았다. 사랑스러운 눈길로 그녀를 바라보는 아름다운 선빔도 보았다. 세 자매의 꿈도 꾸었다. 세 자매는 그녀를 숲으로 데려갔다. 함께 숫사슴과 산토끼, 영양과 멧돼지를 쫓아다니다가 두 장의 떡잎 앞에서 불현듯 멈추어 섰다. 세 자매 중 하나가 그녀의 손을 잡았다. 다른 한 명은 그녀의 눈 속을 깊이 응시했다. 마지막 자매가 속삭였다.

때가 되었다.

뺨을 어루만지는 손을 느끼고 그녀는 잠에서 깨었다. 부드럽고도 늙은 손. 익숙한 목소리가 노래를 불렀다. 아무도 모르는, 오직 그녀만 아는 언어로.

한 마리 제비처럼 우아하고
순진한 어린 양처럼 정직하여라
그 아름다움 귀하여 온 세상을 홀리네

그녀가 눈을 떴다. 세월에 깎여 거칠고 주름진 얼굴 위, 소년 같은 눈동자가 그녀를 바라보고 있었다.

"그래서 옵시디아나, 시간 세계는 어땠어?"